走马唐诗说诗人

萧树——著

上海文化出版社

一

唐诗无处不在。

每首诗的背后，都站着一个人；想吃透这首诗，最好先懂这个人。

诗人的后面是一个世界，诗歌，是他展现于世界的姿态和光彩。无论微笑、欢笑、忧郁、哀愁，或者惊怖。他的面貌长相、性格为人，他的境遇、命运，他的才情、襟怀和境界，和他的世界一起，相互勾连，密不可分。

那里霓虹幻变、别有洞天、超然物外、活色生香……

不要说他们和我们远隔千年，早已斗换星移。其实，我们的传统生生不息，美的源流从未断绝，纵贯古今；我们和他们的人性，在同样的DNA基因中一直鲜活，足以让我们跨越屏障，既是故友，也是新知，可以一拍即合，相融相洽。

我们能感知他们的呼吸，他们能贯通我们的空气。

所以，从这里出发，你能看到意想不到的唐诗、意想不到的诗人，能看到自己在一千年前的坐卧行止，也能看到一千年后自己的悲欢离合，犹如一道连接千年的长虹，在电光火石之间，古代和今天、传统和现实，相映成趣、交相辉映。

我们和他们，本来就能同声相应，同气相求。

二

唐诗是魔幻的，它能引你走上月球的路。一次又一次，弦歌不息，道路不绝……

这个魔幻之外，它还有另一个魔幻：你在不同的时间，不同的心境，读同样一首唐诗，感觉会完全不同。多读一次，对它的感知便重一分，越读越丰厚，越读越滋润。

不信？请看骆宾王的这首《鹅》——

鹅，鹅，鹅，

曲项向天歌。

白毛浮绿水，

红掌拨清波。

这首诗抑扬顿挫、音韵铿锵。

在幼儿园背它的时候，你会记得它的节奏美、色彩美、画面美。

上小学时再读它，会感觉它静中有动的自然美。虽然场景只是一只鹅和一泓碧水，鹅一边高亢而歌，一边在绿水中划动着红掌，有画面，有声音，有色彩，还有韵律。如此生动，让你过目不忘。

上中学再读，这时你有了一定认知能力，会觉得诗的作者很高傲，有洁癖！不是吗？这只鹅扯着脖子只往天上叫，目中无人，它浑身洁白，一尘不染，浮在碧绿的湖水中，安然自得地往前游动。这是非常在乎环境，酷爱干净美好的一只鹅，它是洁身自好，不入污流的一只鹅！这么形象地拟人，摆明了就是在暗喻人生。

等你成年，有了一定人生阅历，再看这首诗时，你会觉得，这首诗包含着宿命，是骆宾王命运的写照。他高傲，偏执，眼里容不得砂子，为了打倒武则天，竟然跟着徐敬业扯旗造反，他的命运也因此走向尽头，但他高洁傲岸的诗人形象，也像那只骄傲而美丽的大白鹅一样，在漾漾碧波中划着，划着，划进了历史深处……

看！同一首诗，在不同的时期，会读出如此不同的内容。

从不同内容的递进中，你能看到诗人形象越来越丰满、清晰。

如果是不同的两个人，经历不同、学识不同、品性趣味不同，读出的内容会更加不同，但都能形于象外，扎于内心。

再看李白的《静夜思》——

> 床前明月光，
>
> 疑是地上霜。
>
> 举头望明月，
>
> 低头思故乡。

当年，幼儿园老师告诉我们：诗人李白在客居异乡时，看到天上的明月，思念远方的亲人，写下了这首诗。

老师说的中规中矩，自然没错。但一首千古绝唱只读到这个份，又有多大意思呢？

这首诗的真正内涵，如果读进去，那是极其丰富，很能激荡人心。

首先，李白不是躺在床上看地上的月光。这个"床"，有人说是"窗"的通假字，有人说是水井的井台，有人说是一种可坐可卧的椅子。不论哪一种，李白都没有躺在床上。其次，他看到的月光像寒霜一样，使人心生寒意，这才举头望月，低头思乡。他孤身一人客居旅舍，眼前除了井栏便是天上的一轮明月，而夜寒侵衣入骨，于是想起故乡的亲人。井台、月光、明月，与思念中的故乡一起，烘托出的是诗人内心泌出寒冰的孤独和寂寞。

把这首诗归结于思乡即使不算错，至少也是不准确的。它的核心应该是诗人在异乡深深的孤独和寂寞，并由此映射出李白漂泊无依的生活窘境。

看，即使面对最为简单的唐诗，只要调动你的感觉、知识和阅历，也能读出自己独特的感受！

这样的感觉会和你的内心相呼应，激发出强烈的共鸣。

你所获得的，会远比鉴赏辞典记载的丰厚。

继续说李白。

李白给读者的印象是一身傲骨："仰天大笑出门去，我辈岂是蓬蒿人！"

但是，李白也写过《清平调》，描写杨贵妃时，"云想衣裳花想容，春风拂槛露华浓。若非群玉山头见，会向瑶台月下逢"，这么多溢美之词，其中有没有讨好唐玄宗李隆基的成分呢？我看是有的。

李白在《与韩荆州书》中，说"生不用封万户侯，但愿一识韩荆州"，也是露骨地讨好，目的是希望韩朝宗向官场引荐自己。

李白曲意逢迎，无非为了当官。但他当官求的不是功名地位，而是想在政治上有所作为。可惜官路蹭蹬，处处受挫，即使不得不权宜变通，终不能得偿所愿。

在这个认知的基础上，我们再看李白的《蜀道难》《行路难》《将进酒》，读他的"天门中断楚江开，碧水东流至此回。两岸青山相对出，孤帆一片日边来"，读"众鸟高飞尽，孤云独去闲。相看两不厌，只有敬亭山"，才能看到一个全面、完整而鲜活的李白，既能"脚著谢公屐，身登青云梯。半壁见海日，空中闻天鸡"，又能"举杯邀明月，对影成三人"。

这样读李白，可以读其神韵，得其精髓，甚至能读出一个上天入地，无所不能的自己。

所以，知道李白的生平为人，知道他的性格经历和关键时期的遭际，可以更加深刻地了解他的作品。

杜甫与李白一起，在盛唐的天空双星闪耀。尽管他与李白一样，在诗歌上无体不精，但他的伟大与李白却各有不同。

"安得广厦千万间，大庇天下寒士俱欢颜"这样的句子，如果出现在别人的诗句中，会觉得突兀、做作、不自然，但嵌入杜甫的诗中，就非常真实、贴切而自然，因为杜甫就是这样一个人，忧国忧民，他关切的从来不是一个小"我"，而是"我，以及我的世界"。

就连《春夜喜雨》这样的小诗，也能看到他忧国忧民的情怀——

好雨知时节，当春乃发生。

随风潜入夜，润物细无声。

野径云俱黑，江船火独明。

晓看红湿处，花重锦官城。

此诗精彩自不待言。一场春雨俗人也会喜悦和感奋，他会想到的是自己家的菜园子，雨后一定格外滋润，分外妖娆，但杜甫却说，"晓看红湿处，花重锦官城"，他在意的不是明天他的草堂花圃有多艳，而是一场春雨让整个成都都花团锦簇！

这才是大气。因为他深具如此大气的禀赋，忧国忧民自然成为他的情怀和境界。

懂了杜甫的大胸怀后，再看他的"无边落木萧萧下，不尽长江滚滚来"时，就会知道这种强烈的对比绝不是自然现象的孤立罗列。如果"无边落木萧萧下"是诗人对自身境况的描摹，那么，"不尽长江滚滚来"这样的汹涌澎湃，一定是对自身以外，又与自身血肉相连的大环境、大趋势的强烈感受。一边是如此强烈，一边是如此无奈，诗人的悲愤孤郁，已经呼之欲出！

同样，再读"正是江南好风景，落花时节又逢君"时，马上就能感受一个跨越的时空中，音乐家李龟年命运的强烈变化，社会环境的强烈变迁，以及关乎物是人非的呼天长叹。

诗人的故事，与诗人的作品，从来都是浑然天成，不分轩轾。

万紫千红、繁花似锦的大唐当然不只是李白和杜甫，群星璀璨之上，每位诗人都姿采焕然，形神独具。

李商隐一生胸襟不开的境遇，使他的作品多带沉郁哀愁，因此也吸引了无数年轻读者，使他成为粉丝最多的唐代诗人。对他诗歌的解读，即使是已有定论的作品，也能读出特别的内容来——

> 相见时难别亦难，
>
> 东风无力百花残。
>
> 春蚕到死丝方尽，
>
> 蜡炬成灰泪始干。
>
> 晓镜但愁云鬓改，
>
> 夜吟应觉月光寒。
>
> 蓬山此去无多路，
>
> 青鸟殷勤为探看。

这首《无题》被很多专家认为是一首爱情诗，几成定论。

这是真的吗？

唐朝社会开明，男女间的禁忌并不多，男女情爱是不需隐讳的话题。而李商隐的爱情诗，其实都写得很直白，如"君问归期未有期，巴山夜雨涨秋池，何当共剪西窗烛，却话巴山夜雨时"，以及"嫦娥应悔偷灵药，碧海青天夜夜心"等。

而这首《无题》却写得非常隐讳，欲语还休，看似缠绵悱恻，其实是内心纠结难言。一些专家更是扣出"春蚕到死丝方尽"中的"丝"，说是"思"的谐音，说明他是在思念情人。但"丝"谐"思"固然不错，又为什么不能是思念恩人之"思"呢？李商隐身受令狐楚大恩，几同再造，但后来却受到令狐楚所在牛党，特别是令狐楚儿子令狐绹的无情打压，面对令狐楚的大恩，这样的打压让他无法反抗，甚至无法辩白，这让李商隐把所有的纠结和矛盾都郁结于心，这种境况下，他特别思念令楚狐，恨不能当面向令狐楚一诉衷肠，这才写下了这首《无题》。

更有力的佐证是，诗中的"蓬山"是仙山，神仙居所，只有像令狐楚这种死去的人才可能住在那里，李商隐不可能将所谓的隐秘不能相见的情人居所称为"蓬山"。

看！只要将这首诗理解为李商隐思念令狐楚之作，诗中所有的疑难都迎刃而解。所谓的专家定论，都不值一驳。

只有了解了李商隐生平，才能更为透彻地了解他的作品。

刘禹锡因改革被贬，弃置二十三年，经历坎坷，但他胸怀坦荡，既写过"沉舟侧畔千帆过，病树前头万木春"，也写过"种桃道士归何处，前度刘郎今又来"，更写过 "千淘万漉虽辛苦，吹尽狂沙始到金"。他的作品门类丰富，很多作品堪称千古绝唱，一首《西塞山怀古》，表现了他面对历史的不尽感慨——

　　王濬楼船下益州，

　　金陵王气黯然收。

　　千寻铁锁沉江底，

一片降幡出石头。

人世几回伤往事，

山形依旧枕寒流。

今逢四海为家日，

故垒萧萧芦荻秋。

深读之后，刘禹锡的感慨会引出你的感慨，诗人欲说还休留下的许多空白，会激发你把自己的经历和感受填入其中，面对时代洪流中人生命运的起伏沉浮，你也会像诗人一样，审视、沉思，生发无穷感慨。

本书以诗人为切入口，紧扣诗人性格特征、经历和命运，结合诗人不同时期的代表作品，展现诗人作品的个性特色和艺术成就，从初唐、盛唐、中唐至晚唐，基本涵盖唐朝各个时期的代表性诗人，可以总览唐诗的全貌。

在这里，你会与白居易相逢，让《长恨歌》张开无限美好的情怀，舒解《琵琶行》那不尽的惆怅和无奈。

会与韩愈相逢，了解他"不平则鸣"的沉雄和博大，知晓他开宗立派的豪迈和坚实。

会与李贺相逢，这个在屈原和李白之后崛起的又一位伟大的浪漫主义诗人，他为我们带来奇幻无边的想象和鬼斧神工的表达。

会与高适相逢，听他纵情唱"莫愁前路无知己，天下谁人不识君"。

会与王昌龄相逢，看他缓缓说"洛阳亲友如相问，一片冰心在玉壶"。

会与王维相逢，待他弹完"渭南朝雨浥轻尘，客舍青青柳色新"，再说"遥知兄弟登高处，遍插茱萸少一人"。

会与贺知章相逢，看他"儿童相见不相识，笑问客从何处来"。

会与王勃相逢，与他"海内存知己，天涯若比邻"。

会与杜牧相逢，听他吹出"深秋帘幕千家雨，落日楼台一笛风"。

还有柳宗元、岑参、崔颢、韦应物、贾岛、孟郊、薛涛、鱼玄机等，他们静静地等着你，并早已准备着，无论你是诉说，还是倾听，都让你不虚此行……

三

阅读是发现，也是创造，用自己的智慧、知识和阅历。

唐诗有着自己的语言体系，在生动美好的语言背后，有更为生动美好的内容。只要你熟知它的系统密码，就能通过语言的引导，走得更深、更厚、更高、更远。

那是一个崭新的世界，可以与现实世界共生共荣，相得益彰。它让你饱览古今，同时拥有两种人生，只活一辈子，却相当于做了两世人。

那么，赶快进入这个盛大堂皇的世界吧！在这里营造一个全新的自己，让自己更丰厚、更雄阔、更豪迈、更敏锐，让这样的精神和力量来充实现实世界的你，在奋然前行中，完成更为坚定、更加美好的人生！

是为序。

萧树

2019 年 3 月，于杭州

目录

初唐诗歌：风神初振，云蒸霞蔚

一

唐诗是一场革命。

狂飙突进式的壮阔雄浑是后来的事。当河山已然一统，天下太平、百姓安泰，甚至都路不拾遗了，文化是不是该往上蹦一蹦了？至少也该拾阶而上吧？

但是不行，整个文坛都不行，诗坛更是闷得很。不光是雷不响，连风都没吹。

一直静水深流许多年后，这才金瓶乍破，水起风生。

完成这个阶段，整整用了一百年。

出现这个问题，不是由于朝廷不重视诗歌，而是太重视了！

唐太宗李世民这个人，打仗很好，治理天下更好，而在写诗这件事上，他自己认为那是不得了的好！早在骑马征战时他就经常写诗，金戈铁马、风云际会，颇有气势。当上皇帝后他下马治天下，大搞文化建设，诗创作上也是率先垂范，以九五之尊，不断抒写宫廷生活，诗中的每个字，都像镶嵌了金银珠玉，华丽丽的富贵满堂。把齐梁以来的奢华文风进一步发扬光大。

他的这种做法，当然有人会有微词，甚至有人当面给他指出来了。

比如御史大夫杜淹就说："陈将亡也，为玉树后庭花；齐将亡也，而为《伴侣曲》，行路闻之，莫不悲泣，所谓亡国之音也。"他虽不敢直陈齐梁诗风看似华丽靡绯，其实衰颓不祥，但以乐及诗，旁敲侧击，也是直击靶心。可唐太宗真的很能说，他说："不然，夫音声能感人，自然之道也。故欢者闻之则悦，忧者听之则悲，悲欢之情，在于人心，非由乐也。今《玉树》《伴侣》之曲，其声俱存，朕当为公奏之，知公必不悲也！"

笑话！皇帝说了他奏后必不悲，又有哪个臣子敢悲？

接着唐太宗又在宫里办赛诗会，他写一首宫廷诗，要求臣子们和一首，虞世南不同意，还说："上之所好，下必有甚者。臣恐此诗一传，天下风靡。不敢奉诏。"唐太宗虽然赏赐了虞世南，却也没把他的话当回事，结果虞世南一语成谶，初唐诗坛果然上行下效，全都跟着唐太宗李世民写起了宫廷诗，齐梁诗风，在唐太宗的引领下大行其道。

紧接着，唐太宗后面的唐高宗、武则天、唐中宗、唐睿宗，一个比一个重视文化建设，重用诗歌人才，经常组织宫廷赛诗会，皇帝们以为这样可以激励诗坛事业大跨越发展，但写诗的人虽然多起来，他们的心思却不在诗上，想的都是怎么让自己的诗歌吸引皇帝的重视，这样一来，空泛而华丽的宫廷诗风行一时。

有人会问，文词优美华丽的宫廷诗，把延续五百多年的齐梁诗风进一步发扬光大，怎么就不好了呢？

这话要摆开来讲，就得再往上追五百年，追到汉魏。那也是一个诗时代，诗风刚劲质朴，语言的外衣下，是风骨凛然的气韵，贯通全篇，脉络、骨架、血肉，都是完整的，能感知它们的灵魂和精魄。那时的诗人，写了很多好诗，他们对生命的体认透彻而安然，自身与外在的关系清澈如水，乃至相得益彰。后来，国家乱了，战乱频仍，生灵涂炭，人不如狗，哪怕你才华惊天，指不定哪天就突然被咔嚓一刀，被人搬走吃饭的家伙。这种朝不保夕的生存状态，让诗人忽略了生命的价值和生存的意义，末世情绪笼盖了诗人的思想和创作，他们宁肯清谈、玄谈、胡喝海吹，可以找一块小竹林撒一把小野，或是赤膊袒胸，击鼓擂金，过把瘾就死，而不再追索生命的意义，完全放弃了终极思考。

流风及弊。再接下来五胡乱华、衣冠南渡，国家四分五裂，上自贵族下至黎民，不时有朝不保夕的危机，整个世界依旧笼罩于末世情绪中，活一天算一天的想法让生活的目标既简单又浅薄，即时行欢，享乐至上。这样一来，他们连奢华都是浅薄而空泛的。诗嘛，自然是要写的，诗可以装点帝王的门面，说不定还能带来荣华富贵，何乐而不为？只是，这种只为了写给别人看的东西用不着直抒胸臆，更用不着直指人心，只要华丽丽地漂亮就够了，有没有骨骼血肉和灵魂，不再是一件重要的事，也没有人在意这样的事。而诗歌关注的是高高在上的贵族生活，表现的是贵族生活的豪奢淫逸，诗歌的路子越走越窄。

所以齐梁五百年间，诗歌越写越华丽，语言越玩越精致，内容却越来越空泛，空得只剩一副空架子。

这就像当下许多写古诗词的网文，越写越玄乎，煞有介事，其实就是一阵锣鼓喧天，然后走马灯跑出一串跑龙套的凑一点过场戏，草草收场，既扎不下根，也出不了人，虚幻、浮艳、浅薄。

唐朝的建立是中国历史上的奇点，之后国泰民安，经济迅速恢复，社会飞速发展，文化价值得到空前重视，生存意义和审美追求历史性地回到文人的视野中，而佛教正在快速融入中华文化体系，儒学得到空前重视，道家学说和道教发展再次达到顶峰，思想界极为活跃，各种思潮风起云涌，处于这个奇点上的诗歌，发生革命性转折的时机已经成熟了。

而朝廷太过积极的介入，硬生生将诗歌革命的进程延后数十年。

二

唐太宗皇帝做得很成功，国家盛大堂皇，精气神越来越足。他作为资深老文青，把诗歌创作从金戈铁马的昂扬豪迈转入宫廷派的浮艳绯靡，跟他做皇帝越做越讲究也有关系，因为这类诗歌华丽，纸醉金迷、耀武扬威、派头十足，他需要这样的诗歌作为帝国的锦上花、升平乐。

既然皇帝好这一口，心领神会的人委实不少，做得最好的，是宰相上官仪。他也是个讲究人，更知道唐太宗特讲究，写的诗紧跟着唐太宗的步伐，用作品证明唐太宗在诗歌建设上的伟光正，当然，聪明到了他这个份上，只跟在齐梁诗的屁股后面亦步亦趋，也是不甘心的。不甘心怎么办？改良！但又不能以改良的名义，得以发展的名头，大大地盖过齐梁一头，这样才会让唐太宗更开心！

来，硬起头皮，看一首上官仪的好诗——

> 殿帐清炎气，辇道含秋阴。
>
> 凄风移汉筑，流水入虞琴。
>
> 云飞送断雁，月上净疏林。
>
> 滴沥露枝响，空蒙烟壑深。
>
> ——《奉和山夜临秋》

这是奉和的，也就是说，皇帝写了一首诗，写完了挺得意，就吩咐上官仪也来一首，于是上官仪赶紧说，我跟！看看，这些废话说的多么聪明、多么漂亮，又是多么堂皇啊！只是看了老半天，只看出这样一句话：不好的都去了，好的全来了！非常空洞，但谁敢说它不是诗？

这些一点也挑不出毛病的诗，其实没毛病就是它最大的毛病，这就像吃五月的螃蟹，一只只看着很生猛，横行霸道，吃起来空空的一点味道也没有！这样的诗后来被称为"上官体"，他把绮错婉媚玩出了花，语言上的技巧纯熟到了极致，声辞之美也达极高标准。光这些，直接就把齐梁五百多年的诗人给盖了。

作为唐太宗的应制诗人、御用文人，能到如此水平，唐太宗脸上有光，少不得经常对上官仪表扬两句，一时间，上官仪身后从者如云，新作一出，马上竞相仿效。上官仪眼看涨粉如此迅速，马上利用话语权，对诗歌形式作了比较明确的规定，先是提出了"六对"，后来更进一步，又提出了"八对"。

上官仪对"六对"是这样解释的——

> 诗有六对。
>
> 一曰正名对，天地日月是也；
>
> 二曰同类对，花叶草芽是也；
>
> 三曰连珠对，萧萧赫赫是也；
>
> 四曰双声对，黄槐绿柳是也；

五曰叠韵对，彷徨放旷是也；

六曰双拟对，春树秋池是也。

他又这样说"八对——

诗有八对。

一曰地名对，"送酒东南去，迎琴西北来"是也；

二曰异类对，"风织池间树，虫穿草上文"是也；

三曰双声对，"秋露香佳菊，春风馥丽兰"是也；

四曰叠韵对，"放荡千般意，迁延一介心"是也；

五曰联绵对，"残河若带，初月如眉"是也；

六曰双拟对，"议月眉欺月，论花颊胜花"是也；

七曰回文对，"情新因意得，意得逐情新"是也；

八曰隔句对，"相思复相忆，夜夜泪沾衣；

空叹复空泣，朝朝君未归"是也。

"六对"、"八对"，以音义的对称效果来区分偶句形式，从一般的词性字音讲求扩展到联句整体意象的配置，基本明确了律诗的对仗方式，为律诗的定型打下了基础。

上官仪之后，"文章四友"杜审言、李峤、苏味道、崔融，"初唐四杰"王勃、杨炯、卢照邻、骆宾王，他们创作的大量诗歌已经合律，到了宋之问、沈佺期时，他们的创作使五律更趋精密，完全定型，又使七律体制开始规范，是完成律诗定型的两个关键人物。

看看宋之问的《度大庾岭》——

度岭方辞国，停轺一望家。

魂随南翥鸟，泪尽北枝花。

山雨初含霁，江云欲变霞。

但令归有日，不敢恨长沙。

"魂随南翥鸟，泪尽北枝花"这对仗工整得挑不出毛病，把思乡的意念跟着写了个透，跟着"山雨初含霁，江云欲变霞"同样用对偶的方式，用情景的描写，带出自己思绪的脉动，上下两联，每联五个字，"山"对"江"，"雨"对"云"，"初"对"欲"，"含"对"变"，"霏"对"霞"，真是无一字不对，绝了！最后"但令归有日，不敢恨长沙"，虽然有点想给皇上跪下的奴才相，但作为诗歌尾巴收得干净利落，非常合适。

再看沈佺期的《独不见》——

> 卢家少妇郁金堂，海燕双栖玳瑁梁。
>
> 九月寒砧催木叶，十年征戍忆辽阳。
>
> 白狼河北音书断，丹凤城南秋夜长。
>
> 谁谓含愁独不见，更教明月照流黄！

在这首诗中，七律的型式已经成型，平仄关系、韵脚规则，非常清晰。"九月寒砧催木叶，十年征戍忆辽阳"这种对仗难度很高的偶句，却对得如此工整，显示了高超技巧。

五五百多年的齐梁诗体，发展到这个地步已经完成了使命，而终结齐梁华丽靡绯腔调的，是一个叫张若虚的诗人，他一生只留下两首诗，最有名的一首，叫《春江花月夜》，仅凭这一首诗，他就"冠绝全唐"，堂皇居于全唐大诗人之列，无人敢说半个"不"字。

有人会说，《春江花月夜》的语言极其质朴，跟齐梁华丽的诗风怎么扯得上关系呢？那么，看看闻一多是怎么评价的——

"诗中有的是强烈的宇宙意识，被宇宙意识升华过的纯洁的爱情，又由爱情辐射出来的同情心，这是诗中的诗，顶峰上的顶峰。从这边回头一望，连刘希夷都是过程了，不用说卢照邻和他的配角骆宾王，更是过程的过程。至于那一百年间梁、陈、隋、唐四代宫廷所遗下了那份最黑暗的罪孽，有了《春江花月夜》这样一首宫体诗，不也就洗净了吗？向前替宫体诗赎清了百年的罪，因此，向后也就和另一个顶峰陈子昂分工合作，清除了盛唐的路，——张若虚的功绩是无从估计的。"

是的，《春江花月夜》是终结齐梁诗风的最后一声巨雷，首先，它是一首宫廷诗，字词质朴，但内容极其华丽，华丽到无匹。对人生、宇宙、人性、情感的豪迈放旷的挖掘和酣畅淋漓的表达，满满的贵族体、帝王气，每个字词，特别是每个用韵，都与内容密不可分，找不出一句废话，挑不出一个没用的字词。内容极其丰富，同时结构完整紧密，写景、抒情、议论，相得益彰，臻于完美！

三

名列"文章四友"之首的杜审言是一个很狂的诗人，他自比屈、宋，同时期的诗人他一个也没放在眼里，但他再怎么狂，跟他孙子杜甫相比，简直就是一个笑话。而杜甫大赞的初唐诗人，也不是自己的祖父，而是另有其人——

王杨卢骆当时体，轻薄为文哂未休。

尔曹身与名俱灭，不废江河万古流。

——《戏为六绝句·其二》

王、杨、卢、骆，是号称"初唐四杰"的王勃、杨炯、卢照邻、骆宾王，这是扭转齐梁委靡浮艳诗风，甚至敢于直接否定上官体宫廷诗的一个团伙，他们把诗歌题材从亭台楼阁、风花雪月扩展到江河山川、边塞大漠等辽阔空间，为沉闷的初唐诗坛带来一股清新旷达之风。虽然他们的创作让"轻薄为文哂未休"，长时间被人嘲笑和打压，但他们不畏讥馋，一直坚持自己的创作风格，将唐诗从宫廷带到市井，带到边塞荒漠，也正是他们，将久违的风骨带入了诗歌。

王、杨以五律见长，但风格各异。王勃《送杜少府之任蜀州》，即使处在初唐，也是千古流传的名篇——

城阙辅三秦，风烟望五津。

与君离别意，同是宦游人。

海内存知己，天涯若比邻。

无为在歧路，儿女共沾巾。

而杨炯的《从军行》，展现的是轩昂豪迈的风格——

烽火照西京，心中自不平。

牙璋辞凤阙，铁骑绕龙城。

雪暗凋旗画，风多杂鼓声。

宁为百夫长，胜作一书生。

卢照邻和骆宾王擅长的则是七言，杨炯对卢照邻的才能极推崇，有"愧在卢前，耻居王后"之语，而"神童"出身的骆宾王，不仅在七岁就写出"鹅 鹅 鹅，曲项向天歌。白毛浮绿水，红掌拨清波"，更以一篇《讨武氏檄》震动天下，他最先支持王勃反对上官体式的宫廷诗，更让自己的诗歌走入市井，走到四海——

西陆蝉声唱，南冠客思深。

不堪玄鬓影，来对白头吟。

露重飞难进，风多响易沉。

无人信高洁，谁为表余心。

——《在狱咏蝉》

他们大量对仗工整的诗作有力推动了律诗的发展和成型。

而在"四杰"之前，唐朝立国之初，也并不是所有诗人都跟着唐太宗承袭齐梁诗风，大写宫廷诗。当时的诗歌潮流中，王绩正是这样一股绝不苟同的清流，他不向齐梁诗风妥协，直追魏晋高风，从写诗到生活方式，都以陶渊明为范，他的田园诗意境浑厚，朴素自然。唐诗中最早的一首格律完整的五律，正是他的《野望》——

东皋薄暮望，徙倚欲何依。

树树皆秋色，山山惟落晖。

牧人驱犊返，猎马带禽归。

相顾无相识，长歌怀采薇。

如此宁静谧美的田园秋色，虽然与诗人的心境还有些许的隔离，让他感到孤寂，心生惆怅，但这是多么亲切，多么自然的生活图卷，诗未放下，人生的烟火香味已扑鼻而来。王绩因此被认为是五言律诗的奠基人。

"四杰"之后，陈子昂昂然出山，一首《登幽州台歌》，如惊雷乍现，一下震慑了初唐诗坛——

　　前不见古人，后不见来者。

　　念天地之悠悠，独怆然而涕下。

诗中有壮志难酬的忧愤，有知遇难逢的孤独，有时不我待的焦虑，有豪情，更有深思。如此雄浑豪迈，直把委靡绵软的齐梁体甩落九条大街。

同样，陈子昂的《感遇·三十八首》，紧扣时事，针对性极强，是他在不断创作过程中积累而成，风格卓异，让时人耳目一新。

更为难得的，是陈子昂从理论上彻底否定了齐梁以来的靡绯诗风——

"文章道弊，五百年矣，汉魏风骨，晋宋莫传，然而文献有可征者。仆尝暇时观齐梁间诗，彩丽竞繁，而兴寄都绝，每以永叹，思古人，常恐逶迤颓靡，风雅不作，以耿耿也。一昨于解三处见明公《咏孤桐篇》，骨气端翔，音情顿挫，光英朗练，有金石声。遂用洗心饰视，发挥幽郁。不图正始之音，复睹于兹；可使建安作者，相视而笑。"（《修竹篇序》）

这篇短文像是一篇宣言，标志着初唐诗风的革新和转变。

初唐时期的一百年，是诗歌深厚积累和渐进裂变的一百年。尽管唐太宗倡导的齐梁诗风阻碍了诗歌的发展，但他及随后的唐高宗、武则天、高中宗、唐睿宗对诗歌的重视和推广，直接推动了诗歌创作的兴盛和繁荣。同时，唐代诗人爱好漫游、交友赠诗的习惯，入仕或是加入幕府的习俗，以及归隐山林苦读诗书的风气，甚至屡遭贬谪的生活经历，都为诗人群体的催生和升华提供了源源不断的保障。

至此，初唐诗歌通向辉煌盛唐的通道已完全打开，畅行无阻。

王绩：有一种活着叫不爽

现在讲一个人有来头，有时会讲他家的老底子，老底子厚实，好像注定就能牛。

把"老底子"往唐朝推，那叫门风家世，从前那个讲究，大得去了！这么说吧，有些朝廷忽忽的传个三代四代会倒，但有些显赫家族，几百年下来，还是光闪闪地显赫着。皇帝都改姓了，他家那杆大旗，依旧迎风起舞，兀立不倒！

隋灭唐兴那当口，山河变色，但古绛州龙门县有户姓王的人家，照样是旺族大家，世代簪缨。在隋朝名气大，仰慕无数，到了唐朝照样受重视，名声煊天。隋文帝时，这个王家出了个神童，叫王通，十五岁就名动京师，上殿与隋文帝对国策，让隋文帝以为是上天分派给他的股肱，后来当官不顺，就回家做学问，搞创作，他那个学问做的好大，被称为"当世孔丘"，同时他还治医术，跟着也出大名堂！据说，魏徵、房玄龄都曾拜在他门下。王通后来有个孙子叫王勃，也被人称"神童"，后来写了《滕王阁序》，名满天下。

王通有个弟弟叫王绩，跟王通一样打小聪明，也是年少成名，被称"神童"，他一手好诗文，当时就没人敢不服。虽然王通经常批评王绩，但王绩从来就没想靠哥的名气混社会，在江湖上甩的那一个硬气，全是硬实力、真功夫，差点叫人忘了他是名门之后。

王绩很早当官，跟着也很早就碰壁，才高脾气大，看不起人，注定被人整。他这个人呢，越是傲骄，越是玻璃心，被人一整就灰溜溜跑回家去，心灰意冷，连家传的儒术都不深研，改而研究起易经和老庄来。接着唐朝成立，百废待兴，他一看机会来了，又兴冲冲地跑到长安，果然凭着名头在门下省谋了个官儿，干了没多久干不下去，就辞了官。没多久朝廷又调他回去做官，他以为这回铁定是受重用，哪知朝廷想用的是他的名气，只想用他装点门面。他好无奈，就申请到一个酒酿得特别好的焦革下面当"太乐丞"，不能让自己的才学经世致用，那就混一口好酒喝吧！谁知两年时间，这个善酿酒的焦革大人因病去世，王绩生无可恋，带着焦革的酿酒秘方，搬到"东皋"这地方（现安徽宿州五柳风景区），自名"东皋子"，过起了归隐田园的生活。

他的这些经历，叫"三仕三隐"。

当年诸葛亮躬耕于南阳，被刘备三顾后，直接就上《隆中对》，作出"天下大势，分久必合，合久必分"的伟大判断，明眼人稍一寻思当能知道，诸葛亮是身在隆中，心怀天下！那么，王绩人到了东皋，心有没有遨游天下，待机而动呢？这个问题，我们一起从他的诗中找答案。

王绩最著名的一首诗，叫《野望》——

> 东皋薄暮望，徙倚欲何依。
>
> 树树皆秋色，山山惟落晖。
>
> 牧人驱犊返，猎马带禽归。
>
> 相顾无相识，长歌怀采薇。

这首诗给唐五律定了格式，五律对仗和韵脚的调子，都是从这首诗开始起步的。今人谈五律，绕不开这首《野望》。

很多人同时把这首诗作为唐代山水诗开篇之作，王绩也因此成为唐代山水诗开山人。但是，从第一句开始，诗人的心思根本就没放在山水和景色上。他的确是在望，望的也的确是田野，可是，他看到的田野季节是暮秋，时间是黄昏，秋天谷物归仓，黄昏农人归家，每棵树都染上秋色，群山都披上落日的余晖，那么，诗人作为一个迁徙到此地的人，用什么作为依托，又能归向何处呢？眼前归家的人们，看过去没有一个是认识的，这样的田园，不是静美，而是凄美，诗人的心情，不是在欢悦地享受山水田园的安谧宁静，反倒是这样的景色让他心生孤独、落寞和无奈。最后，他只能迎风长啸，表白心迹：我来了，我留下，无它，只是要做一个伯夷、叔齐那样的隐者，以采薇度日！

诗写得真好，他的心事，也是一点也没瞒着。奇怪的是一千多年那么多人硬是没看出，王绩哪里是在隐居，他只是在找自己的归宿。当然，诸葛亮那种雄视天下的野心，他一点也没有，但对唐太宗这个当皇帝的，诗里却颇透出有些不满。因为，他诗中想做的伯夷、叔齐，采薇首阳山，那是为了不食周粟，他们饿死前唱的歌，是"以暴易暴兮，不知其非矣"，意思是说，以暴臣替代暴君，还不知道自己的错误。这难道不是直指当时上位时间不长的唐太宗李世民吗？他心底生出这样的想法，其实是思想上彻底断绝了再次出山为官的念想。

由此可见，王绩不是不喜欢当官，更不是不想当官，只是因为在唐朝那样的政治环境中，他不可能当官，并因此对唐太宗耿耿于怀。

所以，在当时几乎普天下的诗人都跟在唐太宗的屁股后面，顺着唐太宗的腔调写着唐太宗喜欢的宫体诗，把已经绯靡五百年的齐梁诗体又烘云托月地大张旗鼓时，王绩没有跟在这些诗人后面亦步亦趋，而是孤独地呆在远离长安的东皋，心怀不甘，又满是落寞惆怅地写自己的山水诗，不知不觉间，特立独行的王绩竟然成为大唐初期委靡诗坛的一股清流。

除了写诗，王绩又安排家里的奴仆广种黄米，春秋两季自酿黄米酒，王家富裕，任由王绩每天敞开肚皮喝，王绩也真能喝，连喝五斗都不醉，便给自己取了个外号，叫"五斗先生"。

他交了个叫仲长子光的哑巴朋友，在他家附近建了座茅屋，每天去茅屋与仲长子光对饮，朋友当上刺史，请他去讲礼乐，他不想耽搁了喝酒，便推托不去。

王绩注定跟酒摽上了劲。喝酒不说，还写了一卷《酒经》，一卷《酒谱》，又仿着陶渊明的《桃花源记》，写了一篇《醉乡记》。关于饮酒的诗，更是不少，比较有名的，是这首《醉后》

阮籍醒时少，陶潜醉日多。

百年何足度，乘兴且长歌。

看看，把自己整个人生都泡进酒里了。

在不喝酒的时候，王绩又做些什么呢？

促轸乘明月，抽弦对白云。

从来山水韵，不使俗人闻。

——《山夜调琴》

好一个超脱飘逸！据说，王绩的琴艺极其高超，曾"加减旧弄"，改编琴曲《山水操》，广为流传，为世人所赏。

他还写过劳作的喜悦——

北场芸藿罢，东皋刈黍归。

相逢秋月满，更值夜萤飞。

——《秋夜喜遇王处士》

收黍一直干到月上枝头，夜萤四飞，这时正好遇上一位姓王的朋友，心里好一阵欢喜！

这样的好日子，看上去王绩的确过得很安逸。他不仅在诗风上追慕陶渊明、谢朓，在日常行为作派上，也以陶渊明、阮籍、杜康为范，还建了座杜康祠，时常祭拜。但是，不论是他的诗文还是作派，横竖看都跟陶渊明不像。首先，陶渊明很穷，很多时候穷到没钱买酒，王绩却很富，家里十多公顷田地，广有房产，奴仆成群，衣食无忧，完全不用担心吃了上顿还有没有下顿，自己有这么好一个家，又哪里会有陶渊明那种以自然、山水为家，穷且益坚的安闲和淡然呢？其次，陶渊明是放着陶令不当直接回家，王绩新朝开立后两进两出，知道自己在官场混不下去才死的心。他实在是当不了官才摆摆腔调的！

为了把腔调继续摆下去，王绩还得继续装样子——

> 百年长扰扰，万事悉悠悠。
>
> 日光随意落，河水任情流。
>
> 礼乐囚姬旦，诗书缚孔丘。
>
> 不如高枕枕，时取醉消愁。
>
> ——《赠程处士》

好一个洒脱！连周公姬旦和万世先师孔丘都囿于执念了！而王绩却放下一切，如同日光、河水一般，圆转如意，自然而然。只是一个不小心，在最后关头露出了一点小马脚："时取醉消愁"！身心都如此自由了，这个"愁"字从何处生根，又是从哪里冒出来的呢？

如果这一首还不能定论，那下面这一首，就是揭开王绩心底秘密的盖子——

> 我欲图世乐，斯乐难可常。
>
> 位大招讥嫌，禄极生祸殃。
>
> 圣莫若周公，忠岂逾霍光。
>
> 成王已兴诮，宣帝如负芒。
>
> 范蠡何智哉，单舟戒轻装。
>
> 疏广岂不怀，策杖还故乡。
>
> 朱门虽足悦，赤族亦可伤。
>
> 履霜成坚冰，知足胜不祥。
>
> 我今穷家子，自言此见长。
>
> 功成皆能退，在昔谁灭亡。
>
> ——《赠梁公》

这梁公不是别人，是大名鼎鼎的房玄龄。王绩把思想工作都做到宰相那儿去了，像发展地下党一样想发展房玄龄加入他的隐士队伍。

还好他联络的是房玄龄，还好当时的皇帝是唐太宗李世民，如果换一个宰相，换另一个皇帝，你王绩脖子上的脑袋还能保得住吗？你王绩都是隐士了，世间万事，早已不需你萦怀牵挂，你为什么要冒着掉脑袋的风险，为天下注目的名相房玄龄写这样一首诗呢？

他这样做的目的只能有一个：出名！

由此可知，王绩并不想做隐士，他想做名士！

孤独、落寞的隐士生涯，让王绩过得很不爽！

所以，王绩隐士生涯的点点滴滴，才会这样广为人知，他是生怕别人不知道呢！

不论如何不爽，他都得把名义上的隐士生活"做"下去。

贞观十八年，五十六岁的王绩身染重病，他自知不治，像陶渊明写《自祭文》一样，他给自己写了墓志铭，并嘱家人薄葬。

他虽然没有在隐逸生涯中得到安逸快乐，但特立独行的诗歌创作，却为初唐诗坛注入一股清流，为后来五律的确立扎下了基础，也为后来的山水诗开辟了道路。

正如《唐才子传·王绩》所言：夫迹晦名彰，风高尘绝，岂不以有翰墨之妙，骚雅之奇美哉！文章为不朽之盛事也。

是的，诗歌才是让王绩不朽的事业，隐士也好，名士也罢，都是过眼烟云。

王勃：独行天地间的寂寞旅人

老天把王勃分派到绛州王家，不是赏他一口饭，而是要他做一件事：在人间走一遭！

王勃的人生，从行走开始，在行走中结束。就像《古诗十九首》所说：人活天地间，忽如远行客！

为了让王勃一路走好，老天让王勃带着宿慧降生。什么是宿慧？就是前世的知识和智慧没被孟婆汤洗掉，又带到现世来。不然，王勃怎么可能六岁能写出好文章，九岁能写出十卷的《指瑕》，把颜师古注释的《汉书》批了个体无完肤呢？

虽然王勃的祖父王通当年是神童，叔祖父王绩也是神童，但王勃这个神童，显然青出于蓝而胜于蓝，一路走来风光无限，让人们交口称赞。他在十六岁科场及第，获授朝散郎，接着被沛王李贤征为王府侍读，少年得志，前途一片光明。

但沛王府不可能是王勃这种天才的归宿。他天纵聪明，年纪轻轻的，不搞出点事情来，对不起他"神童"的光环！这不，他在沛王府呆了不到两年，闲得心里都长出草来，于是整出篇《檄英王鸡》，结果一下就玩出花来了！

本来沛王李贤与英王李哲两兄弟只是斗着鸡游戏一把，为了马屁拍的响，王神童硬是上纲上线，把一篇斗鸡骈文写成两军交锋时的战书（檄文），把鸡飞狗跳拟人化，将两只鸡的格斗说成英豪间的生死对决，说"雌伏而败类者必杀，定当割以牛刀"，说"两雄不堪并立，一啄何敢自妄"、"养成于栖息之时，发愤在呼号之际"，写得花团锦簇，富丽堂皇。文章很快便传到唐高宗李治手里，李治一看，大光其火，怒喝一声："将王勃这浑小子逐出沛王府！"

唐高宗这一逐，王勃不仅离开沛王府，更是离开了官场和前程，但刚刚十八岁的王勃还是太年轻，在这未经世事的当口，他有几分聪明，就意味着有几分天真。他天真地以为，自己不过一篇游戏之作，唐高宗实在是小题大作了！

但真实的情况是，唐高宗因为爱才惜才，宽大为怀，才留下王勃一条小命。

王勃也不想想，他千来字的一篇小文，通篇都在犯忌，而且犯的是李氏皇族的大忌！李家最怕被人提及，一直在竭力掩盖的大忌，让少不更事的王勃一竿子直接捅到了痛处：唐高宗的父亲是唐太宗李世民，李世民在"玄武门之变"中，杀了自己的同胞兄弟、太子李建成和齐王李元吉，这才得到大唐江山。这种血淋淋骨肉相残的事，从李世民开始，李家人花了无数精力心血用来掩盖和粉饰，但欲盖弥彰，以致讳莫如深，谁都不敢再提。而王勃竟然将沛王和英王两兄弟间的斗鸡游戏，引伸为两雄相争，不仅将游戏升格为争斗，而且会让更多人联想起李世民弑兄夺嫡的旧事。王勃捅了这么大一个漏子，唐高宗仅仅将他逐出沛王府，这惩罚怎么说都算轻的。

王勃没有意识到自己闯了大祸，没有因此上心、长记性。

在外面流落三年后，已经二十一岁的王勃从四川返回长安再次参加科考，他的朋友凌季友当时为虢州司法，因为虢州药草丰富，而王勃知医识药草，便为他在虢州谋得一个参军之职。参军之职虽不大，毕竟又入官场，王勃再次陶醉于自己的聪明中。这时，一个名叫曹达的官奴，平时与王勃关系不错，因犯罪惹上了官司，王勃脑子一冲动，凭着哥们义气把他藏了起来，但外面抓捕曹达的风声很紧，又让王勃很害怕走漏风声，情急之下，又是一个冲动，把藏在家中的曹达杀了！结果没几天东窗事发，王勃直接被下到死牢！杀人偿命，王家家世再显赫，也没能力救他一命！

眼看就要秋后问斩，好在老天不让他这样就死了。于是，一场天下大赦如期而至，王勃被赦免死罪，改判三年刑罚。但这件事连他父亲都受到拖累，从雍州司功参军被贬为交趾（今越南）县令，远谪到南荒之外。

唐代名将裴行俭以善辨人才著称，他曾这样评价王勃：士之致远，先器识，后文艺。如勃等，虽有才，而浮躁衒露，岂享爵禄者哉？

这意思是说，入仕的人要走得更远，就必须把度量、见识放到前面，文辞、技巧摆在后面，王勃虽然有才，但性格浮躁、爱显摆，不是当官吃皇粮的料！这番话如果评价王勃入狱前的人生，公允而精当。但用在王勃入狱之后，那就失之偏颇，大为不当。

因为，这时的王勃经过三年牢狱生活的磨练，犹如醍醐灌顶，明白了人生的真谛，格局、气度已迥然不同，不再是一只"凡鸟"了。

走出牢狱时王勃只有二十五岁，此时的他，既不能像祖父王通那样钻研学问，当一代大儒，又不能像叔祖父王绩那样当一个隐者，藉没于人世。他虽已脱胎换骨，但远没有活够，这个世界有不尽的美景和人情在等着他，他得去走、去看、去品味。上天早早结束他的官场生涯，就是为了让他及时迈开行走人间的步伐。

《滕王阁序》是王勃在行走中带给我们的最大惊喜。

此文不仅有灿灿的文词美，更有浓浓的鸡汤香。把一座楼写得如此富丽堂皇，耸立于浩茫辽阔的山水之间，又浑然一体。他没直接说楼之美，但在他意念牵引下，连"落霞与孤鹜齐飞，秋水共长天一色。渔舟唱晚，响穷彭蠡之滨，雁阵惊寒，声断衡阳之浦"都会觉得是在说滕王阁之美。他以胸怀寰宇的大格局，裁剪了浩荡天地间的一幅壮丽图景，在这样的图景中，他的心绪跟着图景一起壮丽，并且爽脱，毫无被逐出王府、身系囹圄的那种失落和愁怨。当然，惆怅还是有的，所以他说"时运不齐，命途多舛；冯唐易老，李广难封"，但紧接着笔锋一转，马上就是"屈贾谊于长沙，非无圣主；窜梁鸿于海曲，岂乏明时？所赖君子见机，达人知命。老当益壮，宁移白首之心？穷且益坚，不坠青云之志"，这时的王勃，腰杆直直的，坦荡、磊落、脑门上大放光明！

一浇块垒的畅达之后，他紧接着写下了《滕王阁诗》，但已经没有那种不尽之意，未抒之情了——

> 滕王高阁临江渚，
> 佩玉鸣鸾罢歌舞。
> 画栋朝飞南浦云，
> 珠帘暮卷西山雨。
> 闲云潭影日悠悠，
> 物换星移几度秋。
> 阁中帝子今何在？
> 槛外长江空自流。

这首诗可以离开长序独立成篇，将感慨置于时空变迁，苍茫山水之中，品得出人生渺小而无奈的况味。

但王勃真是旷达之人，看他笔底豪情，就像看到昂藏高立的大丈夫——

> 城阙辅三秦，风烟望五津。
> 与君离别意，同是宦游人。
> 海内存知己，天涯若比邻。
> 无为在歧路，儿女共沾巾。
>
> ——《送杜少府之任蜀州》

诗一开头就大气，这气势直接从长安一路壮阔，壮到了四川从灌县到犍为沿岷江排开的五个渡口，没有扭怩儿女态，抬头便是心雄万丈！第三四句是拍了拍送别人的肩膀，说你是我的同类，惺惺相惜，接着继续壮阔，海内、天涯都不是问题，豪气在前，长路无限，一路风光无垠。这样的送别，简直酷毙了！

这么旷达的诗人，首先是一位旷达的旅人，行走者。

那么，王勃在心情落寞时的送别，会是什么情况？

一

江送巴南水，山横塞北云。

津亭秋月夜，谁见泣离群？

二

乱烟笼碧砌，飞月向南端。

寂寞离亭掩，江山此夜寒。

——《江亭夜月送别二首》

第一首很有名，第二首却比第一首更好。景色很壮阔，人很伤感，而气候突然就不对了：这离亭根本掩不下寂寞，江和山在这个夜晚，整个"寒"了下来！

在路上，他一直在与人道别。不道别的日子，他除了行走，主要就是写诗。

他写山——

长江悲已滞，万里念将归。

况属高风晚，山山黄叶飞。

——《山中》

这首诗告诉我们，心胸辽阔的人，连不爽都是辽阔的。先是雄阔的长江因他的离情而停滞，接着便借高高劲吹的秋风，席卷起山山黄叶，直接让离情铺天盖地而来。不得不说，这样的思乡之情，真是雄浑而壮阔。

心情好的时候，他会咏风——

肃肃凉风生，加我林壑清。

> 驱烟寻涧户，卷雾出山楹。
>
> 去来固无迹，动息如有情。
>
> 日落山水静，为君起松声。
>
> ——《咏风》

也会写春园——

> 山泉两处晚，花柳一园春。
>
> 还持千日醉，共作百年人。
>
> ——《春园》

也有身心俱疲的时候——

> 泛泛东流水，飞飞北上尘。
>
> 归骖将别棹，俱是倦游人。
>
> ——《临江》

看，从连绵的东流水，到不绝的北上烟尘，骑马者与乘船人相别，唉，大家都是疲倦于行程的旅人啊！

累得很辽阔！

他就这样不停地行走着，跨越南国，走到交趾（越南），见到了受他连累贬谪此处的父亲王福畤，他父亲生活困窘，让他非常难过，没多久，他就告别父亲踏上归程，却在渡南海时遇上大风浪，不幸溺水，"惊悸而死"，年仅二十七岁。

一个从北走向南，走遍大半个中国的天才，他以壮丽的心情，饱览了壮丽的河山，留下壮丽的诗篇，就这样突然终结了人生的行程。他究竟是偶遇风浪，为大海所噬，还是自觉使命完成，蹈海以终？

我宁肯相信是后者。他短暂的一生，处处无奈，步步艰难。那么，在最后的时刻，理应让他自己作主，决定自己的归宿！

这样，他会面朝那片他曾不断行走的大陆，自豪地说：我来了，我走过，并且留下了脚印！

卢照邻：伴着苦难与悲怆前行

当唐诗沿着齐梁的草坡往下溜，王、杨、卢、骆们一起发力，挡住它的下滑，然后硬生生推着唐诗转了个向，又爬过一道长坡，大唐诗歌这才峰回路转，别开生面。

这几个改写唐诗历史进程的人，被称作"初唐四杰"。他们一个个胆子大，脾气硬，敢作敢当，排在末尾的骆宾王，甚至直接捋起袖子舞刀弄枪要把女皇武则天拉下宝座，其他人也不含糊，王勃杀过人，杨炯看到自己在"四杰"中排名老二，心里老大一个不爽，公开说"愧居卢前，耻于王后"，直接向王勃叫板！

只有卢照邻一副好脾气，满是谦逊地说："吾喜居王后，耻在骆前。"

谦虚归谦虚，卢照邻对自己作品的自信，却是一点也不含糊。

卢照邻的代表作是《长安古意》，一首可以与《春江花月夜》及《长恨歌》相提并论的好诗，结构宏阔、气度沉雄，言辞壮丽。

点开《长安古意》，卢照邻用诗端出这样一座长安城，放在我们跟前——

> 长安大道连狭斜，
>
> 青牛白马七香车。
>
> 玉辇纵横过主第，
>
> 金鞭络绎向侯家。
>
> 龙衔宝盖承朝日，

凤吐流苏带晚霞。

百尺游丝争绕树，

一群娇鸟共啼花。

游蜂戏蝶千门侧，

碧树银台万种色。

复道交窗作合欢，

双阙连甍垂凤翼。

梁家画阁中天起，

汉帝金茎云外直。

楼前相望不相知，

陌上相逢讵相识。

借问吹箫向紫烟，

曾经学舞度芳年。

得成比目何辞死，

愿作鸳鸯不羡仙。

比目鸳鸯真可羡，

双去双来君不见。

生憎帐额绣孤鸾，

好取门帘帖双燕。

双燕双飞绕画梁，

罗帷翠被郁金香。

片片行云着蝉鬓，

纤纤初月上鸦黄。

鸦黄粉白车中出，

含娇含态情非一。

妖童宝马铁连钱，

娼妇盘龙金屈膝。

看看！这座城铺排了世间所有的豪华富丽，穷奢极欲，醉生梦死。"得成比目何辞死，愿作鸳鸯不羡仙"，是千古传诵的名句，比目是爱情鱼，鸳鸯是爱情鸟，但在诗中却不是对长安歌舞场中爱情的赞美，说的是欢场中人内心的孤寂、渴望和狂热。

这段还有一个伏笔，豪奢只写到王侯为止，不涉帝王。这也说明，卢照邻表面铺陈着长安的穷奢极欲，内心早就别有主张。正因如此，"梁家画阁中天起，汉帝金茎云外直"，这两句就犯了大忌。"梁家"指的是梁王武三思，女皇武则天的亲侄子，武三思看到此诗后，大光其火，直接把卢照邻投进了大牢。

如果说诗歌第一部分过于富丽，有齐梁靡绯诗风的影子，那么，第二段呈现的夜长安，卢照邻带我们走入了长安的深处——

御史府中乌夜啼，

廷尉门前雀欲栖。

隐隐朱城临玉道，

遥遥翠幰没金堤。

挟弹飞鹰杜陵北，

探丸借客渭桥西。

俱邀侠客芙蓉剑，

共宿娼家桃李蹊。

娼家日暮紫罗裙，

清歌一啭口氛氲。

北堂夜夜人如月，

南陌朝朝骑似云。

南陌北堂连北里，

五剧三条控三市。

弱柳青槐拂地垂，

佳气红尘暗天起。

汉代金吾千骑来，

翡翠屠苏鹦鹉杯。

罗襦宝带为君解，

燕歌赵舞为君开。

入夜之后，除了有职无权的御史和廷尉家门可罗雀，其他的官宦大家全都车水马龙，开启了狂欢之门，而遍布长安街肆的娼家，就是达官贵人的社交和娱乐中心。混迹其中的还有挟弹飞鹰的浪荡公子，以及行侠仗义的不法少年，更有大批金吾禁军玩忽职守，偷跑出来饮酒作乐，这就是豪华长安的另一面：糜烂！

第三部分卢照邻更是带我们走入了长安的百花深处，揭开了长安鲜丽外表的盖子——

别有豪华称将相，

转日回天不相让。

意气由来排灌夫，

专权判不容萧相。

专权意气本豪雄，

青虬紫燕坐春风。

自言歌舞长千载，

自谓骄奢凌五公。

节物风光不相待，

桑田碧海须臾改。

昔时金阶白玉堂，

即今惟见青松在。

权力的倾轧比洪水猛兽更加惨烈无情，"自言歌舞长千载，自谓骄奢凌五公"又怎么样？还不是"节物风光不相待，桑田碧海须臾改"？

简直是在贴醒世通言！

第四段更加简单和直接——

寂寂寥寥扬子居，

年年岁岁一床书。

独有南山桂花发，

飞来飞去袭人裾。

这是诗人自己气壮如牛的宣言：不论你们多么穷奢极欲，我却安妥如汉代扬雄，孤寂地住着小房子，年年岁岁与书相伴。但我的世界可以终日飘香，足以影响久远。

这是初唐一篇前所未见的巨制，首尾呼应，详略得当，意涵深远。它像巨石投入初唐诗坛沉闷浮艳的池塘，激起了巨大的反响。

这首诗之外，卢照邻其他的作品，可圈可点的也很多。

当时，举国上下的诗人都在围着皇帝转，兴致盎然地大写特写皇帝喜欢的宫廷诗，不声不响的卢照邻却把自己诗歌的触角伸到了边塞。

看看他的《雨雪曲》——

虏骑三秋入，关云万里平。

雪似胡沙暗，冰如汉月明。

高阙银为阙，长城玉作城。

节旄零落尽，天子不知名。

这首边塞诗即使放在现在，与后期众多的边塞诗一起看，它依旧特立独行，别树一帜。

它写了一场失败的边塞之战，将所有的细节描写落在战场的肃穆死寂上，"雪似胡沙暗，冰如汉月明"，实中有虚，虚却比实更有分量，"汉月明"这样的遥想，想的是中华曾经的强盛雄奇，这样的对比几乎能听到作者内心浊重的叹息。而"节旄零落尽，天子不知名"二句，又对埋骨荒野的战士表达了深刻的同情和惋惜，更有一层希望国家珍惜战士性命，激励战士为国牺牲的含义在。

这样的人性和人情，寡淡如水、苍白似灰的"宫廷诗"有吗？

他还把诗歌扩大到了市井——

锦里开芳宴，兰缸艳早年。

缛彩遥分地，繁光远缀天。

接汉疑星落，依楼似月悬。

别有千金笑，来映九枝前。

——《十五夜观灯》

正月十五是上元节，俗称"元宵节"，此夜大放花灯，也是青年男女们约会传情的机会，是中国老底子的情人节。以当年长安之繁荣，可知元宵节盛况之烈，对老百姓如此纵情铺陈的欢乐，卢照邻不吝赞美，沉浸陶醉于这种世俗的欢乐中。既欣悦于华丽的彩灯下欢愉饮宴的幸福夫妻，更赞叹在这美好的夜晚自由表达爱慕之情的青年男女。这种满是人间烟火气的欢娱，才是最接地气的。

他的诗更少不了自家庭院——

我家有庭树，秋叶正离离。

上舞双栖鸟，中秀合欢枝。

劳思复劳望，相见不相知。

何当共攀折，歌笑此堂垂。

——《望宅中树有所思》

一种贴心贴肺的温柔扑面而来。由一棵树，到一个家，亲情繁茂于一树之荣，又浓郁于摇曳多姿的风中轻舞。这棵树就像家庭的爱，从心中滋生，由亲情灌溉，在岁月中茁壮，根深叶茂，本固枝荣。

但是，创作上一路高歌的卢照邻，生活中却是另一番景象。

他对自己的人生，很早就有预感——

浮香绕曲岸，圆影覆华池。

常恐秋风早，飘零君不知。

——《曲池荷》

一语成谶。

卢照邻幼读诗书，博学能文。刚二十岁，便凭才学成为邓王府的典签，掌管王府图书文案，深受邓王赏识，称他为自己的司马相如，却因写《长安古意》触犯梁王武三思，"横事被拘"，幸有一帮朋友搭救，方才出狱。离开邓王府后，卢照邻被"发配"四川，任益州新都（现四川成都附近）尉，益州官场让他十分苦闷，为此写下著名的《赠益州群官》，说"一鸟自北燕，飞来向西蜀"，更说"不息恶木枝，不饮盗泉水。常思稻粱遇，愿栖梧桐树。智者不我邀，愚夫余不顾"，整个一清者自清，独立不阿的素人。也可以想见卢照邻在官场受到的倾轧。不过，这段苦闷的日子里他的生命仍有亮色，他与"郭氏"女相识相交，两人情深意笃，在卢照邻身染恶疾，匆匆忙忙弃官返长安治疗后，郭氏一直对卢照邻念念不忘，此事让好朋友骆宾王知道后，把卢照邻当成了"负心汉"，直接写了《艳情代郭氏答卢照邻》，说"谁分迢迢经两岁，谁能脉脉待三秋"，一心想撮合他们重续情缘。但此时的卢照邻恶疾缠身，性命尚且不保，又哪有能力千里迢迢将郭氏接到身边？这样的遗憾，注定是卢照邻生命中的痛！

后人根据史料分析，卢照邻患的是麻疯病，当时是无药可治的恶疾，患此病的人，身体枯瘦，伴有奇痛，咳嗽不止，头发掉落，渐渐四肢麻木，五官歪斜，肌肉痉挛萎缩，半身不遂，一直痛苦至死。他住在长安附近的太白山，广求丹药，后来得知药王孙思邈也住在长安，便执弟子礼求见。药王孙思邈从哲学和精神上，对卢照邻进行深入的疏导，对他的疾病进行精心的研治，使卢照邻的病情一度有所好转，卢照邻甚至有再度出山入幕府做门客的念头，但他染上的毕竟是当时的不治之症，时间一长，药石无功。在长达十年的时间里，卢照邻饱受疾病折磨，身心遭受惨烈摧残，双腿萎缩，一只手也残废了，经济上举步维艰，不得不低下高傲的头颅，向一些社会名流乞求帮助，很多社会名流"时时供衣药"，助他度过艰难的岁月。

孙思邈退休后搬到河南禹州居住，卢照邻跟着也搬到了禹州具茨山，后来，享年142岁的一代药王飘然仙逝，卢照邻彻底绝望，在具茨山下"买园数十亩",请人将颍河水导入园内,他给自己掘好坟墓,不等人们离开就躺进坟墓里。

濒死的卢照邻依然心有不甘,他在《释疾文》中写道:上苍恩泽虽广,却容不下我的一生;大地养育极多,却对我恩断义绝!

公元682年,卢照邻与家人一一诀别后,自投颍水而死,年约四十六岁。

卢照邻的一生,是伴随着悲怆和苦难前行的一生,同时,他用丰富多彩的诗歌创作,抒写了自己人生的另一番面貌。当我们对卢照邻时乖命蹇的人生深感同情时,别忘了他人生中瑰丽雄奇的另一面,值得我们大大地点赞!

骆宾王：程序正义及一场不太悲壮的战争

鹅，鹅，鹅

曲项向天歌

白毛浮绿水

红掌拨清波

每听到有孩子奶声奶气地背这首诗，就会想，七岁的骆宾王写这首《咏鹅》时，肯定不会想到，这首诗正好写出了他的人生。

在诗中，扯着脖子"啊""啊"叫唤的大白鹅，表现欲很强，一直以为自己是舞台的主角，白毛浮在绿水中，红掌在清波中拨动，好有洁癖！这种对形式、色彩、场景的极致选择，既美又虐心。我们看到，这只纯洁美丽的大白鹅，就一直这么固执地扯着嗓子，划着清波，划上旅程，划上人生的不归路……

骆宾王十岁时，他饱读诗书的父亲去世，寡母孤儿，付不起扶柩还乡的盘缠，只得流落异乡。在寡母眼里，"神童"儿子是中兴门庭的唯一希望，骆宾王也争气，他扎下心来苦读诗书，才学卓异，声名远播。但接连科考失利，只好凭名气进入道王府做了幕僚。

在道王府干了三年，道王李元庆赏识骆宾王的才华，让骆宾王写封自荐信，说说自己的才华和能力，准备提拔重用。可是，骆宾王这只大白鹅既纯洁又骄傲，他写了封《自叙状》，说，非常感谢王爷您瞧得起我，但掩饰自己的缺点过失，摆功评好，自吹自擂，不是我的风格，更不是我的做人原则，这种事我坚决不干！道王没想到遇上的是个书呆子，只好一笑置之。

又过了六七年，道王死了，骆宾王这才发现硬气不能当饭吃。为了有饭吃，他终于低下头，不停地写自荐信，凡是能扯上一点关系的官员他都送，连县令、县主簿这样的小官都没少送，可悲的是，没有一封收到回音，眼看山穷水尽，正好唐高宗李治封禅泰山，骆宾王赶紧抓住机会，立马赶写一篇《请陪封禅表》，搜肠刮肚把唐高宗的文治武功吹个天花乱坠，唐高宗一看：哇，人才啊！甩手赏了骆宾王一个"奉礼郎"的小官，接着又改任东台详正学士，负责编校国家图书。骆宾王这才踏上了仕途。

这样谋来的官职，跟那些凭科场大战超拔群伦的官员比起来，多少有些名不正言不顺，但骆宾王显然没这么想，这只大白鹅照样瞧不起身边大大小小的同僚，经常口不择言，不知不觉得罪了一大批官员，这些人才不管你文章写得有多好，凑在一块给他安了个罪名，直接送进大狱，连带着撤销一切职务。

在狱中呆了一年多出来，骆宾王辗转来到四川，在军中任文职，此后在四川宦游多年，曾任名堂主簿，后来被补为长安主簿，后又入朝任侍御史。

骆宾王升了官，并不说明他已经学会了做人。侍御史负责侦办贪赃枉法的官员，骆宾王把自己爱挑人毛病的特长发挥到极致，更厉害的是，他口无遮拦，攻击别人时，连武则天捎带着一起攻击。这还了得！"哐叽"一声，骆宾王又去大狱吃饭去了！

官场讲究为尊者讳，骆宾王虽然攻击了武则天，那是在攻击别人时捎带着的，这罪名不好安，就凭空给他罗织一个任长安主簿期间贪赃枉法的罪名。骆宾王哪懂得其中的弯弯绕，只觉得自己蒙上不白之冤，简直冤死了。他有冤无处伸，憋了许久，终于从心里憋出一首著名的诗来——

西陆蝉声唱，南冠客思深。

不堪玄鬓影，来对白头吟。

露重飞难进，风多响易沉。

无人信高洁，谁为表予心？

——《狱中咏蝉》

他出生在浙江义乌，但主要生活在山东兖州和长安一带，在北方长大，为了显示与身边那些京官的区别，就在诗中自称"南冠客"，强调的当然不是口音和服饰上的区别，而是为人和修养上的迥然不同。这次他不说自己是洁白无瑕的大白鹅，却把自己比喻成在酷热的炎夏趴在高高枝头"吱吱"高唱的蝉，显示自己高洁，没有贪赃枉法，他一边起劲地唱着，一边还生怕声音不能传得更远，让更多的人知道自己的心迹和品行。

这首南辕北辙的《狱中咏蝉》，千百年来一直被认为是骆宾王最好的诗作。

骆宾王在狱中呆了一年多，遇上朝廷改元，大赦天下，就稀里糊涂地给放了出来，重为布衣的骆宾王仍然认为自己是当官的料，于是又回到长安活动，竟然让他谋到一个临海（今浙江天台）丞的职位，但再次跻身官场并没有让他感觉良好，很可能再次让他陷入倾轧之中，这场挫折让他对官场彻底绝望，心中积蓄已久的怨气，全部算到了武则天身上。认为自己之所以处处碰壁，武则天要负主要责任。没多久，他弃官而去，离开临海，直奔扬州！

离开临海时，他写了首《易水送别》——

此地别燕丹，壮士发冲冠。

昔时人已没，今日水犹寒。

这首诗让人不寒而栗，易水在北地，临海在浙江，骆宾王应该是假托"风萧萧兮易水寒"的易水来做诗，将自己化身为慷慨赴死的荆轲。这说明，骆宾王的扬州之行，不是冲动，而是做好了充分的思想准备。

从咏鹅开始，骆宾王就是一个喜欢"高洁"，深具洁癖的人，有着浓重的理想色彩，这么多年，他一直讲究"名不正，则言不顺"，做人做事都得讲规矩，用现在的话来说，就是得程序正义。在他看来，唐朝是李家的，皇帝得姓李的来做，你武则天一个外姓人，根本没资格进入传承序列，更何况还是一个女人！没有通过程序正义，抢着当皇帝就是篡位者，伪皇帝！

他没想到的是，以儒家道统看，天下并非家天下，传承的最好方式不是家族嫡传，而是禅让，尧禅让大位于舜，舜再禅让大位于禹，数千年来都被交口称赞，而接大位后的禹面对两位先贤，去世时不敢直接将大位传给自己的儿子，而是传给平庸的益，益有自知之明，在禹的儿子启三年孝满后，就把大位传给了启，从此坏了规矩，开启了家天下模式。为了对这种不良传统进行拨正，后来才有了社稷为重、君为轻；民为重、君为轻的说法。而武则天得了李家天下后，比李家在世的任何一个人都干得好，利国又利民，又有什么不可以呢？

但只会扯着脖子叫唤的大白鹅很固执，想不了这么多及这么深，更何况他在武则天的官僚体制中吃够牢狱之苦，心里憋着一口恶气。

其实，在这之前，他还干过两件很固执、很较真的事。

一是他在四川成都时，遇到好朋友卢照邻以前的恋人郭氏，这郭氏与卢照邻分别多年，仍然时刻不忘卢照邻，深陷对卢照邻的苦恋。这还了得！想不到好朋友卢照邻竟然是个负心汉，是可忍，孰不可忍？于是，他提起笔来，以郭氏的名义，给卢照邻写了一首长诗，直接扔给卢照邻：你卢照邻给我看着办！

这首诗名叫《艳情代郭氏答卢照邻》，写得声情并茂，内中有句：

也知京洛多佳丽，

也知山岫遥亏蔽；

情知唾井终无理，

情知覆水也难收。

> 不复下山能借问，
>
> 更向卢家字莫愁。

不知卢照邻看完诗作何感想，只知道当时卢照邻是患了麻风病急匆匆辞去官职，回长安治病，因通信不便无法与郭氏联系，他后来一直疾病缠身，性命难保，又哪有能力千里迢迢赶到成都与郭氏相聚！

另一件事是道士李荣与女道士王灵妃，这两人在长安时不守清规戒律，曾经同居过，骆宾王在成都遇到李荣，看到李荣道貌岸然，眼里揉不进砂子，马上写了首七百多字的长诗《代女道士王灵妃赠道士李荣》，把别人的陈年旧事又炒了个沸沸扬扬。

除开这些个小毛病，骆宾王不仅诗写得好，为人也很好，很有侠义心，边塞诗也写得很棒——

> 平生一顾念，意气溢三军。
>
> 野日分戈影，天星合剑文。
>
> 弓弦抱汉月，马足践胡尘。
>
> 不求生入塞，惟当死报君。
>
> ——《从军行》
>
> 城上风威冷，江中水气寒。
>
> 戎衣何日定，歌舞入长安。
>
> ——《在军登城楼》

这两首气场都大，气派很足，胸怀境界，称得上博大。

再看他在朋友面前的热心快肠——

> 寒更承夜永，凉夕向秋澄。
>
> 离心何以赠，自有玉壶冰。
>
> ——《送别》

这首诗让人很不好意思地想起了王昌龄的"洛阳亲友如相问，一片冰心在玉壶"，很明显，王昌龄借用了骆宾王诗中的佳句，才成就自己妇孺皆知的千古名句。

再说骆宾王的扬州之行。在那里，徐敬业已经聚集十多万兵马，"班声动而北风起，剑气冲而南斗平"，要把武则天从皇帝的宝座上掀下来。骆宾王受到空前重用，主管造反派的宣传工作，他大展平生才学，写了篇《代徐敬业讨武曌檄》的檄文，这篇檄文篇幅不长，但义正词严，字字铿锵，掷地有声，对武则天进行了酣畅淋漓的攻击，成为骆宾王一生最为重要的文学作品，赢得百世称颂！

据说，武则天读檄文时，看到"一抔之土未干，六尺之孤何托"时，叹惜人才难得，说："有如此才未用，宰相过也。"看至"试看今日之域中，竟是谁家之天下"时，一时默然。通达如武则天者，是不是看到这两句话后，临终前又将大唐江山还给李氏家族，不得而知。

因为接着武则天就说："骆宾王的文才固然了不起，徐敬业的武功却未必配得上！"真是一语中的，未及三月，徐敬业拉起的造反队伍就被平复，徐、骆二人有称死于乱军，亦有传于溃军中脱逃。

这场造反之战看上去很像是一场慷慨激昂的正义之战，但武则天治国有方，在她的治理下，国家经济发展、民生安泰，文化建设很受重视，得到很大发展，是一位有作为的帝王。要把这样的帝王拉下马，逻辑并不像他们想的那样义正词严。骆宾王他们的失败，是尚未开始就注定的，逆潮流而动，实在算不上悲壮！

很久之前看过一本古籍《湖山佳话》，里面记载了一则传闻：宋之问被贬江南，途经杭州游灵隐寺，于月夜在寺中吟诗，得"鹫岭郁苕峣，龙宫锁寂寥"句，后阻滞不得，寺内一点长命灯的老僧问他："年轻人深夜不睡觉，为何？"知宋之问吟诗后，反复吟哦数遍，说："何不用'楼观沧海日，门对浙江潮'？"宋之问大惊，这两句遒劲壮丽，有如神助。老僧接着吟出后面的诗句：桂子月中落，天香云外飘，扪萝登塔远，刳木取泉遥。霜薄花更发，冰轻叶未凋。待入天台路，看余度石桥。让宋之问大为叹服！次日再访老僧时，却不见踪影。有位知根底的僧人告诉宋之问，那老僧就是骆宾王。当年徐敬业兵败，骆宾王脱逃至此，落发为僧，一年后就死了。这个传闻流传于坊间，很有市场，也反映了人们对骆宾王的同情，希望他有个好结局。

同情归同情，功名事业之外的骆宾王更值得我们尊敬，那只骄傲、倔强、高洁、美丽的大白鹅，不仅划行于亿亿万万的童心中，更矗立在世世代代文人墨客的心灵里。

正如他在《咏尘》所言——

> 凌波起罗袜，
> 含风染素衣。
> 别有知音调，
> 闻歌应自飞。

宋之问：望不断天涯头，一忽儿人生路

这是一个很多人想回避，但一说起却总也绕不开的人。

他聪明过人，年少成名，五言号称"无敌"，是"近体诗"的重要奠基人，唐诗的格律规范，到了他手上才算基本完成，并得到普遍认同，成为唐诗写作的范式，为盛唐诗歌开辟了道路。

这么一个贡献卓越的人，却让说起他的人无不摇头，甚至有人直接说他"不耻于人"。

说他不爱诗歌显然不对。他在诗歌创作上投入之深、对诗歌艺术规律认识之透，在他生活的那个时代，很少有人可以企及。有一次，他的亲外甥刘希夷兴冲冲拿来首《代悲白头翁》，宋之问看到其中"年年岁岁花相似，岁岁年年人不同"时，觉得实在太好了！得知这首诗尚未外传时，竟然要刘希夷把这两句送给他。刘希夷说："这两句是全诗的'诗眼'，如果拿下，整首诗就空了。"好一个宋之问，见刘希夷不肯，竟然指使家丁用土包闷死了刘希夷。尽管近代有人对此事置疑，但《全唐诗》中，不仅刘希夷名下收录了《代悲白头翁》，宋之问名下也收录了换了个标题的《代悲白头翁》，仅将原诗中"洛阳女儿惜颜色"中的"洛阳"改为"幽闺"，这个事实几乎就是铁证。

宋之问不是爱诗成痴，而是爱诗成魔！

即使爱诗到这个程度，但诗歌却不是他的最爱。

他的诗写得真棒！曾在武则天主持的龙门诗会上勇夺锦袍，也曾在唐中宗主持的昆明池诗会上再当魁首。过人才华，无人不服。但凭着偌大的诗名，他好好的诗人不做，却拿着好诗当敲门砖，很多诗以外的事，他干得比写诗更来劲。他干的这些事不仅没诗品，更没人品。

武则天虽说是个颇有政绩的君王，但帏薄不修，多蓄男宠，为此专设"奉宸苑"。宋之问姿貌雄伟，又能说会道，再加一手盖世的文才，武则天自然对他颇为赏识，封他为"左奉宸内供奉"，让他也成为一名男宠。宋之问不以为耻，竟然想更进一步，获得像张易之、张昌宗那样格外的恩宠，为此专门为武则天献上一首《明河篇》，肉麻地说："明河可望不可亲，愿得乘槎一问津"，直接向武则天求欢了。武则天倒也直接，对崔融说："宋之问的才学寡人很欣赏，但他的口臭，寡人实在受不了。"

虽然受不了宋之问的口臭，但武则天待宋之问委实不薄，让他与杨炯同入崇文馆充学士，后又让他参与编纂《三教珠英》，《三教珠英》是汇集儒、道、释三教典籍的浩大工程，计一千三百多卷，聚集全国最优秀的文化精英参与。这是极有价值，又十分荣耀之事，但宋之问却更喜欢跟在武则天屁股后面，为她的宫廷娱乐添风雅，歌功颂德，甚至连王公贵族的郊游宴饮也乐于参与，写些他们喜欢的浮艳而空虚的宫廷诗。

当这些活动并不能使他离武则天更近，他就走张易之、张昌宗兄弟的门子，经常给张氏兄弟当枪手，以他们的名义为武则天写诗，甚至在张易之方便时，为张易之捧溺器侍候。一个拥有盖世才华的大诗人，竟然无耻到做这等下作事！

宋之问除了我们看到的这一面，还有让人出其不意的另一面——

岁晚东岩下，周顾何凄恻。

日落西山阴，众草起寒色。

中有乔松树，使我长叹息。

百尺无寸枝，一生自孤直。

——《题张老松树》

好一个"百尺无寸枝，一生自孤直"！端端的品行高洁，孤傲独立！这样的青松范儿，真让人敬行仰止，却与现实中的宋之问相隔云泥。这两个宋之问究竟哪个是真的？应该说，两个都是真的！只是一个活在现实中，一个活在他自己的梦幻里。他也想做一个虬劲挺拔的老松树，但缺少腰椎骨的他却只能趴着身子做张易之的一条狗。

有人问，连才冠天下的盛名都不能让宋之问满足，他要的究竟是什么？

当然是地位。但他要的地位跟李白完全不同，李白要的是用地位实现政治抱负，而宋之问要的只是万人景仰的感觉。

可惜的是，他舔得太专注，忘了靠山也会倒。神龙元年，宰相张柬之联手太子典膳郎王同皎等诛杀张易之、张昌宗兄弟，逼武则天退位，迎立唐中宗李显，宋之问因依附张氏兄弟被贬泷州（今广东罗定）参军。好日子走到头了，潜藏于心的文人情怀却"嗖"的一下冒了出来，他听说杜审言也因"二张"被贬为吉州司户参军，就写下了著名的《送杜审言》——

卧病人事绝，嗟君万里行。

河桥不相送，江树远含情。

别路追孙楚，维舟吊屈平。

可惜龙泉剑，流落在丰城。

杜审言是"诗圣"杜甫的祖父，五律卓绝，也是近体诗的奠基人，此人文学上极为自负，谁都不放在眼里，却攀附张易之、张昌宗，为人也不怎么样。但同样自负的宋之问竟然容下了杜审言的狂傲，直将他与古代著名的文人孙楚、屈原相比，又将他比喻为深埋地下的龙泉宝剑，评价委实不低。

这首诗让他写得声情并茂，落寞感伤之外，十足的惺惺相惜。更加高明的是，宋之问巧妙地把自己的境况带入诗中：自己都生病了，鬼影子都不见一个，而你又因贬谪要走万里长路。紧接着"河桥不相送，江树远含情"，技术上更进一层，把河桥、江树这样的静物都赋予浓厚的情绪，让虚幻的内心情感似乎能直接用手触摸到。同时，诗歌的表现空间也一下子拉开。后面对杜审言不加隐饰的赞美，也是对应在实实在在的具体物体上，标杆样立在你跟前，同样触手可及。总之，虚的部分让它实起来，"实"的内容又广阔辽远，给人充分回味、思索和想象的空间。

这样的心境伴随着他的贬谪长路。其间，他又写了著名的《渡汉江》——

> 岭外音书断，经冬复历春。
>
> 近乡情更怯，不敢问来人。

好一个"近乡情更怯，不敢问来人"！这两句已成千古流传的绝句。但"情更怯"只是身为谪臣，无颜面对乡亲，如果他能多一份反省，来一番洗心革面，那该多好。可惜的是，他一如既往地迷恋功名富贵，吃不消在贬所的苦日子，麻着胆子偷偷溜回了长安。

宋之问潜回长安躲在朋友张伸之家，张伸之对他十分照顾，经常陪他喝酒聊天，宋之问由此得知张伸之正与王同皎等人密谋诛杀梁宣王武三思。原来，武则天退位后，武三思仍然权势倾天，唐中宗还把唯一的后代安乐公主嫁给了武三思的儿子武崇训。宋之问一眼就看到了富贵，哪管朋友道义，连忙让弟弟宋之逊向武三思告密，武三思杀了张伸之一家满门，不仅不追索宋之问潜逃的罪名，还擢升他为鸿胪主簿。

宋之问升了官，马上春风得意，将天下文人对他的讥讽谩骂，一概装作看不见。第二年，太子李重俊谋反，杀了武三思父子，但他自己也事败被杀，宋之问再次无耻地上表歌颂武三思父子功德，请立唐中宗神武颂碑，这一马屁拍得唐中宗很舒服，又将他升为考功员外郎。

可笑的是，这回他虽然攀上了有权有势的安乐公主，却得罪了以前一直攀附的太平公主，太平公主一怒之下，向哥哥唐中宗告发宋之问，说他在担任主考官时收受贿赂。这罪名委实不小，唐中宗只得收起爱才之心，将宋之问贬为越州（今浙江绍兴）长史。

这个时期的宋之问，不论在官场还是文坛，都是万夫所指，灰头土面，再想风风光光，实无可能。但长安当时充斥着诡异险恶的政局，足以让宋之问步步惊心，度日如年，离开长安对他来说，未尝不是好事。

现在，宋之问置身江南佳山水，灵魂自净功能逐步苏醒，创作上彻底摆脱了奢靡陈腐的宫廷诗，他目光所及，好风光、好题材俯拾即是，无不涉笔成趣，清新脱俗。

《灵隐寺》便是这一时期的佳作——

　　鹫岭郁岧峣，龙宫锁寂寥。

　　楼观沧海日，门对浙江潮。

　　桂子月中落，天香云外飘。

　　扪萝登塔远，刳木取泉遥。

　　霜薄花更发，冰轻叶未凋。

　　夙龄尚遐异，搜对涤烦嚣。

　　待入天台路，看余度石桥。

整首诗都在含英咀华，文词鲜丽，对仗工整。"楼观沧海日，门对浙江潮"，这种扯着嗓子站在山顶大声喝彩的样子，一直把杭州人乐了上千年，至今仍琅琅上口。而"桂子月中落，天香云外飘"，直接就升华为如梦似幻了。这样层层推进步步升高的赞叹，把灵隐这座佛教名山写成了仙境。而宋之问发自内心的赞叹，表现出了他对自然深深的热爱和眷恋，也包涵着一种期待：希望自己的生命像灵隐寺和飞来峰一样，雄奇、纯净而美好。

如果早点离开长安，早点投入自然怀抱，宋之问的人生，完全可以像他的诗一样，健康、清新、美好！

但是，他离开长安，长安却翻开了他留下的账簿。

景云元年六月，临海郡王李隆基联手太平公主，诛杀韦后及安乐公主，拥立唐睿宗，宋之问再遭清算，流放钦州，后赦改桂州。在桂林，万念俱灰的宋之问写下《始安秋日》——

> 桂林风景异，秋似洛阳春。
>
> 晚霁江天好，分明愁杀人。
>
> 卷云山角戢，碎石水磷磷。
>
> 世业事黄老，妙年孤隐沦。
>
> 归欤卧沧海，何物贵吾身。

在诗中，桂林漓江美好的自然风光与他内心的孤寂哀愁形成鲜明对比，身为流徒，他不再贪恋功名富贵，只想做一名避世隐者，在青灯黄卷中研修道家学术。沧海桑田之中，已没有任何事物可以让他荣享尊贵，有处安身之所，都求之不可得。

但长安在继续追讨他欠下的巨债。两年后，李隆基登基，是为唐玄宗。不久，他发诏赐死宋之问。

史料记载，宋之问临死时彷徨无计，既没向亲人交代后事，也未修整仪容，在惊恐慌乱之中，毙命于徙所。

他空有惊天的才华，空有盖世的聪明，却从不打扫自己房间，一直让灵魂藏污纳垢，日复一日肮脏不堪，最终让自己湮没在沉沉污浊之中。

后人每念及此，总是生发无穷叹息……

陈子昂：打着复古旗帜开新路

"初唐四杰"之后，陈子昂对齐梁诗风的否定更加直接和彻底。

他举着复古的旗帜，一路上开山劈石，他的身后，一大批后来者鲜衣怒马，锣鼓喧天地走出了雾霾沉沉的初唐，走进辉煌不二的盛唐……

说陈子昂的诗，其实两首就够了。一首是《登幽州台歌》，一首叫《感遇》。

当然，很多人说《感遇》不能算一首，它里面放了三十八首，是个大杂烩，不是一次写成，也不是一年写成的，最多只能算一个组诗。但陈子昂小心翼翼把它们归拢一块儿，显然是把它们当一首诗在看。

即使没有《登幽州台歌》，陈子昂只凭这首《感遇》，也足以成为初唐最好的诗人。里面每一首诗，都精彩纷呈，称得上金玉声成，风骨凛然！

跟着陈子昂的《感遇》，盛唐诗人张九龄也写了《感遇十二首》，这是张九龄的代表作，影响深远，好评不绝，只是，它一开头便是陈子昂的影子。

陈子昂这么写——

兰若生春夏，芊蔚何青青。

幽独空林色，朱蕤冒紫茎。

迟迟白日晚，袅袅秋风生。

岁华尽摇落，芳意竟何成。

张九龄是这样写的——

兰叶春葳蕤，桂华秋皎洁。

欣欣此生意，自尔为佳节。

谁知林栖者，闻风坐相悦。

草木有本心，何求美人折。

张九龄这是挑了陈子昂的瓶子，再装自己的新酒。

受陈子昂《感遇》影响，李白写下了《古风五十九首》。这五十九首《古风》不太李白，因为里面藏着个陈子昂，少了李白式的飘逸和敏锐，多了些陈子昂式的深邃和温润。

看看《古风》开篇——

大雅久不作，吾衰竟谁陈？

王风委蔓草，战国多荆榛。

龙虎相啖食，兵戈逮狂秦。

正声何微茫，哀怨起骚人。

扬马激颓波，开流荡无垠。

废兴虽万变，宪章亦已沦。

自从建安来，绮丽不足珍。

圣代复元古，垂衣贵清真。

群才属休明，乘运共跃鳞。

文质相炳焕，众星罗秋旻。

我志在删述，垂辉映千春。

希圣如有立，绝笔于获麟。

真是文辉武映！从对文坛现状的不满，到对汉魏风骨的赞赏，再到对"文质相炳焕"的讲究，再到"绝笔于获麟"的向往，体现的是李白对陈子昂全面的认同和肯定。或者说，李白全盘接受了陈子昂从理论到创作的全部遗产。

有人说，陈子昂的《感遇》，写于各个不同时期，写作时际遇不同，心境亦不同，虽然大多数都非常好，但里面也有不好的诗，比如有些内容是访道求仙，消极避世。

但求仙访道这种事，唐代写诗的精英们都很热衷，这就像每个人除了吃饭走路干活儿，还得睡觉，还要在睡觉时做梦。这是人活着的基本特质，既然我们可以接受人们睡觉、做梦、期待梦想成真，那也应该接受唐代诗人求仙访道的行为，这是他们搁下笔后做起的人生大梦！

陈子昂不跟风，不与充斥天下的宫廷诗比富丽、比绯靡，他除了硬绑绑的骨，还有活生生的血和肉。他才不在乎是不是对仗，有没有工整，他讲的是"兴寄"。

先看《感遇·其四》——

> 乐羊为魏将，食子殉军功。
>
> 骨肉且相薄，他人安得忠。
>
> 吾闻中山相，乃属放麑翁。
>
> 孤兽犹不忍，况以奉君终。

这诗好一个感叹：诗里面有两个故事：魏将乐羊率军征中山国，中山国君把乐羊的儿子杀了做成肉羹，送到乐羊军前，乐羊为了向魏国表忠心，就在阵前吃了一口儿子的肉羹。另一个故事是中山国君猎到一只小鹿，交给秦巴西带回，老母鹿就一直跟在秦巴西后面，悲鸣不已，秦西巴于心不忍，就把小鹿放了，中山国君感其仁厚，封秦巴西为王子太傅。

第一个故事告诫人们：骨肉且相薄，他人安得忠？第二个说忠厚的人必有后报。

这诗不是简单的怀古咏怀，它影射的是现实！原来，武则天登基当皇帝后，对大唐宗室大开杀戒，连太子李宏、李贤、皇孙李重润都杀了，这样的骨肉相残，比乐羊吃儿子的肉更可怕。而第二个故事，无非就是想告诉武则天：忠厚传家久，诗书继世长。

他反对武则天的一些做法，表达得非常直接——

> 圣人不利己，忧济在黎元。
>
> 黄屋非尧意，瑶台安可论？
>
> 吾闻西方化，清净道弥敦。
>
> 奈何穷金玉，雕刻以为尊？
>
> 云构山林尽，瑶图珠翠烦。
>
> 鬼工尚未可，人力安能存？
>
> 夸愚适增累，矜智道愈昏。

真是干净利落，掷地有声，一竿子就扎到根子上，直接点明武则天在全国广建佛寺的荒唐愚昧。圣人关心的不是自己的利益，牵挂的是天下百姓。诗中黄屋指的是佛寺，当时武则天在全国广建寺庙，宏盛辉煌堪比瑶台，弄得国库空虚，百姓不堪重负。这种以天下苍生为出发点的干政议政，非常值得提倡。当然，我们由此看到的是陈子昂的胸怀和境界。

再看《吾爱鬼谷子》——

> 吾爱鬼谷子，青溪无垢氛。
>
> 囊括经世道，遗身在白云。
>
> 七雄方龙斗，天下久无君。
>
> 浮荣不足贵，遵养晦时文。
>
> 舒可弥宇宙，卷之不盈分。
>
> 岂徒山木寿，空与麋鹿群。

这首诗青年歌手刘啸曾作曲并演唱，虽然没有大红大紫，倒也唱得声情并茂。诗中，陈子昂明里赞赏纵横家鬼谷子，暗里说的却是他自己。鬼谷子满腹经纶，但他"遗身在白云"，是出世的，富贵不在他眼里，但韬光养晦待时而动，动的目的，"舒可弥宇宙，卷之不盈分"，是遵循天下正道，而不单是追求与山木同寿，与麋鹿为群。

这就叫以出世的思想，做入世的事业。

托鬼谷子来说自己，这叫"兴"，用鬼谷子的事迹说出自己的理念，这叫"寄"。围着皇帝写宫廷诗的人不讲这个，他们只要写得漂亮，有"文"就行，"质"又吃不进肚子去，要它何用！但陈子昂要的就是文质并重，在他看来，对一首诗来说，内容就是形式，形式也是内容，互为表里，根本就不能分开。能够分得开的，那叫宫廷诗，都是没有内容的，空！

这些想法，浓缩在他写的《与东方左史虬修竹篇（并序）》的"序"中——

东方公足下：文章道弊五百年矣。汉魏风骨，晋宋莫传，然而文献有可征者。仆尝暇时观齐、梁间诗，彩丽竞繁，而兴寄都绝，每以永叹。思古人，常恐逶迤颓靡，风雅不作，以耿耿也。一昨于解三处，见明公《咏孤桐篇》，骨气端翔，音情顿挫，光英朗练，有金石声。遂用洗心饰视，发挥幽郁。不图正始之音复睹于兹，可使建安作者相视而笑。解君云："张茂先、何敬祖，东方生与其比肩。"仆亦以为知言也。故感叹雅制，作《修竹诗》一首，当有知音以传示之。

虽然陈子昂《修竹诗》写得很不错，但后来却不太有人提，提起的全是这篇序，它似洪钟大吕，千年以来，一直在振聋发聩。汉魏风骨，晋宋莫传，陈子昂耿耿于怀者，正是要让天下的诗人直起腰来，接上汉魏风骨。同时，恢复"兴寄"的表现手法，以"骨气端翔，音情顿挫，光英朗练，有金石声"为美，而且要达到"洗心饰视，发挥幽郁"的高度。凭这二百来字，卢藏用说"道丧五百年而得陈君"，十分确切！

陈子昂就是要复"汉魏"这个古，但齐梁滥觞近五百年，珠玉尘封，说是复古，其实是创新，必须开辟一条新路来！

再说《感遇》，下面这首是不得不说的——

朔风吹海树，萧条边已秋。

亭上谁家子，哀哀明月楼。

自言幽燕客，结发事远游。

赤丸杀公吏，白刃报私仇。

避仇至海上，被役此边州。

故乡三千里，辽水复悠悠。

每愤胡兵入，常为汉国羞。

何知七十战，白首未封侯。

这首同样用"兴寄"，用游侠儿来说他陈子昂自己。"赤丸杀公吏，白刃报私仇"，是古代游侠组织经常干的事，他们事前设红、黑、白三色弹丸，探得红丸者杀武吏，得黑丸者杀文吏，得白丸者料理后事。这位游侠儿避仇来到塞上，他"每愤胡兵入，常为汉国羞"，为国戍边，报国杀敌，但是，"何知七十战，白首未封侯"，这种世事不平，怀抱难伸的郁闷之气，正是郁积充塞于陈子昂心胸的块垒。写完这一首，他仍感意气难平，接着又写了赫赫有名的另一首——

前不见古人，

后不见来者。

念天地之悠悠，

独怆然而涕下。

——《登幽州台歌》

这首诗太有名，也太厉害，陈子昂没把它放入《感遇》，让它独立成篇，果然啸动千年。雄浑、苍茫、劲朴、刚毅、忧郁，这些词语《登幽州台歌》都配得上。但陈子昂最想表达的不是它们，是悲愤！这沉郁不已的悲愤无以言表，只能化作短短的诗行，节节出骨，字字泣血！

那么，悲从何起？愤从何来？

陈子昂是个慷慨任侠的汉子，心怀天下，志在济世，入仕后支持武则天的改革主张和措施，受到武则天的重视，但陈子昂后来对国家出现的问题直接提出批评，对涉及武则天的也不加隐讳。他经常借古喻今，在诗里表达自己的政治主张。这引起了武氏集团对他的仇恨，也让武则天不快。他们安了个"附逆"的罪名把陈子昂关押一年，出

67

狱后，陈子昂仍对武则天抱有幻想，想通过立功让武则天重新重视自己，适逢契丹叛乱，陈子昂主动请缨，随武则天的侄儿武攸宜出征，武攸宜贪生怕死，致使前军落败，损失惨重。陈子昂主动进谏，请求分兵一万为前驱，上阵杀敌，但武攸宜以书生轻之，不纳，陈子昂过了几天再谏时，激怒了武攸宜，将其贬为兵曹。这时的陈子昂，空有良策，空怀雄心，知遇难逢，壮志不酬，只能登高怀古，于豪情激荡中，成就了《登幽州台歌》这样的千古名篇。

此后，陈子昂对武氏集团彻底失望，对武则天也不再抱幻想，他以父亲病重为由，请求解官归田，这时的武则天泛出爱才之念，批准陈子昂带薪归隐，没有职权，但仍是朝廷命官的身份。

而武三思却不肯放过陈子昂。陈子昂归田不久，射洪县令段简就以陈子昂"附会文法"的罪名，"将欲害之"，而"子昂荒惧，使家人纳钱二十万"，却仍不免牢狱之灾，不久，忧愤之极的陈子昂含冤死于狱中，年仅四十二岁。

后人一直对陈子昂之死深表怀疑，一是陈子昂连武则天都敢得罪，一个小小的县令为何让他怕成那个样子，甚至不惜行贿二十万？二是陈子昂身为朝廷命官，一个小县令哪来的胆子，竟敢将他往死里整？后来有人考证，背后指使段简的是权臣武三思，而段简抓到的由头，是陈子昂给一户人家写的碑文中，有"青龙癸未，唐历云微"、"大运大齐，贤圣罔象"等句，暗指武则天篡夺大唐江山，不是圣明之君。这罪名如果坐实，那是诛族大罪！陈子昂又如何能不惊慌害怕！他在行贿都不能自保的情况下，为了不连累家人，只能"不堪其逼，一死以谢之。"

这样的结局，虽不是陈子昂所能设想，但冥冥之中，他在诗中已有暗示——

> 本为贵公子，平生实爱才。
>
> 感时思报国，拔剑起蒿莱。

西驰丁零塞，北上单于台。

登山见千里，怀古心悠哉。

谁言未忘祸，磨灭成尘埃。

张若虚：非人类写作及其他

　　张若虚像一条神龙，在唐诗的天空那么忽闪一下子，就再也见不到了。

　　他给后人留下两首诗，一首《春江花月夜》，"孤篇横绝全唐"；另一首名《代答闺梦还》，也不差。

　　先说《代答闺梦还》——

　　　　关塞年华早，楼台别望违。

　　　　试衫著暖气，开镜觅春晖。

　　　　燕入窥罗幕，蜂来上画衣。

　　　　情催桃李艳，心寄管弦飞。

　　　　妆洗朝相待，风花暝不归。

　　　　梦魂何处入，寂寂掩重扉。

　　这是一首闺阁诗。看后会想起王昌龄的"忽见陌头杨柳色，悔叫夫婿觅封侯"，在王昌龄面前，张若虚是前辈，他没有直接说出那个"悔"，却把"杨柳色"铺陈渲染得斑驳陆离。

　　夫婿远戍边关，妻子却青春正艳：试一件新衫就探出初春的暖意，揽开铜镜便看到春天的光彩，接着更不得了，连燕子都来偷窥罗幕中的春色，蜜蜂不明就里直接停在画衣上。更不得了的是，桃李被萌动的春情催得艳丽，心绪过于激荡直接就在管弦上跃动起来。唉，一大早就洗好面容布上盛妆在痴痴地等了，花枝都在晚风中被吹得一晃一晃的，人却还是不见归来。为了能去梦中相聚，且待我关上一重又一重的门扉，沉入浓重的孤寂中去。

此诗次序井然，想象丰富，语言细腻、精致、奢华，少妇的离愁别恨，都实实地落在一个"悔"上。匠心十足，但终不脱齐梁诗风的影子。比起王昌龄的《闺怨》，还是少了些生动。

如果说《代答闺梦还》只是小调浅试，到了《春江花月夜》时，那就境界大开——

> 春江潮水连海平，海上明月共潮生。
>
> 滟滟随波千万里，何处春江无月明！
>
> 江流宛转绕芳甸，月照花林皆似霰；
>
> 空里流霜不觉飞，汀上白沙看不见。
>
> 江天一色无纤尘，皎皎空中孤月轮。
>
> 江畔何人初见月？江月何年初照人？
>
> 人生代代无穷已，江月年年只相似。
>
> 不知江月待何人，但见长江送流水。
>
> 白云一片去悠悠，青枫浦上不胜愁。
>
> 谁家今夜扁舟子？何处相思明月楼？
>
> 可怜楼上月徘徊，应照离人妆镜台。
>
> 玉户帘中卷不去，捣衣砧上拂还来。
>
> 此时相望不相闻，愿逐月华流照君。
>
> 鸿雁长飞光不度，鱼龙潜跃水成文。
>
> 昨夜闲潭梦落花，可怜春半不还家。
>
> 江水流春去欲尽，江潭落月复西斜。
>
> 斜月沉沉藏海雾，碣石潇湘无限路。
>
> 不知乘月几人归，落月摇情满江树。

说这首诗的好是困难的。那就先说这首诗后来被"抄袭"的情况吧。

第一句"春江潮水连海平，海上明月共潮生"，先是被著名的宰相诗人张九龄抄去，然后写出"海上生明月，天涯共此时"；伟大的诗人李白，在《把酒问月》中，除了开篇就是"青天有月来几时，我今停杯一问之"，接着在后面又写"今人不见古时月，今月曾经照古人。古人今人若流水，共看明月皆如此"，都到这个份上了，李大诗人仍然意犹未尽，又在《子夜吴歌》中，写下"长安一片月，万户捣衣声"，怎么看都像脱胎于"玉户帘中卷不去，捣衣砧上拂还来"。面对"江畔何人初见月，江月何年初照人"的佳句，旷世大才子苏轼见猎心喜，心痒痒地写下"明月几时有，把酒问青天"。而他的《前赤壁赋》，简直就是把《春江花月夜》换个方式重写了一遍。但后人并没有因此给这几位大家安上"抄袭"的"桂冠"，反而对这些诗句赞不绝口，让它们千古流传，实在是这几位在魔怔于《春江花月夜》高妙的同时，借用的时候满满地揉入了自己的思想和情绪，将"抄袭"转为"再创作"。

在张若虚之前，已经有不少人写过《春江花月夜》，比较有名的是陈后主陈叔宝和隋炀帝杨广。这是一种可以酬唱的歌行，他们写的东西都吭吭哧哧的曾风行一时，一直到张若虚写出《春江花月夜》，这些走过场的小卒们才"嗖"的一下没了踪影。

《春江花月夜》可划分三节。第一节是下面几句——

　　春江潮水连海平，海上明月共潮生。

　　滟滟随波千万里，何处春江无月明！

　　江流宛转绕芳甸，月照花林皆似霰；

　　空里流霜不觉飞，汀上白沙看不见。

　　江天一色无纤尘，皎皎空中孤月轮。

绝美的景色描写。旷达无垠的春江、沧海、明月、花林，寂静而又光明，却分明有东西在其中默默地贯通，充盈、消解和融合，让这样一个整体有生气、出感觉，让置身其中的那个"我"，如同羽化一般，一起融入其中，同声相应，同气相求。

这个已然消融的"我"，又借着月光铺开的道路，代表人类叩问了宇宙洪荒——

> 江畔何人初见月？江月何年初照人？
>
> 人生代代无穷已，江月年年只相似。
>
> 不知江月待何人，但见长江送流水。
>
> 白云一片去悠悠，青枫浦上不胜愁。

"江畔何人初见月？江月何年初照人？"这样的终极追问，问得人浑身打起寒战来！后来有哲人也问"我是谁？我从哪里来？到哪里去？"尽管也能问出浑身的鸡皮疙瘩，但与这个想比，还是小气一些。因为后者在乎的只有一个"我"，而前者恶狠狠要抓住的是"我"，以及"我的世界"，它堂皇地暗示，"我"与"我的世界"，可以孤独，但从来都不是孤立的！接下来的"人生代代无穷已，江月年年只相似"，与刘希夷的"年年岁岁花相似，岁岁年年人不同"如出一辙，张若虚当是顺手也借了一把。虽然刘希夷这两句也是绝妙好诗，并因它们丢了自己的性命，但格局上，与"人生代代无穷已，江月年年只相似"相差很大，因为这样的浩叹，关乎人类、人生以及我们栖居的世界！这个时刻，依旧躲在背后的"我"十分激动，激动之后，又生出流水般的无奈：逝者如斯夫，不舍昼夜……

在第三节中，过于激动的"我"现了原形——

> 谁家今夜扁舟子？何处相思明月楼？
>
> 可怜楼上月徘徊，应照离人妆镜台。
>
> 玉户帘中卷不去，捣衣砧上拂还来。
>
> 此时相望不相闻，愿逐月华流照君。
>
> 鸿雁长飞光不度，鱼龙潜跃水成文。
>
> 昨夜闲潭梦落花，可怜春半不还家。
>
> 江水流春去欲尽，江潭落月复西斜。
>
> 斜月沉沉藏海雾，碣石潇湘无限路。
>
> 不知乘月几人归，落月摇情满江树。

"我"乘着一叶扁舟，流连于月光下的波涛中，透过水银泄地的月光，勾连起远方的明月楼台，那里的世界，也是被月光挤满，为月光消融的。"玉户帘中卷不去，捣衣砧上拂还来"，照样如梦如幻，接着又是无奈：昨天的梦里花都落了，春已过半，"我"却还不能回家！

如此精妙的词句，如此神奇的写景、抒情和感慨，一咏三叹，鬼斧神工，实在想不出有人可以写出这样的诗行，只能认为这是非人类写作！

但这么美好的诗，又只有人类才能写出来。因为，它是一首充满了热爱的诗，世界如此美妙，春光如同流水，人生那么短促，我要回家！我要在美妙的世界，在流泄的时光中，与亲爱的人相亲相爱！

一千多年后，诗歌依旧是文学的王冠，但人们已经不习惯用爱来写诗了，他们的遣词造句，包括诗歌形式的营建，与张若虚们如隔云泥。

前几年，有过这样一首诗——

天上的白云真白啊！

真的，很白很

白非常白

非常非常十分白

特别白特别白

极其白

贼白

简直白死了

啊——

——《乌青·对白云的赞美》

这当然是一首好诗，作者的才华无庸置疑。他穷尽手段，就是要让读者关注到他说的"白"。但他这么强调白，其实是为了让人看到"白"背后的"不白"，比如苍白、惨白、雪白，甚至黑，更是为了展示他自己内心的空虚、无意识，甚至无知觉。这首诗在表达上很成功，但是，那种拒绝一切、排斥一切、覆盖一切的"白"，即使是在形而上，真的可以为人所接受吗？以局促小我写出的诗歌，不论艺术上多精致，没有《春江花月夜》那种包容并敬畏于天地万物的大情怀大热爱，终不脱工匠气，说到底，不过是齐梁诗风的另一个版本。

著名诗人北岛在《结局或开始——献给遇罗克》中，有这样的诗句——

从星星的弹孔中，将流出血红的黎明！

诗句非常饱满，张力十足，给读者足够的想象和感慨空间，将"语言的炼金术"玩到了极致。但诗句里包涵的对社会现实的批判、对抗和抵触，也是显而易见的。这不是诗歌情绪的张扬，而是诗歌情绪的弱化。

还有这样一首争论激烈的诗——

其实，睡你和被你睡是差不多的

无非是 两具肉体碰撞的力

无非是这力催开的花朵

无非是这花朵虚拟出的春天

让我们误以为生命被重新打开！

大半个中国

什么都在发生：

火山在喷，河流在枯

一些不被关心的政治犯和流民

一路在枪口的麋鹿和丹顶鹤

我是穿过枪林弹雨去睡你

我是把无数的黑夜摁进一个黎明去睡你

我是无数个我奔跑成一个我去睡你

当然我也会被一些蝴蝶带入歧途

把一些赞美当成春天

把一个和横店类似的村庄当成故乡

而它们

都是我去睡你必不可少的理由

——《余秀华·穿过大半个中国去睡你》

该诗作者余秀华生活在湖北农村，自小脑瘫，但这首诗毫不脑瘫，极致、饱满、有力度。诗背后那种咬牙切齿的勇敢，是对爱的极度渴望，渴望到了想践踏撒野去发泄，但一句"而它们，都是我去睡你必不可少的理由"，又是诗人心有不甘的自然流露。诗人渴望爱，渴望被爱，但这一切都淹没于衰弱和孤独中。这样的情绪，并非只余秀华这样的残疾人才有，而是流行于当世的通病，可称之为世纪病。这是三十多年前梁小斌那首《中国，我的钥匙丢了》的余响。

再说张若虚。史料中很难找到他的事迹，甚至连他的生卒年都无从考证。在他之前，"初唐四杰"基本完成对齐梁诗风的反拨，杜审言、宋之问、沈佺期确定了唐诗的基本范式，陈子昂更是为流弊百年的宫廷诗挖好坟墓，但最后还得靠张若虚，以一首《春江花月夜》，用最豪华、最高贵的宫廷诗，为宫庭诗画上了句号。而《春江花月夜》这样的宫廷诗，不仅"孤篇横绝全唐"，也一直高踞中国诗歌的颠峰。

张若虚也以他非人类写作的方式，完成了自己的历史使命。

盛唐气象：千峰万仞，诗国巍峨

有了盛唐，我们终于能直起腰杆底气十足大声说：中国是诗的国度！

作为资深文艺老青年，唐太宗对诗歌近乎偏执的热爱，让举国上下掀起诗建设的高潮，他之后的唐高宗、唐中宗、唐睿宗以至武后则天皇帝，都持续了这一热潮。

上有所好，下必甚焉。不仅诗人跟着皇帝走，老百姓爱诗、读诗、写诗，也是蔚然成风。据说，武则天听说一七岁小女孩诗才不凡，便在朝堂召见她，命她当堂赋诗，小女孩张嘴就来了一首佳构——

> 别路云初起，
>
> 离亭叶正飞。
>
> 所嗟人异雁，
>
> 不作一行归。
>
> ——《送兄诗》

端的了不得，它竟然出自一位七岁小女孩的文心秀口。女孩的姓名、来历、事迹均无考，但这一首诗让我们相信，当时的诗歌运动，已经普及至妇孺，在普通百姓生活中扎了深根。

广泛而深厚的群众基础固然是诗歌繁荣的前提，但真正带来盛唐诗歌繁荣的，却是逆潮流而动，与皇帝的口味对着干的少数几位诗人，他们遵循艺术规律，反对充斥齐梁风格、满是浮艳浅薄的宫廷诗，为唐诗开辟出一条康庄大道。

这条康庄大道将唐诗接入千峰竞秀，万舸争流的不二盛景，让泱泱大中华成为巍峨云天的诗国。

宰相张说读到王湾的《次北固山下》后，十分惊喜，他把诗中的颈联抄在官署的墙上，作为诗歌的楷模，时时向人提起。他没想到的是，"潮平两岸阔，风正一帆悬，海日生残夜，江春入旧年"固然了不起，但在接下来的几十年内，更加雄浑壮阔、更为豪迈刚劲的诗歌将于雨后春笋般层出不穷。

盛唐是群星璀璨的时代，名家云集，风云际会，而写诗、赏诗、唱诗成为全社会的风尚。诗歌既是普及性的群众文化活动，同时又是位于巅峰的高雅艺术，在"雅"和"俗"的不同层面，都有广泛的基础。

盛唐诗歌的题材是旧有的，无非感遇、咏怀、咏史、山水、田园、离别、闺怨、边塞、从军、宴饮等，但诗人们在这些题材上表现了全新的体验，创作上没有任何约束，以大眼光、大格局，呈现了盛唐的宏阔之美，并且风格丰富，各有个性，各具姿彩，古体、今体诗都有长足发展，都有数量可观的名篇传世，从社会生活到自然风光，无不囊括，高致卓绝。

盛唐气象当然离不开经济繁荣、政治开明、思想开放和社会安定，在这样的局面下，儒、道、释三道相融共生，从文化上为诗歌提供了丰厚的滋养，得以形成盛唐诗歌革旧布新、百川汇海的大好局面，使短短五十年的盛唐诗歌，成为千百年来后人膜拜的典范。

二

李白的横空出世，是闪耀于盛唐的巨大惊叹！

他犹如天外飞仙，"笔落惊风雨，诗成泣鬼神"。只要他想涉及的，无体不工，无诗不精。

他最擅长的乐府诗，震古铄今，至今无人能望其项背，从《蜀道难》的雄奇险峻，到《将进酒》的豪迈洒脱，再到《远别离》的宏阔洞彻，筑就了"危乎高哉"的乐府高峰。他的五绝和七绝，古往今来，也是睥睨自雄，无人能出其右。五律上也能与杜甫平分秋色，只在七律上，才让出一分，让杜甫独占鳌头。

天才的作品来自于天才的头脑。李白是不世出的，他上穷碧落下黄泉，飞天入地，在诗歌上几乎无所不能，为盛唐辉煌平添几多光彩。他降临盛唐，固然是盛唐之幸，而他活在盛唐，又何尝不是他的大幸！他的气质，与盛唐是如此契合，相得益彰。他所呈现的，正是盛唐气象；他的风范，就是盛唐风范！盛大堂皇，豪迈雄奇，连他的失落惆怅，也带着豪迈的大气概。"仰天大笑出门去，我辈岂是蓬蒿人"自不必说了，"与尔同销万古愁"，也早已把愁踩在脚下。他在给流放龙标的好友王昌龄诗中，也写出了一个宏阔无比的"愁"——

　　杨花落尽子规啼，

　　闻道龙标过五溪。

　　我寄愁心与明月，

　　随君直到夜郎西。

　　　　　　　——《闻王昌龄左迁龙标遥有此寄》

　　这就是盛唐气象。再大的愁，也不会是过不去的坎，因为国家这个宏阔壮丽的舞台一直在他的跟前，在他的心里，不能"登台表演"的愁中，总伴着"有一天我会一飞冲天"的渴望。而到了晚唐，就完全不同，同样是大诗人，在李商隐笔下，"夕阳无限好，只是近黄昏"，再美的事物，总能带上不祥的联想，心中的那一片愁，是与影随形挥之不去的失落和绝望。是无药可医的末世情绪。

　　在现实中单纯天真的李白同样是盛唐丰富多彩的元素。李白有着挥之不去的济世情怀和治国抱负，盛唐的政治舞台，足足吸引了李白的一生。为了登上这个政治大舞台，他甚至肯低下高傲无比的头，低眉顺眼地干谒权贵，甚至拍下"生不用封万户侯，但愿一识韩荆州"这样的千古马屁，后来通过玉真公主的关系成为唐玄宗的御用诗人后，唐玄宗只想李白多写"云想衣裳花想容，春风拂槛露华浓"这样的诗粉饰太平，并未给他政治上施展的机会，后来"赐金还山"。但李白并未放下政治抱负，甚至跟着永王李璘扯杆子造反，差点掉了脑袋，后来身陷囹圄，流放夜郎，吃足了苦头。正是由于人生遭际上的大起落，李白的思想也在道、儒、侠不断的穿插交织，相互影响、变幻和震荡中，不断涌现流光溢彩的千古名篇。

感谢上苍，不仅在盛唐安置了李白，还为我们送来了杜甫，让诗圣以别样的光彩和昂然的品格，与诗仙在盛唐交相辉映。

杜甫的伟大，首先伟大于他的家国情怀，一生将自己置于国家和时代中，从《自京赴奉先县咏怀五百字》到《茅屋为秋风所破歌》，都能看出，他的忧患喜乐，从来不是自己一个人的事。他一辈子没做过什么大官，也没做过什么大事，但他以在盛唐从兴盛到衰败过程中留下的辉煌诗篇，就足以堪称那个时代的伟人。

杜甫的诗百读不厌，越是年齿丰实，越能读出无穷意蕴。

请看他的《赠卫八处士》——

> 人生不相见，动如参与商。
> 今夕复何夕，共此灯烛光。
> 少壮能几时，鬓发各已苍。
> 访旧半为鬼，惊呼热中肠。
> 焉知二十载，重上君子堂。
> 昔别君未婚，儿女忽成行。
> 怡然敬父执，问我来何方。
> 问答乃未已，儿女罗酒浆。
> 夜雨剪春韭，新炊间黄粱。
> 主称会面难，一举累十觞。
> 十觞亦不醉，感子故意长。
> 明日隔山岳，世事两茫茫。

这是在社会大动荡中劫后余生的庆幸和感叹，人生的况味，又岂止是故友重逢"一举累十觞"的大喜悦。这首在杜甫诗中，虽是"非主流"，却也大义深蕴，余韵绵长。

"三吏""三别"很早就树立了杜甫"现实主义大师"的高峰，但他的高峰一座接一座，年愈老而诗愈工，尤其在律诗创作上，特别是七律创作上，通过创作上不断的探索实践，最后确立了七律的范式，同时确立了他自己在七律上古往今来无人逾越的高峰。

> 花近高楼伤客心，
> 万方多难此登临。
> 锦江春色来天地，
> 玉垒浮云变古今。
> 北极朝廷终不改，
> 西山寇盗莫相侵。
> 可怜后主还祠庙，
> 日暮聊为梁甫吟。
>
> ——《登楼》

虽然杜甫最好的七律是《登高》，但说杜甫"沉郁顿挫"的创作风格，说他忧国忧民的情怀和报效国家的夙愿，这首《登楼》是最好的注释。

就这样，杜甫即使在接近人生终点时，仍然不断涌现伟大作品，即使是在衣食无继困顿难行的长沙，还写出了辉耀千古的《江南逢李龟年》——

> 岐王宅里寻常见，
> 崔九堂前几度闻。
> 正是江南好风景，
> 落花时节又逢君。

这个一辈子都在放射光芒的人，和李白及其他同辈诗人一起，灿烂了盛唐。

三

边塞诗不是盛唐的初创，但辉煌于盛唐。

这与唐朝国力强盛、疆域辽阔、丝绸之路兴盛、商旅及军事文化活动频繁有关，也与唐人尚武、任侠的习性有关，但最要紧的还是盛唐社会气度恢宏、昂扬向上，英雄主义是国家的主流思潮，是时代精神的象征。同时，当时的制度规定，边帅可以自设幕府，文人入幕后有机会迅速升迁，也吸引了大批士人踊跃入幕。甚至有士人一时不能入幕，就长时间漫游边塞，寻找入幕和建功立业的机会。

盛唐边塞诗的代表诗人，有高适、岑参、王昌龄、王之涣、李欣、王维、崔颢、王翰等。

高适浑朴老成。他一直"喜言王霸大略"，很有抱负，四十八岁才得到机会进入官场，直到安史之乱爆发后，才被唐肃宗发现并重用，任淮南、西川节度使，从一介文人一跃而为封疆大吏，为全唐仅有。但即使他长期困顿，不为人识的阶段，他的诗歌也从来豪气不减，始终表现慷慨激昂的气度，为边塞诗打开了新境界。

高适的代表作《燕歌行》，既有昂扬的格调，也有悲凉的情怀，苍凉悲壮的英雄气概，呈现壮阔之美。

下面这首很有名，艰苦卓绝之下，从来不失慷慨豪迈——

> 千里黄云白日曛，
>
> 北风吹雁雪纷纷。
>
> 莫愁前路无知己，
>
> 天下谁人不识君。
>
> ——《别董大》

岑参出身贵族，但少年穷困，五入幕府，追求功名。他诗作题材广泛，感怀、酬答、歌咏均有佳作，而以边塞诗为最。

虽然岑参与高适一样，边塞诗写得悲壮，但悲壮之下，另有一番雄奇瑰丽、飘逸峭拔。"北风卷地白草折,胡天八月即飞雪,忽如一夜春风来,千树万树梨花开",这样的想象,是何等瑰丽,而"轮台九月风夜吼,一川碎石大如斗,随风满地石乱走",又是何等雄奇。

> 九月天山风似刀,
>
> 城南猎马缩寒毛。
>
> 将军纵博场场胜,
>
> 赌得单于貂鼠袍。
>
> ——《赵将军歌》

如此豪情万丈地写景寄情,非盛唐大手笔不能为也。

王昌龄号称"诗家天子",后人又称他为"七绝圣手",可见地位之高,影响之大。他的边塞诗,既有"秦时明月汉时关,万里长征人未还,但使龙城飞将在,不教胡马度阴山"这样历史与现实相结合的豪迈,又有"黄沙百战穿金甲,不破楼兰终不还"这种清除边患、报效国家的坚定,视野上有历史纵深,内容上显得深刻而丰富,有人性化的情怀。

> 饮马渡秋水,水寒风似刀。
>
> 平沙日未没,黯黯见临洮。
>
> 昔日长城战,咸言意气高。
>
> 黄尘足今古,白骨乱蓬蒿。
>
> ——《塞下曲·之二》

这种不失沉痛的反思,比一味的雄奇豪迈更有价值。

王之涣为人豪放不羁,常"击剑悲歌,以禽纵酒"。他存诗仅六首,两首《凉州词》可归入边塞诗——

> 一
>
> 黄河远上白云间,
>
> 一片孤城万仞山。
>
> 羌笛何须怨杨柳,

春风不度玉门关。

二

单于北望拂云堆，

杀马登坛祭几回。

汉家天子今神武，

不肯和亲归去来。

其一质疑朝廷的边关政策，其二却涌出国力强盛后的自豪之感。倒也相映成趣。

李欣的《古从军行》，是盛唐边塞诗的另一个代表——

白日登山望烽火，黄昏饮马傍交河。

行人刁斗风沙暗，公主琵琶幽怨多。

野营万里无城郭，雨雪纷纷连大漠。

胡雁哀鸣夜夜飞，胡儿眼泪双双落。

闻道玉门犹被遮，应将性命逐轻车。

年年战骨埋荒外，空见葡萄入汉家。

此诗苍凉刚劲，末句"年年战骨埋荒外，空见葡萄入汉家"直接质疑战争的意义，正是此诗的价值所在。

王翰也是盛唐边塞诗重要的诗人，尤以《凉州词》著名——

葡萄美酒夜光杯，

欲饮琵琶马上催。

醉卧沙场君莫笑，

古来征战几人回？

诗中的"催"，并非催战士出发。当时边塞歌伎，因流动性及场地所限，多有骑在马上弹奏琵琶，所以诗中的"催"是歌伎在马上弹奏琵琶为战士催饮。此诗脍炙人口，描述的是一场胜利后战士们狂欢宴饮的场景。"醉卧沙场君莫笑，古来征战几人回"，却让豪饮和狂欢平添一抹深暗的色彩：重欢轻死的豪迈固然有，但豪迈之下的几分苍凉，有没有积郁于心的厌战和思乡情绪？

四

山水诗同样不是盛唐的初创，却在盛唐大放异彩。

盛唐山水田园的代表人物有孟浩然、王维、储光羲、常建等。

孟浩然被称为隐士实在是个误会。他一辈子都准备着出隐入仕，只是没有机会才不得不"隐"下去。但长期的田园生活，还是让他的创作充满恬淡平和。他不尚雕饰，却又能清超越俗，出人意表。有时恬淡中还有壮逸之气，这与他不甘清静，一直想有所作为的抱负有关。

孟浩然写得最好的一首诗，是《春晓》——

春眠不觉晓，处处闻啼鸟。

夜来风雨声，花落知多少。

最有气势的一首诗，是《望洞庭湖赠张丞相》——

八月湖水平，涵虚混太清。

气蒸云梦泽，波撼岳阳城。

欲济无舟楫，端居耻圣明。

坐观垂钓者，空有羡鱼情。

最能体现他创作风格的，是《宿建德江》——

移舟泊烟渚，日暮客愁新。

野旷天低树，江清月近人。

这都是孟浩然擅长的体裁。但要想在他的诗中寻找深意，那是很难的一件事。所以苏轼会说他"韵高而才短"。

王维才是盛唐山水田园诗集大成者。有人还把他列为边塞诗人，但他的"大漠孤烟直，长河落日圆"，固然描写的是大漠风光，而这种"诗中有画，画中有诗"的套路，不正是他在山水田园诗中常用的么？

王维与李白同年，被唐肃宗称为"天下文宗"，地位极高。他的入仕，和李白一样，都靠玉真公主的着力举荐。有趣的是，李白在任翰林时期，经常出入长安权贵王府举办的各种艺术活动，与当时的京城名流多有过从，诗词酬答很是频繁，这三年多的时间王维不可能不与李白相见，但两人却从无诗词往来，近几年便有无聊文人在他与李白的关系上泼了很多脏水。但可以确定的是，李白固然不必借力于王维，王维也完全不用沾李白的名头，添自己的光彩。

王维还是唐代人文画的始祖，精通音律，精研佛法，号称"诗佛"，早年热衷于济世之道，晚年醉心于山水田园，诗作形神兼备，和谐统一。但他的风格也是多样性的，有《山居秋暝》这种天堂般的宁静——

　　空山新雨后，天气晚来秋。

　　明月松间照，清泉石上流。

　　竹喧归浣女，莲动下渔舟。

　　随意春芳歇，王孙自可留。

也有《汉江临眺》这种生于淡远的壮阔——

　　江流天地外，山色有无中。

　　郡邑浮前浦，波澜动远空。

储光羲跟王维一样，曾在安禄山的叛军中出任伪职，却没有王维的好运气，脱身归朝后，

仍贬死岭南。《四库全书总目》说他的诗"源出陶潜，质朴之中，有古雅味，位置于王维、孟浩然间，殆无愧色"，评价很是不低。

一首《咏山泉》，能窥其格调风范——

　　山中有流水，借问不知名。

　　映地为天色，飞空作雨声。

　　转来深涧满，分出小池平。

　　恬淡无人见，年年长自清。

常建先写边塞诗，后专注于山水田园诗，都很优秀。他的《题破山寺后禅院》，写出了谧静田园的禅意——

清晨入古寺，初日照高林。

竹径通幽处，禅房花木深。

山光悦鸟性，潭影空人心。

万籁此都寂，但余钟磬音。

如果不把山水田园诗作为一个诗歌流派来看，那么，很多不同风格的田园山水诗就可能兼纳并蓄，成为万紫千红的大花园。

贺知章老年回归田园，身心一时自由，接连写出几首传世佳作，都能纳入山水田园大类。

《咏柳》就是一首极佳的田园诗——

碧玉妆成一树高，

万条垂下绿丝绦。

不知细叶谁裁出，

二月春风似剪刀。

李白和杜甫都写过极好的山水田园诗。李白笔下的山水田园，与他其它体裁的诗作一样，有着豪迈壮阔的风范——

众鸟高飞尽，孤云独去闲。

相看两不厌，只有敬亭山。

——《独坐敬亭山》

杜甫的《春夜喜雨》是千古流传的名篇，也是田园诗，自不必提。他的《惠崇春江晚景》，也别开生面，写得热切奔放——

黄四娘家花满蹊，

千朵万朵压枝低。

流连戏蝶时时舞，

自在娇莺恰恰啼。

相较孟浩然、王维的冲淡恬和，他们雄厚壮美的山水田园佳作，更显盛唐气象。

众多盛唐诗人中，不能遗忘的还有两位宰相诗人：张说和张九龄。他们不仅利用自身影响扶掖诗人，倡导以昂扬之气充实诗文，为盛唐诗歌的繁荣作出重大贡献，自己也创作出很多优秀的诗歌作品。特别是张九龄，以高超的表现手法，展现了丰富的思想内涵。

单说他一首《望月怀远》，便千百年来传唱不息，是唐诗宝库不可多得的精品——

海上生明月，天涯共此时。

情人怨遥夜，竟夕起相思。

灭烛怜光满，披衣觉露滋。

不堪盈手赠，还寝梦佳期。

贺知章：笑脸常开的"四明狂客"

别看贺知章自称"四明狂客"，偶尔在街头市井或是首都文艺派对上露一把"狂"相，但要说盛唐最亲切最和蔼的诗人，就是他贺知章。

贺知章三十六岁进京赴考，一考就中了状元，这是浙江有资料记载的第一个状元，此后他一直留在长安当官，一直干到八十六岁辞官回乡，从来没有贬官或外放的记录，这纪录是有唐一代诗人中的大稀罕，太难得了！也与他"四明狂客"的称号不匹配。

与其说贺知章"狂"，不如说他是个"顽皮"的老顽童，他真正做起事来，一定有板有眼，有模有样。他存诗仅十九首，大多是正大堂皇的祭祀乐章和应制诗，这样东西特别正儿八经，整个唐朝没几个诗人玩过，而贺知章显然玩得开，而且高深。

李白狂，唐玄宗欣赏其才，容了他的狂，但显然不喜欢，时间一久，终究受不了，便"赐金放还"。但对负有狂名的贺知章，唐玄宗那是真喜欢。贺知章上表乞归时，唐玄宗问他还有什么心愿，贺知章说他还有一个儿子未取名，想请唐玄宗赐，唐玄宗想了会，说："你是信道之人，信乃道之核心，孚者，信也。卿之子宜名为孚。"贺知章拜谢后，回家里一想："孚"字是"爪"下面加一"子"，皇上这不是说我儿是爪子吗？这是在拿我逗趣哩！

逗趣归逗趣，这也说明唐玄宗对贺知章心无芥蒂，对贺知章的告老回乡，那是给足了风光和排场，下诏命太子在长安东门设立帐幕，命太子率百官设宴为贺知章饯行，他还亲自为贺知章赋诗作别，能享如此殊荣的诗人，前无古人，后无来者，贺知章是独一份！

所以说，贺知章其实很会做人，不仅跟皇帝的关系处得好，贵族子弟跟他闹事时，他也能巧妙地摆平，一般的臣僚关系，也都妥妥的，一辈子混官场，基本没人给他下绊子做动作。

那么，贺知章"狂"的一面究竟是什么呢？

杜甫在《饮中八仙歌》中，第一个说的便是贺知章："知章骑马似乘船，眼花落井水底眠"，骑在马上前摇后晃，醉眼昏花掉入井中竟然能睡着，真是醉态可掬。而他与李白在长安的道观中相逢，看了李白的新作《蜀道难》后，惊为天人，直呼李白为"谪仙人"，拉了李白便到街上的酒肆大喝一通，喝完了才发现身上没带酒钱，只得将随身的金饰龟袋解下来抵押酒钱。金龟是朝廷按品级发给官员的身份标识，怎可轻易与人呢？可贺知章偏偏做了，这一方面是他不肯以身份欺压百姓的本相，另一方面也是他偶遇知音喜不自禁的真情流露。

李白、贺知章们好酒成癖，绝不是爱贪杯中之物，满足口腹之欲，追求感官上的刺激，如果这样，那与浪荡街头的酗酒之徒没有区别，李白、贺知章们求的是酒中真趣。这真趣在哪？李白的诗："三杯通大道，一斗合自然。但得醉中趣，勿为醒者传"，也许可以点开其中关键：酒让他们完成窥探，找到真实。通过酒的刺激，很多他们平时看不见、体察不到的东西，可以看到、体会到。这是对世俗生活的唾弃，也是对更高层面、更有价值生活的追索。

由酒带来的"狂"，可以让他们窥探人生大道，并与最为真实的"自然"相融相洽。这种拎着自己头发飞离世俗生活的冲动，是酒给他们的狂欢。所以，他们会在相逢或独处的日子，将情怀和思想沉浸于酒中，"三杯通大道，一斗合自然"！

另一个层面上，与"狂"带给他们独特真实相对应，"狂"也可以是贺知章的伪装。贺知章能够左右逢源，自是深晓官场游戏法则，能不同流污，与同僚间有距离和底线，同时又不遭嫉不招恨，有的人可以选择装傻装糊涂，而贺知章明智地选择了"狂"来伪装自己。

和李白一样，贺知章在贪恋美酒的同时，还时不时地求仙访道，拜符求箓，幻想着能抛脱凡胎，飞升仙班，这是他们渴望脱离凡俗的另一种行为表达。

所以，贺知章才在老老实实做人，正经八百当官的同时，不失时机又恰到好处地显一把"狂"，遮蔽住自己思想深处的露马脚，这个"四明狂客"的标识，就很像是给儿童接种的天花疫苗。

贺知章去世后，李白写了《对酒忆贺监二首》悼念他——

其一

四明有狂客，风流贺季真。

长安一相见，呼我谪仙人。

昔好杯中物，翻为松下尘。

金龟换酒处，却忆泪沾巾。

其二

狂客归四明，山阴道士迎。

敕赐镜湖水，为君台沼荣。

人亡余故宅，空有荷花生。

念此杳如梦，凄然伤我情。

很珍视与贺知章的情谊，也很赞赏贺知章的作派。让一个真正的狂人如此佩服，很是难得。

贺知章直到八十六岁才告老还乡，衣锦荣归，回乡后一种无拘无束的自由生活终于让他不用再装，生活如此真实又如此美好，让他禁不住真正"狂"了起来，而且"狂"性大发，一"狂"不可收，他一边流连于山阴道上，饱览家乡美不胜收的田园山水，并不辞劳苦求仙访道，期望着在叶落归根之际，来一个人生的大奇迹，实现生命的大圆满；一边沉浸于家乡亲切又清新的风土人情，如坐春风。他一生中最好的诗歌，终于在这个时候泉水般汩汩涌现出来——

咏柳

碧玉妆成一树高，万条垂下绿丝绦。

不知细叶谁裁出，二月春风似剪刀。

这首诗是贺知章回到故乡杭州萧山时，从萧山驿站乘船去南门外潘水河边的旧宅，看到夹河两岸柳芽新发，春意盎然，而旧宅门前一株高大的柳树临水挺立，在微风吹拂中轻柔摆动，婀娜多姿，面对老家此情此景，他心里热情洋溢，当即挥笔写下此诗，一时广为流传，成为千古绝唱。

这首诗不仅写得巧妙，而且非常华美。千百年来无数咏柳诗中，再难找出一首可以与之匹敌的！

再看他的《回乡偶书二首》——

一

少小离家老大回，乡音无改鬓毛衰。

儿童相见不相识，笑问客从何处来。

都说这是一首感伤的诗，诗中的确有感慨，但哀而不伤：虽然他不忘故乡，但因为离开太久，认识的人已然不多，孩童们还把他当异乡过客，好奇地问客从何来，正是稚子们这种满带天真的询问，更加烘托了故乡的亲切，让人觉得诗人的伤感不再是伤感，而是对故乡认同之后，故乡再次慷慨赠予的亲近和亲情，让他平添了一些新鲜、一些活力、一些由衷的喜悦。

所以，每看这首诗，我看到的都不是伤感，而是伤感下面那种游子归乡的亲切和喜悦。

二

离别家乡岁月多，近来人事半消磨。

惟有门前镜湖水，春风不改旧时波。

这一首虽没上一首那么有名，但诗人的感叹既沉且重，作为一个八十六岁的老人，因为离开家乡时间太长，旧时玩伴、亲朋故友，多半已消失于岁月的风尘之中，只有家门前的镜湖，依旧在春风中荡漾着从前的波纹，这样的物是人非，会让人与诗人一起，去追想他在离开家乡的这些岁月里，失去了多少美好的情怀和故事！惆怅的背后，是浩瀚如镜湖的对故乡的大爱！

《题袁氏别业》是这个时期贺知章写的一系列诗歌之一——

主人不相识，偶坐为林泉。

莫谩愁沽酒，囊中自有钱。

这首诗很有趣，可以直视贺知章当时天真可爱的老顽童心态：为了欣赏林泉风光，他直接就跑到不认识主人的别墅里去了，别墅主人不知道跟前的不速之客是鼎鼎有名的大人物，正在犹豫着要不要置酒款待，贺老头直接拍拍自己的口袋：别愁，这里有的是买酒的钱！这种轻松自如的心态，完全是鸟儿脱离樊笼回归自家山林的大喜悦！

在告老还乡寄情老家山水田园的这段时间，厚积薄发的贺知章达到了自己诗歌创作的颠峰，一首首写下来，颇有一发不可收之势，他一生中最重要的作品，都是在这个极短的时期完成的。除了我们耳熟能详的《咏柳》、《回乡偶书》，他还写了《采莲曲》、《题袁氏别业》、《答朝士》、《晓发》、《送人之军》等佳作，可惜的是，他的生命最后定格在八十六岁，再也不肯往前挪一步了。回乡没多久，贺知章逝于山阴五云门外道士庄千秋观。唐乾元元年，唐肃宗以贺知章"侍读之归"（说白了，就是给太子当过老师，太子登极后即为帝师），赠礼部尚书。

贺知章身负"狂"名，却是一位可亲可敬的谆谆长者。他的每首诗都像一张笑脸，浮现于千千万万读者由他激发的感动和联想中。

张九龄：不发怨气的诗人是个好宰相

唐玄宗李隆基一手开创了开元盛世，当了四十四年皇帝，后来又自己亲手毁了盛唐。他暴殄天物，断送大好局面，让唐朝从此走了下坡路。

也祸害了诗人宰相张九龄。

大唐承平日久，李隆基想不出自己还能有什么大作为，只想在史书上留一个好形象，好名声。

有一次，别人向他推荐宰相人选，他问："这个人操守如何？气度怎样？才干好不好？能不能达到张九龄那层次呀？"

被问的人好生奇怪，心想：你不是刚把他从宰相的位子上撸下来，远送湖北当荆州长史吗？还这么看好张九龄？

张九龄是好宰相，更是好人，好诗人。他自己写得一手好诗，还热心快肠地帮了很多未成名，或是不得志的诗人。王维、孟浩然、王昌龄、卢象等，都受过他的扶掖，为盛唐诗歌的发展贡献颇大。

他刚直不阿、不畏奸佞的正气自不必说，行事做人也从来不看别人的眼色，当右拾遗时，对当时的宰相姚崇直指其非，对恩师张说也能不假辞色，对内宫太子废立事也是据理力争，有时跟皇帝下两盘棋，还要或明或暗地想指点皇帝一些做人和为帝的道理。

但这样的好人和能人，会让自我感觉良好的唐玄宗十分不爽。

很多人不知道，张九龄几乎消弭了大唐盛世最大的祸患，但最后还是让唐玄宗给搅黄了。

这事得从张九龄识人之能说起，他早就看出安禄山不是一只好鸟，面生反骨，奸诈无比，曾对侍中裴光庭说："乱幽州者，必此胡也。"安禄山任平卢将军时，在讨伐契丹叛乱时吃了大败仗，安禄山的上司，平卢节度使张守珪不敢处置，就绑了安禄山押往长安，奏请朝廷处置，张九龄抓住这个好机会，斩钉截铁地在张守珪的奏折上批示：杀！

多好的机会啊，李隆基只须在奏折上顺手用朱笔打个勾，堂皇的开元盛世后来就不会轰隆隆地坍塌，可这时李隆基没把张九龄的建议放在眼里，一味只想沽恩卖好，想将来普天下的人一个个翘起大拇指说他是开明天子，于是手腕轻轻一抖，放了安禄山。

他这回装毙遭了雷劈！小安子得脱牢笼，犹如猛虎归山，回到范阳（今北京），他就偷偷养精蓄锐，一次次要求加官晋爵，竟然同时领平卢、范阳、河东三镇节度，然后一声嗯哨，十五万虎狼兵倾巢而出，摧枯拉朽一般，将一个辉煌无二的盛唐掀了个底朝天。李隆基惶惶如丧家之犬，脚底抹油逃到了四川。

这时的唐玄宗终于想到了张九龄处斩安禄山的奏折，先是大哭一番，后悔没听张九龄，接着大赞张九龄的先见之明，可这时张九龄被贬外放后，已经死在曲江，唐玄宗专门派人到曲江张九龄墓前祭奠一番，并追授张九龄为司徒。

他明着是给张九龄服个软儿，其实暗底里还是在沽恩示好，想让文武百官继续跟着他干，但这时已经来不及了，随着他的威望一落千丈，他早等得不耐烦的儿子李亨直接在灵武登基做了皇帝，把唐玄宗封为太上皇，唐玄宗不得不灰溜溜从龙椅上滑下来，将大位交了出去。

张九龄泉下有知，想想自己一辈子受李隆基的窝囊气，不知会不会从地底下坐起来！

当时，身居相位的张九龄不仅要面对猪油蒙心的唐玄宗，还得面对口蜜腹剑的李林甫。李林甫直接向唐玄宗告御状，说："九龄文吏，拘古义，失大体"，直接说张九龄是酸腐文人，一百个瞧不起，甚至根本不把张九龄当对手。

还有杨国忠，也觉得张九龄碍手碍脚，挡了他的道。

这样一来，张九龄就不得不从相位走下来。

其实，被贬这样的事，张九龄也是蛮资深的。他三入京城，一入一出之间，就是一次被贬经历。

他被贬时心情平静，非常淡定。

第一次贬官时，他在韶州老家窝了一年多，没有时间和心情发牢骚，看到大庾岭隔绝了广东与内地的联系，就接连给皇上上书，请修大庾岭，朝廷批准后，他亲率民夫，在险峻难行的大庾岭开出了通途，让已成开商大埠的广州打通了与内地的联系，相当于修建了一条唐代的京广线。

罢相那次很是凶险。张九龄极力举荐的监察御史周子谅，因为弹劾李林甫举荐的牛仙客，在朝堂讲吉凶犯了大忌，惹得唐玄宗大怒，当堂质问，判杀周子谅，而张九龄因为举荐非人，受到连坐，再加上李林甫三天两头在唐玄宗跟前给张九龄下药，唐玄宗火上加火，直接用加急特快，把张九龄送到湖北。

到了这般地步，一般人不论官大官小，少不得经常发牢骚。那时候不兴文字狱，"乌台诗案"也是四百多年后的事，诗人们被贬了官，都可以发牢骚，但牢骚这东西像韭菜，会越割越茂盛，牢骚也会越发越有劲，渐渐地越发越上瘾。正因如此，发牢骚几乎成了唐朝诗人们的风气，特别是落势的时候，就没见过不发牢骚的，洒脱如李白，也会"仰天大笑出门去，我辈岂是蓬蒿人"，明看没发牢骚，其实满肚子的情绪已骚动得不能自制。

而张九龄是例外，他从来不发牢骚。打开他的文集，一个字一个字全抖落出来细细地找，找不到半个牢骚！

牢骚虽然没有，但从宰相高位下来的张九龄却变了诗风。他一改从前的词藻清丽，忽然变得清淡质朴，寄托深远——

> 兰叶春葳蕤，桂华秋皎洁。
>
> 欣欣此生意，自尔为佳节。
>
> 谁知林栖者，闻风坐相悦。
>
> 草木有本心，何求美人折。

这首《感遇》写于张九龄罢相外放之时，被蘅塘退士编入《唐诗三百首》开卷。千万不要把这诗看成情诗，张九龄用的是屈原香草美人的手法。美人和草木，全是另有所指。"草木有本心，何求美人折"，这是多么淡定又多么淡远啊！张九龄是在说：我是美好的，我自己、我的小宇宙，全是好的，而且一直就是这样，我就是我自己，我自己活好就够了，从来就没有奢望皇帝（美人）来把我折走！

这样的理念，在《与王六履震广州津亭晓望》里，表现得同样精彩——

> 明发临前渚，寒来净远空。
>
> 水纹天上碧，日气海边红。
>
> 景物纷为异，人情赖此同。
>
> 乘槎自有适，非欲破长风。

这首诗气势更大，冲淡中有豪迈、壮阔。他说，世间万物各有差异，人情也是这样的，我坐一只小木筏，只要舒服就好了，并不是一定要乘风破浪才可以起航！

它的另一半潜台词是：世界如此好，人性如此美，宰相当不当都不要紧的，只要自己感觉舒服就好。

再看《望月怀远》——

> 海上生明月，天涯共此时。
>
> 情人怨遥夜，竟夕起相思。
>
> 灭烛怜光满，披衣觉露滋。
>
> 不堪盈手赠，还寝梦佳期。

这首更是千古绝唱。多少人以为这首诗是美人怀远，在思念远方出征的良人。因为看上去的确惆怅难已，字字关情。其实，诗中的美人不是别人，正是张九龄自己：想想当年，皇上对我很是倚重，宰辅天下的风光日子，的确是风光无限的好日子，再看看眼前这境况，心里难免拨凉拨凉的！唉，这也是没法子的事儿，还是躺到床上，好好地做一回春梦吧！明早醒来时，该干啥还是干啥去！

这首诗确立了张九龄在盛唐诗人中的大宗匠地位。

不发怨气，不等于心里没有怨气。只是宰相肚里能撑船，张九龄就是心胸大，拿得起，放得下，容得了皇帝，装得下天下，做得了宰相，更当得了诗人。

他的诗是盛唐诗歌的开路先锋，以兴寄为主，委婉蕴藉，写出了"雅正冲淡"的神韵，率先打开了盛唐诗歌繁荣的大局面，既为山水田园诗人孟浩然、王维开出了一条诗路，也树起了后来岭南诗派的第一座丰碑。

开元二十八年（740年）春，张九龄请求回乡拜扫先人坟墓，归乡后身染疾病，不治而亡，终年六十八岁，皇上赠封他为荆州大都督，谥号文献。

孟浩然：好山好水养育的好孩子

孟浩然四处投帖子，一门心思想进官场，一次也没有成功。

盛唐时期，诗写得好的人，一般大小都能混个官当当，一辈子没尝过当官味道的，就数孟浩然了。

唐代的科举制度，从头到尾都是松松垮垮的，向有"三十老明经，五十少进士"之说，形式繁琐，主考官一般都是看客下菜单。不论你文章写得多么花团锦簇，花枝招展，主考官未必会正眼瞧你一眼。这些人事儿多，心事又活络，往往直接看着名字定名次。诗写得好的、家族门庭高的、厉害人物派过纸条的，大笔一挥，直接就可赴琼林盛宴。

像孟浩然这样把诗写到超一流行列，却一直不能混进官员队伍，朋友们都觉得别扭，就他一个布衣，凑到一块喝起酒来，说话都会不方便。孟浩然当然就更别扭了。再说，他从来不认为他哪里比人差，更何况家族也指望他金榜题名来光耀门庭。

这个美好的愿境，在他心里藏都藏不住，但藏不住出来叫唤也没用，最后活活在心里搁了一辈子。

所以当孟浩然在太学当场赋诗时，一屋子的公卿及学子同时搁笔，奇怪地看着眼前这个身着白衣功名全无的陌生人，吃惊之后还是吃惊：咱们的朋友圈里，没见过这名号呀！

接下来孟浩然有了名气，这之前跟他来往最多的哥们是李白，经常从安陆跑到襄阳跟他喝酒，来长安后跟同样是写山水田园诗的王维好成了一块铁。虽然李白对王维有点不对付，长安一大堆名头赫赫的诗人中，李白与王维从来没有只言片语的来往，但这并不妨碍他跟孟浩然继续掏心掏肺。

王维真是铁朋友，他为了让孟浩然当上官，真是操碎了心。

身为宰相的张九龄也没拿孟浩然当外人，除了因为自身廉洁没给孟浩然写过小条子，其它能做的事，他都做了，但一直不出效果，后来实在是没办法，就把孟浩然招进自己的幕府干了一阵子，没啥名分，但也算人在官场了。孟浩然干了三个月，自己觉得实在有点对不上号，主动离开了。

问题究竟出在哪儿呢？

首先出在孟浩然不懂"主旋律"。

别奇怪！盛唐也是有主旋律的。

"相看两不厌，唯有敬亭山"，这叫风雅；

"张旭三杯草圣传，脱帽露顶王公前"，这叫洒脱；

"长风万里送秋雁，对此可以酣高楼"，这叫豪迈；

"黄河之水天上来，奔流到海不复回"，这叫雄奇；

"锦城丝管日纷纷，半入江风半入云"，这叫歌舞升平；

"若非群玉山头见，会向瑶台月下逢"，这叫马屁不穿。

……

你老孟呢，最有名的三首，看看都写了啥——

春眠不觉晓，

处处闻啼鸟。

夜来风雨声，

花落知多少？

唉，前两句多好，后两句就不能跟着再说点好的么？扫兴了不是？

故人具鸡黍，邀我至田家。

绿树村边合，青山郭外斜。

开轩面场圃，把酒话桑麻。

待到重阳日，还来就菊花。

题材窄了吧？家长里短的，乡里乡气，一看就不大气。

北山白云里，隐者自怡悦。

相望试登高，心随雁飞灭。

愁因薄暮起，兴是清秋发。

时见归村人，沙行渡头歇。

天边树若荠，江畔洲如月。

何当载酒来，共醉重阳节。

这首更是清淡得连酒味都闻不到，哪还见得到长安文艺派对上觥筹交错、莺歌燕舞？连影子都没有。

总之一句话，孟浩然诗的语言非常好，但主题立意离当时滥觞于庙堂的高大上，差了那么一大截子，情绪很淡，思想很淡，语言也很淡。就算你名满天下，当官的明面上不说，骨子里早已认定，你孟浩然老是搞这个调调，天生就不是官场中人！

有人说，王维也是写山水田园的，他为什么能当官？

王维当然不一样。他一早就走对了玉真公主的门子，宁王、岐王待之如师友，不光有文才，还直接用琵琶演奏自己创作的《郁轮袍》，这些皇家子弟一声招呼，王维很快就中了进士。再说，他还去边塞挂职三年，"大漠孤烟直，长河落日圆"，是不是一等一的好？

孟浩然真的一首主旋律都没写过吗？那倒也不是，他在《临洞庭湖赠张丞相》中，就有"气蒸云梦泽，波撼岳阳城"这样大气磅礴、主旋律满满的句子，连唐玄宗都为之赞叹。

当然，这首诗又是以"坐观垂钓者，徒有羡鱼情"收尾，老毛病兀自不改。不过，毕竟也主旋律了一回。但孟浩然真是天真的可以，直到唐玄宗当面提醒他，他都闻不出味儿来！

可怜的孟浩然，一门心思想当官，却不得其门而入，熬到四十大几胡子都白了，仍是没有出头日，还要赴京赶考，一心想为那些远远不如自己的人拎包、提鞋，却不能得。

有一回，好哥们王维逮了个千载难逢的好机会，让他直接面对唐玄宗，唐玄宗早就听闻孟浩然大名，对他印象总体还算不错的，再说他又一向喜欢摆风雅，要求孟浩然当场献诗。好你个孟浩然，随口就拿出进士落榜后牢骚满腹的新作——

北阙休上书，南山归敝庐。

不才明主弃，多病故人疏。

白发催年老，青阳逼岁除。

永怀愁不寐，松月夜窗虚。

唐玄宗一听到"不才明主弃"就火了，这不是说我不重视人才吗？冲着孟浩然就训开了："我何曾遗弃你？分明是你不求上进，反来讹我！你当初写'气蒸云梦泽，波撼岳阳城'的气势哪去了？"

唐玄宗气头上说的话，句句点中要害，可怜的孟浩然，以为说出"不才明主弃，多病故人疏"，能让唐玄宗触动恻隐之心，随手赏件黄马褂儿，哪知直接戳了皇帝的痛处，这还能有好？

他在为人上的率真痴顽和政治上的天真无知，在此一丝不挂显了原形。而且，他至死也没懂唐玄宗此时戳他"气蒸云梦泽，波撼岳阳城"的用意！

常听人说机会只给有准备的人，这时只想说，机会永远不会给没有脑子的人！

被唐玄宗这么亲手一划拉，孟浩然的仕进之路上，立马在前面横出一条银河来，再无出头之日。六年后，他仍是不甘心，再次入长安求仕，又很快撞扁了鼻子，从此绝了当官的念想。

从长安出来，他不用再耽当不当官的心思了，顿时浑身舒泰，手拎一支笔，径投浙江而来，在优美的江南水乡心怀大畅，田野、山峦、河流和小溪，哪看着都舒服，河上垂钓的老头让他羡慕，溪边浣衣的

103

村姑，他硬是觉得像在哪儿见过（西施也曾溪边浣纱？）心思活络络的想上去搭讪，可村姑压根儿就不睬他，晾着他在一旁发呆。

不信？《耶溪泛舟》记录在案呢——

> 落景余清辉，轻桡弄溪渚。
>
> 泓澄爱水物，临泛何容与。
>
> 白首垂钓翁，新妆浣纱女。
>
> 相看似相识，脉脉不得语。

与王维高端的门风家世不同，孟浩然出身于小有产业的书香之家，在襄阳那个小地方，山环水绕，好山好水中出产过诸葛亮、王粲（建安七子之首）、杜审言等大文人，孟浩然幼年读书的书院便在隆中，那里门对青山，溪流环绕，时时有鸟语花香。孟浩然生于斯长于斯，对它们有天然的亲近感。所以，他虽然从小就读圣贤书，打小就想做乖孩子，一门心思想着能混进官场中，有个人模狗样也好出人头地，光宗耀祖，可他不论是读书累了，还是四处跑官求人心累了，反正一累了他就要找个山水清幽的地方隐居一阵子，只有这些山明水秀的地方才能让他身心轻松。

这才是他的真爱！

他跑官一跑就是几十年，啥也捞不着，还累成一条狗。但一回到山水田园，就没有丝毫的违和感，浑身舒泰，吞纳呼吸，畅快无比。这里才是他的天，他的地！眼前的山水，就像是他自家的院子，花是他家的，树是他家的，鸟是他家的，小河和溪水全是他家的，如果一定要说不是他家的，那也是他亲戚家的！

> 垂钓坐盘石，水清心亦闲。
>
> 鱼行潭树下，猿挂岛藤间。

多好哇，没有理想，没有大义，就是说自个儿的家，自个儿的院子，以及自个儿的样子。

李白的山水，是从天上移来的，移花接木、吼南山填北海，他想到什么，眼前的山水就是什么："飞流直下三千尺，疑是银河落九天"！你倒是用尺子去庐山量量看，老李白那准头够不够！

杜甫的田园，是从心里涌出来的："好雨知时节，当春乃发生。随风潜入夜，润物细无声"。

王维的山水，是从梦里抓到的，他脑子里有怎样的梦想，眼前就有怎样的图画。"明月松间照、清泉石上流"，"竹喧归浣女，莲动下渔舟"，是不是很像梦境？这些梦境里都是王维的梦想啊！

唯有孟浩然的诗，是从灵魂里生出来的。他就是盛唐好山好水养出来的好孩子，诗好，人单纯，不懂得讨好皇帝，更学不会官场上乞巧玲珑的老套路。只会淳朴如山清澈如水地写诗和做人。

公元 740 年，被贬官的王昌龄途经襄阳，造访孟浩然，两人相见欢畅，孟浩然不顾背上长的毒疮还没有痊愈，与王昌龄纵情饮宴，导致背疮复发，遽然而逝，年仅五十一岁。

王维：诗画佛心谐真趣

诗歌界一直有种比较流行的说法：李白是天才，杜甫是地才，王维是人才。

王维竟然只算人才？这样的人才，把显微镜、放大镜加探照灯全用上，在泱泱中华五千年的文明中找找看，能找得到十个王维不？

他的画是南派画宗，中国文人画的始祖，文人画在中国画中有多牛，地位多高端，找度娘问问，便知端的。

苏轼将他的画与唐代画圣吴道子相比，说王画得于象外，吴画工于技艺，都是了不得的大师，完全是等量齐观，而钱钟书直接说王维是"盛唐画坛第一把交椅"。

这还不算，他精通音律，善书法，篆的一手好印。

再说他的诗。自东晋谢灵运开创山水诗一派，中间陶渊明又以田园诗接续余绪，别开生面，三级跳到了王维这儿，王维再树山水诗新格局，境界大开，又登一个高峰。可谓传承有绪，大放光芒。

这样的全才，后世只有苏轼跟他有一比。

单项个个都是最高分，那综合分还得了？这样的人，跟神究竟有多大差距？还只能算是人才？

可是，不论分数有多高，王维与李白、杜甫相较，虽然老天送给王维的聪明一点也不比李杜少，但还是在境界上有了差别，找到这差别的，不是佛法，不是道心，是肉眼。

王维年少多才，十六七岁就诗名远播，深获宁王、岐王的赏识，"视之如师友"，并很郑重地推荐给玉真公主，王维在玉真公主的公馆现场给她演奏自己创作的《郁轮袍》，一下子石破天惊，如受雷击的玉真公主马上安排王维入内室换上锦绣衣衫，坐到宾客的上首……

第二年，王维顺利地状元及第，但只当了个八品的太乐丞。

近年有不少闲得出汗的浑人，竟然据此就指手画脚断定王维与玉真公主有一腿！这种完全凭空臆测的谣言，但也有不少人半信半疑。

玉真公主是唐玄宗同父同母的妹妹，关系非比寻常，以她的权势，完全可以操控王维的命运。王维既有状元之身，又有出入宫禁的极大便利。但只干了几个月，王维便因伶人舞黄狮犯了个管理不力的小错，只要玉真公主一句话，就是可以轻轻揭过的小事，但王维却因这点小事被贬到千里外的山东济州，做了个管理粮仓的九品小官，而且一干就是四年半！这件事玉真公主完全没有帮王维的忙，抑或，这就是玉真公主的本意？

既然前面可以半信半疑，这时不妨大胆推论：此时的王维，是自己主动想离开玉真公主的控制，他远离宫禁，宁肯在四年半的时间，只当一个乡间粮站的小站长，那就是要把自己的命运拿回来，交给自己管理！

也在这一年，王维的妻子去世，他从此开始长达三十年的独身生活，不沾女色。

好一个王维，这一步迈得如此决绝、豪迈、壮阔！

但聪明归聪明，此时的王维在官场上远远称不上圆滑老到，直到爱才惜才的张九龄当上宰相，王维才被张九龄提拔回京，任右拾遗，又干了差不多一年，张九龄又给王维升了官，当上了监察御史。

受到赏识重用的王维，济世雄心被大大激发，眼看着人生铺开坦途，心房里报春花、迎春花、月季花相继怒放，一时春光满园。

张九龄不仅爱才惜才，更有识人之能，他太了解王维了，在自己被李林甫构陷排挤眼看相位不保时，为了保护王维，给王维安排了一个苦差——担任河西凉州节度使幕判官，让他远离京城是非招祸之地。

王维也乐得远离玉真公主，纵马于西风黄沙的王维在边塞心怀大畅，诗风大开，一系列一等一好的边塞诗从他聪明的脑子里流了出来，壮阔飞动，酣畅淋漓。

这首《观猎》，气势何等豪迈！

　　风劲角弓鸣，将军猎渭城。

　　草枯鹰眼疾，雪尽马蹄轻。

　　忽过新丰市，还归细柳营。

　　回看射雕处，千里暮云平。

再看"大漠孤烟直，长河落日圆"等句，这等雄浑，简直不能想像他日后会写"明月松间照，清泉石上流"！

在塞北粗砺的风沙中挂职三年，长安又开始向王维招手了。但堂皇盛世中的长安，却对他格格不入，不久，他又外放荆楚，在这一带游历长达一年。这些经历告诉王维：不论是河山之壮，还是田园之美，都比静水深流的官场更能找到真实的自己！

摆脱宿命，回归真我，到哪里去？到山水田园去，到真正的自我中去！

再次回到长安后，他买下初唐诗人宋之问在蓝田辋川的别墅，重加修建，纳入那里的明月竹林、白石清滩，空山青苔，古木衰柳，天天与飞鸟夕岚相伴，无边的美景直把他欢喜的醉了……

他在山水和音律中参悟禅理，又将禅理融入诗歌和画作中，佛理与山水田园情景交融，浑然天成，诗中有画，画中有诗，诗中有音乐的独特艺术景观，真正将他引入中华诗坛大宗匠之列。

这个时期王维的佳作很多，看他的《终南别业》——

　　中岁颇好道，晚家南山陲。

　　兴来每独往，胜事空自知。

行到水穷处，坐看云起时。

偶然值林叟，谈笑无还期。

没有具体的山水描绘，但悠然自得的心境，不说你也很明白！行到水穷处，坐看云起时，这里有无限的哲理和禅思。

这首《送元二使安西》，是王维众多送别诗的代表——

渭城朝雨浥轻尘，

客舍青青柳色新。

劝君更尽一杯酒，

西出阳关无故人。

朋友间的离情别意，力透纸背。还因为节律感太过鲜明，被琴师谱入琴曲后，成为著名的曲牌《阳关三叠》，千年传唱，至今不衰。

如果此时的王维真正做一名无官一身轻的山水诗人，那么一个大诗人的大圆满就此完成了。但这个时候，王维骨子里的那股聪明劲，又让王维打起了小算盘：山水田园固然好，但当一个小官，有些声名地位，再拿一份不菲的俸禄，不是更好吗？

这样一想，王维开始恋栈官场，舍不得离开，平日里在官场装装样子，混混日子拿份俸禄，下班了就跑进自己的山水世界自成一统，在山水田园、梦想和禅理中，扎进最真实的自我中。可是，这股聪明到底还是让他吃了大亏，小算盘打的固然好，却不知盛唐已不知不觉间走到尽头。

接着便是"渔阳鼙鼓动地来，惊破霓裳羽衣曲"。安禄山一声嗖哨，带着范阳十五万虎狼之兵扑杀过来，一路上势如破竹，升平日久的盛唐王朝猝不及防，无兵可用，匆忙间只得召集一批街头商贩，提枪拎棒前去迎战，犹如送羊肉入虎口。

唐玄宗慌不择路，狼狈不堪地逃往四川，腿脚稍慢的王维被叛军逮了个正着，安禄山一看：这王维不光文坛名气大，还是唐朝的给事中，马上嘻嘻哈哈地拿刀架着王维的脖子：从了，在这边也好好地当个官儿；

不从，喀嚓就是一下，以后饭也不用吃了！

王维心里纵有千万个美妙绝伦的大梦想，刀架脖子时也只好从权。于是，王维在安禄山的伪朝廷也当了个"给事中"的伪官。

在这个重要的节点上"失节"，对王维很致命。如果不是他写了《凝碧池》，思想上向往了一会儿大唐，只怕连小命都不能保！

唐肃宗还都长安后，马上开始秋后算账，王维按律当斩，这时的他已顾不得斯文体面，百般求饶，同时平叛有功的弟弟王缙愿意辞去刑部侍郎职务，削籍替兄长顶罪。再加上唐肃宗看了《凝碧池》后，气消了一大半，这才保住了王维一条小命，却也吓丢了他半条老命。

劫后余生，他的生命由此澄澈：脱略形骸，山水和佛门成了他唯一的归宿："一生几许伤心事，不向空门何处销"！

纵观王维一生，聪明先是成就了他，后来聪明又祸害了他，但他历经劫难后对田园山水的沉迷和对佛经禅理的参悟，把天生的聪明转化为勘破生死得悟人生大道的智慧，使他终于脱离了官场恶性倾轧的低端生态，完成了人性升华，达到了自我圆满。

这是作为一个人的圆满，是一个人摆脱宿命，回归自我，从聪明走向智慧的苦难辉煌。

从这个意义上说，"李白是天才，杜甫为地才，王维为人才"的说法，颇有道理。

崔颢：憋屈在盛唐的偏见里

盛唐开放、包容的大气度，一直广受追捧和赞誉，但有这么一位诗人，却在这个璀璨的时代憋屈了一生，以至死后一千多年来，依旧直不起腰来！

这个诗人是崔颢。

史料上关于崔颢的记载不多，除了一首广为称赞的《黄鹤楼》，最多的评价便是"有文无行"四个字。更细一步的说法是，崔颢早期诗多写闺情，流于浮艳，"娶妻唯择美者，俄又弃之，凡四五娶"……

记载虽不多，但"有文无行"四个字，字字千钧，全压在崔颢身上。

崔颢究竟怎么娶老婆，现在查无实据，但说崔颢早期诗"多写闺情，流于浮艳"，倒是可以拿出来，说道说道。

第一个"妖魔化"崔颢的，当是北海太守李邕。喜欢书法的人都知道李邕，这人除了书法好，一手文章也是超级棒，据说为人也周正，用绣花针都挑不出毛病，道德文章全都红彤彤的，在当时盖住了半边天。

就是这么一个大人物，他听说有个叫崔颢的后生诗文很好，并召他来见，年轻的崔颢上进心当时正如奔腾的江水，见有这等好事，立马兴冲冲赶去，执礼甚恭，奉上诗文，敬请前辈高人指点。谁知李邕抽了首《王家少妇》，只看到开头"十五嫁王昌"便来了气，把诗文一掷，说声"小儿无礼"，拂袖离席而去，年纪轻轻的崔颢从未经过此种尴尬，一时张皇无措。

但这事儿从李邕嘴巴传出来，一路上被不断地添油加醋，众口铄金，崔颢诗文浮艳、风流成性、薄情寡义的结论，就铁板上钉钉子，再也没得改了！

让李邕勃然大怒的《王家少妇》，是这样一首诗——

十五嫁王昌，盈盈入画堂。

自矜年最少，复倚婿为郎。

舞爱前溪绿，歌怜子夜长。

闲来斗百草，度日不成妆。

将这首诗横过来竖过去，怎么也看不出它的主题思想哪里就不健康了，怎么就把正人君子李邕给惹毛成这样呢？它不过是写了一个纵情享受自己青春年华的女子，她就像一个不断跳动的音符，浑身洋溢着快乐的泡泡，欢乐得连化妆这样的事都忘了，这样的女子，这样的生活，本来就是对人生的大热爱，有什么不对？而崔颢不过是满心欢喜地为这个王家少妇画了张素描，哪来的浮艳？

但李邕说是"浮艳"，就没人说不是了！

再看崔颢同一时期写女性和闺阁的诗。

可怜青铜镜，挂在白玉堂。

玉堂有美女，娇弄明月光。

罗袖拂金鹊，彩屏点红妆。

妆罢含情坐，春风桃李香。

——《杂诗》

写得真好！一个细心妆点自己的美女，她的美连春风和室外的桃李都能熏染！把"三日入厨下，洗手作羹汤。未谙姑食性，先遣小姑尝"这样的扭捏之作，直甩七条大街！这首《新嫁娘》中的女子根本不是女子，只是一个硬造出来的借托，一个在官场上投石问路的敲门砖，哪有崔颢笔下的女子活灵活现、活色生香？

崔颢笔下，还有这样的女子——

妾年初二八，家住洛桥头。

玉户临驰道，朱门近御沟。

使君何假问，夫婿大长秋。

女弟新承宠，诸兄近拜侯。

春生百子殿，花发五城楼。

出入千门里，年年乐未休。

——《相逢行》

"女弟新承宠，诸兄近拜侯"，明眼人一看便知写的是杨玉环，直接讽刺她一人得宠，全家富贵，写得又如此精彩，不仅不浮艳，还有满满的胆识和才华！

而且一首不够，再来一首——

长安甲第高入云，

谁家居住霍将军。

日晚朝回拥宾从，

路旁揖拜何纷纷。

莫言炙手手可热，

须臾火尽灰亦灭。

莫言贫贱即可欺，

人生富贵自有时。

一朝天子赐颜色，

世上悠悠应始知。

——《长安道》

这首诗不仅丝毫不见崔颢的轻浮，反倒能看到崔颢的正直和血性，与面对权贵"路旁揖拜何纷纷"的俗人不同，他一眼看穿"炙手手可热"及"贫贱即可欺"的世态背后潜藏的无常之变，对凭空富贵的杨国忠之流一脸的鄙夷！

从目前能够搜集到的崔颢早期诗看，说这些诗作"浮艳"的结论

113　　　走马唐诗说诗人

完全不成立。正好相反，早年的崔颢就是一个极富才华又深具情怀的诗人，他的诗作一反张九龄他们香草美人式的兴寄，毫不隐讳地赞美女性的青春和活力，在盛唐诗歌中风格独具，很有特色。

崔颢十八岁就中了进士，闻一多觉得他中进士的年龄实在太小，又经过一番考据，将他的出生年份前移两年，变成二十岁中进士，即使这样，仍不能掩盖崔颢少负大才的事实。但年少成名、早早高中并未带给他光鲜的人生，反倒由于为不好的名声所累，盛唐的文坛和官场都没有给他应有的位置，获中进士后他未能当上京官，而是早早地离开长安，浪迹江湖，在外游历长达二十年，他漫游全国，足迹自淮楚而至武昌，至河东，乃至东北。

这二十年的岁月，他究竟是做外官，还是跟随外放的官员充任幕僚，已无可考。但这期间，他的人生和创作发生了翻天覆地的变化。

这个时期，他也写女人——

君家何处住，妾住在横塘。

停船暂借问，或恐是同乡。

——《长干行.君家何处住》

诗中已无半点欢乐喜悦，全是浪迹天涯身无所寄的孤寂和凄苦。这当是崔颢自身境况的生动写照。

行旅途中，不可无诗。崔颢信手写下的山水诗，不仅灵趣生动，自己的心境情怀，与山水水乳交融，没有丝毫浮艳之态——

岧峣太华俯咸京，

天外三峰削不成。

武帝祠前云欲散，

仙人掌上雨初晴。

河山北枕秦关险，

驿路西连汉畤平。

借问路旁名利客，

何如此地学长生。

——《行经华阴》

这样的好诗，是不是百读不厌？

这时的崔颢，诗风迥然大变，从一个耽于青春礼赞的情怀少年，悠忽成为风骨凛然的粗砺汉子，这在他一系列雄浑奔放的边塞诗中，有着鲜明的体现——

少年负胆气，好勇复知机。

仗剑出门去，孤城逢合围。

杀人辽水上，走马渔阳归。

错落金锁甲，蒙茸貂鼠衣。

还家行且猎，弓矢速如飞。

地迥鹰犬疾，草深狐兔肥。

腰间悬两绶，转眄生光辉。

顾谓今日战，何如随建威。

——《古游侠呈军中诸将》

如此激昂豪放的诗作，是浮艳油滑、薄情寡义的轻薄少年可以写出的吗？在开放的唐诗，文人墨客裘马轻狂、浪迹无形的事从来没有少过，不会受到指责和排斥。唯独崔颢，也许是青春炽烈时写过一些闺中诗，也许还做过一些荒唐事，但他用二十年时间洗心革面，再世为人时，依然不容于文坛和官场，一个以开放、博大著称于世的盛唐，竟有如此偏见，让人百思不解。而在盛唐一大群头戴桂冠的诗人群中，侪身其中的崔颢头顶荆冠，流血披面，这是多么不公，又是多么残忍啊！

更加讽刺的是，盛唐诗坛在肆意贬低崔颢的同时，却给他的一首诗以无上的荣耀，这便是大家耳熟能详的《黄鹤楼》——

昔人已乘黄鹤去，

此地空余黄鹤楼。

黄鹤一去不复返，

115　　走马唐诗说诗人

白云千载空悠悠。

晴川历历汉阳树，

芳草萋萋鹦鹉洲。

日暮乡关何处是？

烟波江上使人愁。

一说《黄鹤楼》，人人赞不绝口。南宋严羽《沧浪诗话·诗评》认为："唐人七言律诗，当以崔颢《黄鹤楼》为第一。"影响广泛的《唐诗三百首》，也把《黄鹤楼》放在七言律诗的首篇。这何尝不是另外一种众口铄金！不错，此诗境界开阔、苍莽之气，扑面奔腾而来，毫无阻滞。如此宏大的气魄，语言却质朴如口语，殊为难得。但真要挑毛病，也能挑出个一二三四来。首先，开篇前后两句皆出现"黄鹤"二字，这在格律上是犯忌讳的。第三句全是仄声，显然不对！第四句最后三字"空悠悠"都是平声，也不对。当然更谈不上对仗了！只因为整首诗"意得象先，神行语外"，实在太好，所以这么明显的毛病，大家才会视而不见。

据说崔颢诗成不久，李白也来游黄鹤楼，登临之余诗情满满，正要提笔写下，忽然看到壁上崔颢的大作，大惊之下，竟然搁笔不写，叹道："眼前有景道不得，崔颢题诗在上头！"

此事流传甚广，是否真实已不可考证，但李白后来写的《登金陵凤凰台》，的确有模仿崔颢《黄鹤楼》的痕迹——

凤凰台上凤凰游，

凤去台空江自流。

吴宫花草埋幽径，

晋代衣冠成古丘。

三山半落青天外，

二水中分白鹭洲。

总为浮云能蔽日，

长安不见使人愁。

李白此诗也非常有名，也是盛唐七律的翘楚，但没有人敢说比崔颢的原作《黄鹤楼》更好！但我却认为《登金陵凤凰台》格律上合辙合韵，尤其是结尾"总为浮云能蔽日，长安不见使人愁"，对比于"日暮乡关何处是，烟波江上使人愁"，一个是乡愁，关心的是自己浪迹天涯备尝艰辛的遭际，一个是报国无门、进退茫然的家国情怀，从这点上说，高下已见！

当然，杜甫的七律《登高》，其中"无边落叶纷纷下，不尽长江滚滚来"，这浪涌奔腾的大气势，就更不是《黄鹤楼》所能比的了。

崔颢浪迹江湖二十年后，心里涌动着一万个不甘心、不服输，最后还是咬紧牙关，回长安再放手一搏。但回到长安的崔颢日子并不好过。他曾官至太仆寺丞，天宝中为司勋员外郎，宦海沉浮，终生不得志，卒于公元754年，年仅五十一岁。

李白：他为后世留下满满的欢乐颂，
自己却活成一个悲剧

李白从来就不是我们听说的那个狂生和酒徒。

不是吗？他少年即入岷山跟东岩子学道，一脑子黄老出世想法；但十五岁又拜著名的纵横家赵蕤为师，跟着他分析天下形势、研讨兴亡治乱之道，又是一肚皮入世的兴趣。

这种出世的理想和入世的情怀不断在他心里纠结着，纠缠了他一辈子！

当初他"仗剑去国，辞亲远游"，抱的是大丈夫有"四方之志"的雄心，但世人只是赏识他的诗酒风流，没有一个人把他的"四方之志"当一回事，在投了无数的自荐信，甚至拍了"生不用封万户侯，但愿一识韩荆州"这种著名的大马屁，居然没有一个官员理会或接纳他，好不容易凑到了唐玄宗身边，唐玄宗也只是让他用惊世才学为自己的升平歌舞添光加彩，以便流传后世。

李白拼足老命写出再多的千古绝唱，也只不过让唐玄宗多几回高兴而已，他断不会给李白施展"终与安社稷"抱负的丝毫机会。

李白在唐玄宗身边干了三年，越干越没劲，唐玄宗对李白也是日久生厌，于是"赐金放还"，将李白打发出了长安。

李白内心越是有千万个"不服"在奔腾，诗歌就越能写得好，所以他这个时期的作品，简直是好得不能再好了——

　　云想衣裳花想容，

春风拂槛露华浓。

若非群玉山头见，

会向瑶台月下逢。

——《清平调·其一》

下面这首诗中，李白错把人间当成了仙境，因为他的灵魂深处，一直放着座天堂。

长安一片月，万户捣衣声。

秋风吹不尽，总是玉关情。

何日平胡虏，良人罢远征。

——《子夜吴歌·秋歌》

这首写的是天堂映照下的人间，李白对人间的关切，跟对自身命运的关切，密不可分。

李白离开长安后，虽然啥也不是，但心已自由。既然做不了官，回到天上当神仙也是美事一件。这段时间他特别喜欢别人夸他仙风道骨，说他是"谪仙人"，想着有一天真的能飞升而去，位列仙班。

但这时他也写了《梁园吟》和《梁甫吟》，那是一种雄心未泯，待机而动的心情，又说明他还是放不下人间。

天宝三四年间，李白在梁园（现河南商丘）与杜甫相遇，两人一见如故，结为莫逆。就像现在的基友喜欢约好了打怪兽，他们当时是约好了访仙问道。

没过多久，杜甫兴冲冲地又来了，再次来梁园与李白相见，这次同来的还有一位未来的大人物——高适，但他们仨一碰头就把打怪兽这事给忘了，求仙访道的事也略过不提了，整天谈诗论文，各自端出精深的文艺理念，相互参照印证。

这事儿干的，三颗彗星大碰撞，电光四迸，后来被直接载入中国文学史。而这碰撞实在是太火，以致"醉眠秋共被，携手同日行"，这种碰撞出来的友谊，够得上铭心刻骨吧？

这场大事件后，他们后来的人生和创作都发生了化学反应。杜甫因此对李白相知之深，无人能出其右，他赞李白"笔落惊风雨，诗成泣鬼神"，写的《赠李白》、《梦李白二首》等怀念李白的诗作，多达十四首，甚至在李白追随永王李璘陷入牢狱，生死未卜时，还在心中深深地牵挂着李白——

　　不见李生久，佯狂真可哀。

　　世人皆欲杀，吾意独怜才。

　　敏捷诗千首，飘零酒一杯。

　　匡山读书处，头白好归来。

　　　　　　　　——《不见》

抓捕李白入狱的，正是三人中的另一位朋友高适。安史之乱爆发后，高适凭着自己过人的才干，从一个落魄书生，变身为谏议大夫。永王李璘造反，高适认定永王必不能成事，唐肃宗便命高适为淮南节度使，率兵前去征讨。而李白此时正在永王李璘的幕府，做着"安社稷"、"济苍生"的千秋大梦。

永王李璘造反前，为壮声势同时招李白、萧颖士、孔巢父、刘晏等名士入自己幕府，另外三人拒不应招，只有李白兴冲冲前来报到，而且写出组诗《永王东巡歌》为其壮行色，也难怪"世人皆欲杀"了。

李白十五岁就跟着著名的纵横家赵蕤学术，学习分析天下大势和兴亡治乱之道，眼看山河破碎，特想施展雄才大略，永王李璘向他一招手，他既不看李璘有没有胸怀见识，也不想李璘有多大实力，闭着眼睛就跑了过来，结果，三个月不到，这场不成气候的叛乱便被高适一举敉平。李璘被杀，李白也身陷囹圄。

李白直到进了死牢，这才缓过劲来，觉得事儿闹大了，无奈中，他给高适写了《送张秀才谒高中丞并序》——

序云：

余时系浔阳狱中，正读《留侯传》。秀才张孟熊蕴灭胡之策，将之广陵，谒高中丞。余嘉子房之风，感激于斯人，因作是诗送之。

诗曰：

秦帝沦玉镜，留侯降氛氲。感激黄石老，经过沧海君。壮士挥金槌，报仇六国闻。

智勇冠终古，萧陈难与群。两龙争斗时，天地动风云。酒酣舞长剑，仓卒解汉纷。

宇宙初倒悬，鸿沟势将分。英谋信奇绝，夫子扬清芬。胡月入紫微，三光乱天文。

高公镇淮海，谈笑却妖氛。采尔幕中画，戡难光殊勋。我无燕霜感，玉石俱烧焚。

但洒一行泪，临歧竟何云。

在诗里，李白说自己当初的铁哥们高适"智勇冠终古"，连陈平与萧何都不能与他相比，给高适拍足了马屁，完全放下自己最后一点自尊，向高适求救，却得不到高适只言片语回复。

李白的妻子宗氏只好亲自跑到高适的司令部求情，高适也避而不见。这时如果不是河南节度使张镐和御史中丞宋若思求情，李白必死无疑。

其实，真正救李白的人，很可能是高适。

高适是平叛主帅，李白作为叛乱的要犯，他没有权力直接赦免李白，还要避人耳目，最好的办法是他自己不出面，让别人出面，请皇上发话。因为永王已死，李白一介文人对皇上不会有丝毫威胁，不杀还能给天下留一个"惜才"的名声。

但李白犯的是死罪，高适如果坚持律法，不论多少人求情，李白必死。他不露声色地把焦点转到唐肃宗跟前，已知道李白必能免死。

这种事做好便算，无须多言，也不宜多做解释，但李白却认为自己受了天大的折辱，把高适恨到了骨子里，把从前与高适酬唱的诗文一把火全烧了。

这时的李白已是六十高龄，从浔阳出狱后，他到宋若思幕府做了幕僚，很受宋若思重视，为宋若思写了几篇好文章，宋若思爱其才，想向朝廷举荐，便让李白写了封自荐信，然后径送唐肃宗。

真是不作不死，这封自荐信让唐肃宗勃然大怒：好你个李白，我已经饶你不死，给你天大的恩惠，你竟然还有脸自荐，要我重用你，真是狂悖无知，那就让你到以自大闻名的夜郎凉快去吧！

一纸敕令，李白流放夜郎，一路踉跄而行，也不知走了几千里，突然赶上天下大赦，李白终于又一次死里逃生："朝辞白帝彩云间，千里江陵一日还。两岸猿声啼不住，轻舟已过万重山"，如脱身罗网的困兽，真有再世为人的感觉。

但即使反复经受如此大挫，李白仍旧大梦不醒，游洞庭湖时，还在发牢骚——

> 划却君山好，平铺湘水流。
>
> 巴陵无限酒，醉杀洞庭秋。

——《陪侍郎叔游洞庭醉后 其三》

他还想着能有所作用，甚至去平叛前线从军，一展抱负，但这种幻想继续被无情现实粉碎，已经没人对他的政治才能和思想抱负有兴趣，这时他工作无着落，生活无以为继，要多狼狈，就有多狼狈！

杜甫这时虽远在秦州（甘肃天水），却已经想像到了李白的境况，对李白充满了牵挂——

> 冠盖满京华，斯人独憔悴。
>
> 孰云网恢恢？将老身反累！
>
> 千秋万岁名，寂寞身后事。

但挚友的关切李白已无从知晓，现在真正能与他相伴、抚慰他孤寂而痛苦灵魂的，惟有一壶浊酒，再加天上那轮明月。

他一生飘零，一腔热血，满怀抱负，到头来终是虚幻，而高悬天际的明月之上，才是他灵魂的故乡。

他一生求箓修道，纵情山水，也许就是想在诗酒之间，找到一条通往明月的道路！

所以，他才会在月白风清之夜，泛舟江上，酒入情怀，酣畅淋漓之际，面对沉浮于长江波光中的明月之影，纵身一跃，投向水中，去拥抱水中的那轮明月。

　　花间一壶酒，独酌无相亲。

　　举杯邀明月，对影成三人。

　　月既不解饮，影徒随我身。

　　暂伴月将影，行乐须及春。

　　我歌月徘徊，我舞影零乱。

　　醒时相交欢，醉后各分散。

　　永结无情游，相期邈云汉。

　　　　　　——《月下独酌·其一》

举杯邀明月，对影成三人。这是李白身世飘零、灵魂孤寂的真实写照。

他真的像从天上贬谪到人间的仙人，从天上来，最后还得回到天上去！

杜甫：饿不死的情怀，熬出来的伟大

他是生下来就注定牛的人——祖先是声名卓著的名将杜预，祖父是文名扬天下的杜审言，外婆是唐太宗李世民的重孙女，而家族的持家箴言是"建功立业、奉儒守官"。

也就是说，在这样的家庭，是男人就必须得做官！刚开始他做得也不差，富足的生活中，自幼好学，七岁能诗，有志于"致君尧舜上，再使风俗淳"。

但好的开头并不能拉开人生的大幕，帮着拉开他人生大幕的人是李白。三十一岁那年，杜甫在梁园与被唐玄宗赐金放还的李白相遇。

此时的杜甫身为落第秀才，在文坛毫无名气，而大他十一岁的李白名震天下，如日中天。李白的电眼一下就瞄到了杜甫的惊人才华，所以在藉藉无名的杜甫面前，李白没有拿腔捏调端架子，并很快展开了两个人思想理论上的大交流、大碰撞。

这些交流和碰撞犹如滚滚惊雷，直接贯入杜甫耳中，炸开了他的脑洞，境界、格局和见识廓然大开。

白头如新，倾盖如故。两人从此成为莫逆。

四年后，杜甫如约再度与李白相逢，这次有另一位大咖高适及一位文学青年贾至兴冲冲赶来，他们"放荡齐赵间，裘马颇清狂"，"醉眠秋共被，携手日同行"，又是寻仙访道，又是谈诗论文，家国情怀，济世之志，都是这次相逢盛宴中的硬菜，他们大快朵颐，大呼过瘾。

分别后，信心爆棚、激情爆燃的杜甫单独登了趟泰山，写下了著名的《望岳》——

岱宗夫如何？齐鲁青未了。

造化钟神秀，阴阳割昏晓。

荡胸生层云，决眦入归鸟。

会当凌绝顶，一览众山小。

未等诗稿墨迹全干，他便策马扬鞭，径奔长安而去！

沿着李白从长安灰溜溜出来的路，杜甫兴冲冲进了长安，他对李白在长安的挫折视而不见，正是受到李白"大丈夫必有四方之志，乃仗剑去国，辞亲远游"宏大志向的感染。

他信心满怀，以为一进长安便能"立登要路津"，但美好的愿望马上被无情的现实粉碎。

第二年，唐玄宗招天下"通一艺者"到长安应试，主考官李林甫玩了个"野无遗贤"，一个也不录，还向唐玄宗上表称贺，让自以为五指抓田螺稳中的杜甫摔了个大爬叉。

这一年，唐玄宗接连举办三个盛典，杜甫趁机写了三篇《大礼赋》献给唐玄宗，离开李白许久的唐玄宗又一次见到天才之文，喜出望外，赶紧让杜甫去集贤院候着，让宰相考他的文章，考好了就升官！

但这场专为杜甫一人准备的科考，又因李林甫从中作梗，一直没有举办，拖了两年最后不了了之。

为了实现自己的政治抱负，可怜的杜甫只得再走李白的老路，捧着自己的诗文，可怜巴巴地去敲一家又一家权贵的门，不论自己喜欢不喜欢的，都赔着笑脸请他们荐入官场。

可这些人连名满天下的李白都爱理不理的，对杜甫这个年过四旬仍漂在长安的无名诗人，又怎么会当回事呢？

而这时他在奉先（陕西乾县）当县令的父亲去世，家庭突然失去经济来源，犹如雪上加霜，陷入穷困的他仍不肯放下心中的大梦想，只好进贵族府邸充当宾客，陪他们饮酒赋诗，"朝扣富儿门，暮随肥马尘；残杯与冷炙，处处潜悲辛。"

最困难的时候，他甚至上山采药，换取"药价"。自己生活很困难，他却非常想念李白，四处打听李白的消息，托朋友带去问候。

他这是在羡慕李白浪迹四海豪放不羁的自由，自己却仍要苦哈哈呆在长安坚守梦想。

在困守长安的第十个年头，杜甫终于被授予一个名"河西尉"的小官，但他不愿意当这种苦虐百姓的官，朝廷就转任他为右卫率府兵曹参军，其实就是个拿着钥匙看守兵甲器材的大门卫。

十一月，他回乾县省亲，没进家门就听到了哭声：小儿子活活饿死了！

至亲骨肉如此死别，杜甫心痛如刀剿，但长安十年的困顿人生，已经让他的情怀从个人境遇升华到了家国民生。

他想，自己可以免赋税免兵役尚且如此，那普通百姓又当如何？在这样的情怀触动下，《自京赴奉先县咏怀五百字》横空出世，"朱门酒肉臭，路有冻死骨"这样的千古名句，让我们记住了杜甫从自身痛苦中感受国家和百姓更深痛苦的大心脏！

这时的杜甫已经从自己的苦难中完成了在诗歌王国的开疆拓土，《兵车行》、《丽人行》、《前出塞》、《自京赴奉先县咏怀五百字》等传世名篇的接连问世，标志着杜甫走上了一条随心所欲却又自有规制的创作之路。

而这时的安禄山已经擂响了叛乱的战鼓，盛唐纸糊的繁荣顷刻间坍塌，杜甫从此开始了颠沛流离的余生。

潼关失守后，唐玄宗逃到四川，太子李亨在灵武称帝，是为唐肃宗。杜甫听说后，安顿好家小，只身奔赴灵武，结果半路被叛军俘房，因为官小名气不大，没像王维那样被囚禁，只是押往长安，填充因战乱十室九空的长安人口。

此时的杜甫关心的重点不是自身的安危，而是局势变化，写了《为华州郭使君进灭残寇形势图状》和《乾元元年华州试进士策问五首》两篇文章，为剿灭叛军出谋画策。

这段时期他不仅创作了《哀王孙》、《悲陈陶》、《悲青坂》、《哀江头》等乐府诗，还写了《月夜》、《春望》这样的绝句，有着"国破山河在，城春草木深"的《春望》是千百年来脍炙人口的绝唱，而《月夜》一曲，也是牵肠挂肚的家国情怀——

今夜鄜州月，闺中只独看。

遥怜小儿女，未解忆长安。

香雾云鬟湿，清辉玉臂寒。

何时倚虚幌，双照泪痕干。

羁縻长安八个月后，杜甫终于逃了出来，穿过两军对峙的战区，脚着麻鞋、袖露双肘，狼狈不堪地见到了唐肃宗，被授"左拾遗"。

但官没当几天，就遇上宰相房琯被罢黜，虽说此事的起因是房琯平叛兵败及琴师受贿，但根子在于他向唐玄宗提出"诸王分镇"的策略，用来消减当时节度使藩镇一方的危机。

而节度使的藩镇割剧正是后来唐朝灭亡的直接原因，所以这个建议是有战略眼光的，但这样的措施将直接削减唐肃宗的威权。

一脑子忧国忧民的杜甫眼看满朝文武谁也不吱声，他脖子一梗就站出来为房琯说话，惹得唐肃宗龙颜大怒，幸得宰相张镐相救，才得释放，被贬华州。

九月，长安收复，十一月，杜甫回到长安，仍任左拾遗，但唐肃宗看他横竖不顺眼，不久又贬他去华州当了一个从八品的小官。

这个打击郁闷了杜甫好一阵子，在赴华州路过奉先时，他去乡下拜访了少年好友卫八处士，在他家住了一宿，留下了脍炙人口的《赠卫八处士》——

人生不相见，动如参与商。

今夕复何夕，共此灯烛光。

少壮能几时，鬓发各已苍。

访旧半为鬼，惊呼热中肠。

焉知二十载，重上君子堂。

昔别君未婚，儿女忽成行。

怡然敬父执，问我来何方。

问答未及已，儿女罗酒浆。

夜雨剪春韭，新炊间黄粱。

主称会面难，一举累十觞。

十觞亦不醉，感子故意长。

明日隔山岳，世事两茫茫。

即使是故友重逢的小情绪，还不忘问今夕何夕，想的是劫后余生，发的是世事苍茫的大浩叹。这么大的情怀，何尝又不是杜甫人生上的大包袱，大负累！

年底，杜甫暂离华州，到洛阳、偃师探亲，次年三月，杜甫遇到唐军与叛军的邺城大战爆发。唐军大败，在从洛阳回华州的路上，战乱给百姓造成的无穷苦难，以及百姓忍辱负重参军参战的行为，都给杜甫强烈的刺激。

他奋笔写下"三吏"（《新安吏》、《石壕吏》、《潼关吏》）、"三别"（《新婚别》、《垂老别》、《无家别》）。这是汉魏乐府诗运动以来的新高峰，也是中国诗歌丛林的不朽篇章。

过了没几个月，受不了官场污浊的杜甫辞去华州司功参军的职务，把家搬到秦州（今甘肃天水），不久又搬到同谷，后来迁到洛阳。

可不论到哪儿，杜甫都是衣食无继，吃了上顿愁着下顿，无奈之下，他在年底迁到了成都。一年四迁，很快让四十七岁的杜甫衰成白发苍苍的老夫。

即使这样，他最关心的仍不是一家人的缺衣少食，而是国家的命运和朋友的生死。他牵挂生死一线的老友李白，不仅想李白，还连着梦见李白，接连为李白写下"世人皆欲杀，我意独怜才"，"千秋万岁名，寂寞身后事"的诗篇。

真是饿不死的情怀啊！

命运饿不死杜甫，就让他继续熬下去。在成都，杜甫的日子照样不好过，在朋友严武、高适的帮助上，他在浣花溪畔建了座草堂，算是有了安身之所。

食不果腹的日子经常来袭扰他，儿子太小，饿得忍受不了，经常坐在东门口直哭，幸得高适以禄米相赠，才没有饿死。

但饿不死的杜甫就是硬气：就算是自己的茅屋要被风吹走了，他想的还是"安得广厦千万间，大庇天下寒士俱欢颜"，一旦有几天安耽的好日子过，马上就喜上笔头——

> 好雨知时节，当春乃发生。
>
> 随风潜入夜，润物细无声。
>
> 野径云俱黑，江船火独明。
>
> 晓看红湿处，花重锦官城。
>
> ——《春夜喜雨》

遇上春雨这样的好事，他想的也不是自家的瓜秧会滋润，而是明天一早整个成都都要花团锦簇！

而一旦国运发生转折，那就更是不得了——

> 剑外忽传收蓟北，
>
> 初闻涕泪满衣裳。
>
> 却看妻子愁何在，
>
> 漫卷诗书喜欲狂。
>
> 白日放歌须纵酒，
>
> 青春作伴好还乡。
>
> 即从巴峡穿巫峡，

便下襄阳向洛阳。

——《闻官军收河南河北》

后来严武帮他弄了个工部员外郎的小官，不用赴长安履职，直接进他的幕府拿一份俸禄，保了他一家衣食。

后来严武一死，杜甫只能继续颠沛流离，他先在夔州住了两年，后乘舟出峡，漂泊到湖北、湖南一带。一边是生活的深重困苦，一边却继续攀登新的诗歌高峰，佳作频频。在夔州，他写下了号称"七律之冠"的《登高》——

风急天高猿啸哀，

渚清沙白鸟飞回。

无边落木萧萧下，

不尽长江滚滚来。

万里悲秋常作客，

百年多病独登台。

艰难苦恨繁霜鬓，

潦倒新停浊酒杯。

在湖南长沙，他又写下了唐诗七绝中的压轴之作《江南逢李龟年》——

岐王宅里寻常见，

崔九堂前几度闻。

正是江南好风景，

落花时节又逢君。

说的是人世的炎凉，包含的却是时代和人生的沧桑巨变，短短二十八字，浓缩了多少忧国忧民、创痛巨深的浩叹！

这段时间，杜甫一家人挤在一条小船上，在长江往返奔波，本打算往郴州投靠舅舅崔㳘，行至耒阳，正遇江水暴涨，只好停泊在方男驿，五天没吃到东西，耒阳聂县令听说后，差人送来烤牛肉和一坛白酒，快要饿死的杜甫饥不择食，暴饮暴食，他已极其脆弱的肠胃哪堪重负，当天夜里，他在江中的小舟中再也没能起来。史称"饫死耒阳"。

杜甫用饿不死的情怀，熬出了自己诗歌创作上的伟大。他一生的苦难像一个烙印，深深留在中华民族的记忆中，时刻警醒着后人：苦难或已远去，精神仍要光辉！

高适：梗起脖子想事，咬紧牙关做人

细数唐朝，有几个人实在不该是诗人，但他们不仅阴错阳差成了诗人，还混成了腕。这些人中，有一个便是高适。

二十岁那年，高适由于家庭大变故，只身来到长安，不久迁居宋中，当地人很快发现来了个怪物：不是提起斧子上山砍柴，就是拎起渔网下河捕鱼，或是牵着老牛下地耕田，有时还拿本书眉头紧锁正襟危坐地看了又看。得！渔樵耕读四大业，他一个人全占了！这还不算，他最爱干的事，竟然是腰悬宝剑，在通衢大道上晃来荡去的，让人以为来了个游侠。更离谱的是，他老发不平之言，有些事与他一毛钱关系没有，但他看不下去就要仗义执言，一言不合就要为人出头。

高适以这个形象一混就是八年，虽没混出个侠义道，却拿回满屋子的赞，这些赞挤在他的身体内，充盈激荡，犹如岩浆奔涌，却找不到出口：没办法，那就写诗吧，通过诗打开缺口，把一腔豪情放出来！

天知道他怎么就会写诗了，既无高人指点，又无专业训练，更不懂比兴手法，在他的笔下，人物是心情，天气是心情，风景更是心情，连笔下的历史和政治都是心情，只要把心情写好了，那便是他高适当当响的好诗！微言大义什么的，都一旁凉快着！后来他与岑参并称"高岑"，一说起他俩，老是听人把岑参捧上天，却把高适说成没技巧的粗人。再后来他与王昌龄、王之涣"题亭画壁"，王之涣被一干歌女评了个第一，他高适只能荣获老三。

但不论别人怎么指手画脚，说起唐朝边塞诗人，他高适怎么摆都在前面！凭什么？就凭他胸中那一份英豪真气，真性情，真心情！

高适刚开始写的诗，是这个样子的——

邯郸城南游侠子，

自矜生长邯郸里：

千场纵博家仍富，

几度报仇身不死。

宅中歌笑日纷纷，

门外车马常如云。

未知肝胆向谁是，

令人却忆平原君！

君不见即今交态薄，

黄金用尽还疏索。

以兹感叹辞旧游，

更于时事无所求。

且与少年饮美酒，

往来射猎西山头。

——《邯郸少年行》

虽说"少年行"是乐府歌行体，不像五言七律要求严格，但这首怎么看都不像老手所为，而形象却如此鲜明，诗中的游侠子不仅不爽于世俗，也不甘于沉沦，不藏不掖的英武豪迈之气，飒飒几下子，就立到你跟前来了！

接下来他又飒飒地写了《淇上酬薛三据兼寄郭少府微》，这诗的精气神飙出了满满的节奏感，虽然还是那么直通通的，但英武豪迈的刚劲，似乎听得到宝剑正在他的剑箧中呜呜作响——

"十年守章句，万事空寥落！" ——寻章摘句，雕虫末技，浪费青春啊！

133　　　　　走马唐诗说诗人

"倚剑对风尘，慨然思卫霍。"——倚剑矗立的汉子，不干卫青霍去病那样的事业，有意思吗？

"淇水徒自流，浮云不堪托。"——时光啊流水，往事啊浮云，我心里是真着急！

"吾谋适可用，天路岂寥廓！"——我的智慧心力，总有一天会应用于当世，岂会一条路走到黑，一点指望都没有！

唉！能把诗写得如此雄浑悲壮，因为他本就是一个雄浑悲壮的汉子啊！

到了二十八岁，他忽然觉得男子汉还应该有点功名事业，便一口气跑到塞外，先是投靠朔方节度副大使信安王袆，后来又投幽州节度使张守珪，尽管他自认有一肚子仗剑驱驰、谋略天下的才干，却不被重视，一晃就是四年，除了留几首《信安王幕府》、《塞上》、《蓟门五首》等塞外诗代表作，一事无成。

三十二岁那年，高适想想自己的名气也起来了，才学更不必说了，既然军旅之路走不通，去考个进士总是妥妥的吧？主意一定，去了长安。一试之下，黄榜无名！

有点傻眼的高适想不通究竟是自己不行，还是眼前这个世界打定主意要跟自己作对。虽然看不到出头天，可脖子上那么大一玩艺儿不能不想事！

接下来三年多时间，一脑子血气方刚的高适到处找自己的出头天！持诗干谒这样丢面子的事，估计也没少干，虽说没成果，但宦游途中一路结交的文朋诗友，全成了他的好哥们。

谁让高适总是那么豪情磊落，肝胆相照呢！

这其间，他完成了自己边塞诗中最优秀的作品：《燕歌行》。此诗开句便是"汉家烟尘在东北，汉将辞家破残贼"，既爱国又英勇，要形象出形象，要气势多气势，四句一韵，酣畅淋漓！

三十五岁那年，他又回到宋中。虽然他梗着脖子有一万个不甘心，可脖子上面那玩艺儿还有一张嘴，得吃饭，他还得咬紧牙关做人！回宋中他又过起渔樵耕读的生活，据说最苦的时候还当过乞丐，但他胸中的那股豪情，不仅没有任何消减，更转为对天下大势、国计民生系统而深刻的思考。

四十四岁那年，仍为布衣之身的高适在送别知己好友、著名琴师董庭兰时，写下了著名的《别董大》——

　　　千里黄云白日曛，

　　　北风吹雁雪纷纷。

　　　莫愁前路无知己，

　　　天下谁人不识君。

前两句是景色，景色就是心情。后两句也是心情，却由沉郁转为旷达。非常质朴，却是铁哥们式的豪爽！一种腰杆硬直如铁棒的气骨，都能敲出响来！

再往前两年，杜甫和李白来宋中游历，与高适相逢，三位巨星的碰撞，是中国文学史上百谈不厌的话题，三人"醉眠秋共被，携手日同行。"结为莫逆之交，其中，李白与高适应是更为投契的，一是他们同年出生，二是历数唐朝诗人，数他们两人最有游侠气，是唐代少有的经常携剑出游的诗人，他们之间一定会有非常精彩生动的酬唱诗作，可惜后来两人关系决裂，酬唱之作已无迹可循。

四十六岁那年，高适终于得到睢阳太守张九皋举荐，参加"有道"科应试，有了门子果然不一样，这次高适顺利中第，被授封丘尉。次年秋，给范阳节度使青夷军送兵，二度出塞，留下《使青夷军入居庸三首》、《送兵到蓟北》、《自蓟北归》等诗。

四十九年那年，同龄人已经在家抱孙子享受含饴之乐了，但心比天高的高适却辞去封丘尉，再赴长安寻找机会，秋冬之季，终于得到名将哥舒翰的赏识，出任幕府掌书记。此后，他随哥舒翰三度出塞，此时写就的《塞下曲》，雄心与豪情交相轰鸣——

结束浮云骏，翩翩出从戎。

且凭天子怒，复倚将军雄。

万鼓雷殷地，千旗火生风。

日轮驻霜戈，月魄悬雕弓。

青海阵云匝，黑山兵气冲。

战酣太白高，战罢旄头空。

万里不惜死，一朝得成功。

画图麒麟阁，入朝明光宫。

大笑向文士，一经何足穷！

古人昧此道，往往成老翁。

高适真是能出这样的豪迈调调！沙场征战的情形描写得何其惨烈悲壮，气势宏阔！舍身报国，青史留名的雄心，又是何等豪迈！尤其是后面的"大笑向文士，一经何足穷"，简直是吐出了胸中一口恶气，大浇块垒的痛快！

这样的从军生涯，真正锻炼了高适的军事才能，格局、气势、谋略、战术，各各升华，早非吴下阿蒙矣！

安史之乱后，已经老病不堪的哥舒翰被再度起用，出守潼关，五十二岁的高适受命辅佐。唐玄宗严令哥舒翰放弃固守策略，主动求战，结果兵败，哥舒翰被俘，唐玄宗远避川蜀，高适从乱军中逃脱，也跟着逃到了成都。此时的高适抓住了展露才华的机会，他没有跟在别人后面落井下石，指责哥舒翰兵败投敌，而是客观冷静地分析兵败的原因和应对之策，引起已经退位的唐玄宗的重视，朝廷急需用人的现实让唐玄宗立即把高适推荐给唐肃宗，难得的是，唐肃宗虽然对太上皇推荐过来的一大干人一个也不重用，却对高适青眼有加，他询问高适对永王李璘起兵的看法，梗着脖子暗自下苦功数十年的高适没有放过这千载难逢的机会，他面对唐肃宗冷静地分析天下局势和各种相关因素，断定永王李璘不过昙花一现，必不能成事。唐肃宗深以为然，马上破格提拔高适为淮南节度使，率兵讨伐，高适不辱使命，没怎么费劲就顺利平息了叛乱，跟着李璘胡闹的老朋友李白同时落入罗网。

从此，高适以年过五旬的高龄、布衣之身进入朝廷权力的核心，有唐一代，再没有第二位诗人可以留下如此传奇。虽然后来高适因为自己的梗直禀性经常发表得罪权重的言论，屡遭贬斥，但位高权重的身份一直保持着，不失富贵，六十一岁那年，还被封渤海县侯，荣耀一时！

这期间，他救助过深陷穷困的杜甫，假朋友之手为被冤杀的王昌龄报仇申冤，很可能也不动声色帮了落在自己手里的李白，让他逃过杀身之祸。但除此之外，除了几首朋友间的酬唱之作勉强说得过去，他再也没写出从前那种雄浑奔放的诗歌！

公元765年正月，高适去世，享年六十二岁，获赠礼部尚书，留《高常侍集》传世。

岑参：塞外有涯，春天无敌

一个在荒原旷野走夜路的人，他要翘望的是北斗星。

盛唐诗人们翘望的是长安。他们一个个像荒原上的夜行者，见不到长安心里就不踏实，生怕自己的人生会误入歧途。而只有进入长安，封官进爵、出人头地，那才是正确的人生。

但他们没想到的是，就算他们一个个都进了长安又能怎样？还不是一个接一个地出来了——不是自讨没趣溜出来，就是板凳没坐热给贬出来！

岑参还是个孩子时，他的人生目标就是进长安！面对这个目标，他的理由分外有依据，无人能驳——岑家一门，为唐朝贡献了三个宰相：曾祖父岑文本相太宗，伯祖岑长倩相高宗，伯父岑羲相睿宗。

如此显赫的家族，他的子孙难道不是天生就要进长安吗？

但一门三相带给岑参的不仅有荣耀，还有苦难。由于岑长倩被杀，五子同赐死，羲亦伏诛，岑氏亲族被流徙者达数十人，从此衰败。岑参的父亲曾作过仙、晋二州的刺史，但在岑参很小时就去世了。

失去怙恃的岑参自幼孤贫，从兄受学，十五岁时，到嵩山隐居，嵩山东西两峰，东峰为嵩阳太室，西峰为颖阳少室，两室相距七十里。岑参在两室都结有草堂，他不断往返两地，不仅潜心苦读，更在奇峰峻岭中啸傲山林，将嵩山"峻极于天"的气质纳入自己胸怀，涵养新奇沉雄的风骨！

五年后，二十岁的岑参自以为神完气足，便信心满满赶到长安，拜谒高官旺族，甚至献书于皇帝，皆不得其门而入。

年纪轻轻就碰了个灰头土脸满头的包，他不禁大失所望，不得已游走于京洛河朔各地，后来总算在二十八岁那年中了进士，授右内率府兵曹参军。

这个八品小官他干的很不带劲，直到五年后，结识安西四镇节度使高仙芝，出任他的幕府掌书记，于是兴冲冲离开长安，跟着高仙芝到了塞外。

出塞之前岑参已经开始写诗了，那时候，他很想做一个像南朝谢朓那样的山水诗人，他的诗意象新奇，灵蕴生动，就像这首《暮秋山行》——

> 疲马卧长坂，夕阳下通津。
>
> 山风吹空林，飒飒如有人。
>
> 苍旻霁凉雨，石路无飞尘。
>
> 千念集暮节，万籁悲萧辰。
>
> 鶗鴂昨夜鸣，蕙草色已陈。
>
> 况在远行客，自然多苦辛。

固然在小山水中写出了大格局，但融入山水中的，全是文人的情怀，情绪生动而惆怅，感叹也是小小的，在嵩山五年吞纳涵养出的沉雄豪迈之气，仍深深包裹于内心，等候着破茧而出的大机缘。

来到边塞，置身于旷达辽阔同时又血火交迸的环境，岑参境界大开，他一心想立功报国，在戎马中开拓自己的人生前程，这种强烈的渴望充溢心胸——

> 银山碛口风似箭，
>
> 铁门关西月如练；
>
> 双双愁泪沾马毛，
>
> 飒飒胡沙迸人面；

丈夫三十未富贵，

安能终日守笔砚！

——《银山碛西馆》

这个喜欢用形容词"飒飒"的诗人，他细腻又豪迈的触觉完全淹没于今天新疆库车县的铁门关外。

但是，现实的落差让他很快从立功心切滑落到一事无成的悲切，尽管消磨了三年宝贵的时光，最后还是不得不再回长安。

回长安的岑参就像一块生铁再回洪炉。

幸运的是，他的回炉再造正好遇到了三个无上高端的打铁人：李白、杜甫、高适。

面对几位年龄比自己大（杜甫都比他大三岁），创作成就和实力非同小可的大咖，他们的世界观、价值观、艺术观和方法论，都给岑参强烈的刺激，脑洞大开之后，灵光迸发，岑参由此得以自由出入自己的诗歌王国，甩开膀子开疆拓土！

回长安三年后，岑参入安西北庭节度使封常清幕府，任判官，再度出塞，寻求建功立业的机缘。这次出塞又是历时三年，虽然依旧没能建功立业，他诗歌的光芒却耀如北斗，在唐诗的天空熠熠生辉。

北风卷地白草折，

胡天八月即飞雪。

忽如一夜春风来，

千树万树梨花开。

散入珠帘湿罗幕，

狐裘不暖锦衾薄。

将军角弓不得控，

都护铁衣冷难着。

瀚海阑干百丈冰，

愁云惨淡万里凝。

中军置酒饮归客，

胡琴琵琶与羌笛。

纷纷暮雪下辕门，

风掣红旗冻不翻。

轮台东门送君去，

去时雪满天山路。

山回路转不见君，

雪上空留马行处。

——《白雪歌送武判官归》

这首一千多年来都没让亿万读者挑出毛病的诗歌，只能说它的好了！"忽如一夜春风来，千树万树梨花开"两句，被人借用了千万回，都在说好称妙，可好在哪里，妙在何处呢？

当然不是好在文字上的一点小魔术！它好就好在岑参于严冬的酷寒中，看到了春天的景象，让我们知道这个奔走在严酷塞外的书生，他的心里一直揣着一个春天！

所以接下来的"纷纷暮雪下辕门，风掣红旗冻不翻"、"山回路转不见君，雪上空留马行处"才会让人从肃杀般的沉闷中冲天而起，有种直上云天的明晰和痛快。

这三年中，岑参写出了一长串的好诗。他受封常清倚重，心怀畅达，诗随着也写的那个酣畅淋漓，有时一首刚完，意犹未尽，跟着再来一首！

有一次送封常清出兵西征，他先是写了《走马川行奉送封大夫出师西征》——

君不见走马川行雪海边，

平沙莽莽黄入天。

轮台九月风夜吼，

一川碎石大如斗，

随风满地石乱走。

匈奴草黄马正肥，

金山西见烟尘飞，

汉家大将西出师。

将军金甲夜不脱，

半夜军行戈相拨，

风头如刀面如割。

马毛带雪汗气蒸，

五花连钱旋作冰，

幕中草檄砚水凝。

虏骑闻之应胆慑，

料知短兵不敢接，

车师西门伫献捷。

"一川碎石大如斗，随风满地石乱走"，这是多么生动，又是多么惊人的塞外景象啊！

这么好的诗往唐诗宝库里一扔，绝对是钻石级别！可是，岑参仍不过瘾，未等墨迹全干，接着又写了首《轮台歌奉送封大夫出师西征》——

轮台城头夜吹角，

轮台城北旄头落。

羽书昨夜过渠黎，

单于已在金山西。

戍楼西望烟尘黑，

汉军屯在轮台北。

上将拥旄西出征，

平明吹笛大军行。

四边伐鼓雪海涌，

三军大呼阴山动。

虏塞兵气连云屯，

战场白骨缠草根。

剑河风急云片阔，

沙口石冻马蹄脱。

亚相勤王甘苦辛，

誓将报主静边尘。

古来青史谁不见，

今见功名胜古人。

这首直接就写战场了。"四边伐鼓雪海涌，三军大呼阴山动"，直接看的人气血翻涌了！

看，他一口气写两首，两首都是传世名篇！

高适是经常与岑参同时被提及的诗人，都说他们的诗作风格相近。高适和岑参泉下有知，只怕都会喊冤。

高适一贯威猛，雄奇辽阔。但岑参却是一个一直揣着春天行走在酷寒的文人！

不论是"忽如一夜春风来，千树万树梨花开"，还是"一川碎石大如斗，随风满地石乱走"，还是"四边伐鼓雪海涌，三军大呼阴山动"，说的固然是严寒彻骨的肃杀，但用的全是花样百出、新奇无比的才气啊！

既雄伟又丰富，既大胆又绚丽，既新奇又峭拔，如此横溢的才华，挡都挡不住！如此高深的内家拳，又岂是高适那一套虎虎生风的大力金刚掌所能匹敌！

"安史之乱"发生后，岑参东归勤王，离开了塞外，经杜甫推荐，被授右补阙，官场上他犯了跟杜甫一样的毛病：爱说话，爱上奏章，很快就改任起居舍人，不满一月，贬虢州长史。

后又任太子中允、虞部、库部郎中，出为嘉州（现四川乐山）刺史，这段时期，郁闷至极的岑参再也写不出沉雄峭拔的边塞诗了，一时技痒，写的也多是山水诗，但这些感时悯乱之作，有惆怅、有牢骚、有怨叹，唯独没有那种人人称道的沉雄豪迈！

在《西蜀旅舍春叹寄朝中故人呈狄评事》中，他先是说"四海犹未安，一身无所适。自从兵戈动，遂觉天地窄"，接着又是"穷巷草转深，闲门日将夕。桥西暮雨黑，篱外春江碧"，最后收的是"早须归天阶，不得安孔席。吾先税归鞍，旧国如咫尺"，诗是好诗，但疲软拖沓的消极样哪还有半点岑参的精神？

后来岑参连嘉州刺史这么个小官也被捋掉了，东归不成，只得寄寓成都，彷徨无计之中，写《招北客文》，自己悼念自己。没多久客死成都，年仅五十六岁。

前些年，在新疆吐鲁番高昌古国遗址挖掘中，考古工作者从一座古墓中意外发现了一张岑参的账单："岑判官马柒匹共食青麦三豆（斗）伍胜（升）付健儿陈金"，这张账单让我们仿佛看见一位意气风发的青年将领，纵情驰骋在大漠边关，他飞马而来，稍事休整，备足粮草，又飞马而去！

他骄健的身影停留在历史的深处，也定格于盛唐诗歌的天空……

王昌龄：败于七伤拳的七绝圣手

盛唐诗人王昌龄怎么死的？

被"七伤拳"打死的。

唐代没有职业诗人，诗人的主业如果不是当官，便是在谋求当官的路上。

谁也不知道王昌龄怎么就能写诗了。也许可以想象，他的第一首诗，是他用锄头从地里刨出来的。这个农民的儿子，本来按部就班地当着农民，谁知突然就被诗歌唤醒了，于是，在他二十三岁那年，他把锄头一扔，径直跑到嵩山的道观去思考人生。

唐代的思考很少出哲学家，但经常能思考出诗人。

王昌龄在嵩山修道三年，脑子里塞满了诗歌，诗歌在脑子里风云激荡，让他没法做正常人。

当诗人先得有一个职业——当官！于是，他从二十六岁开始，遍访官场豪门，到处递帖子走门子，想赶紧混进官场。但跑了一整年，鼻子撞青了，脸也给撞肿了，却摸不到门边。没办法，他想了个硬招：到边塞去，建功立业！

边塞连年战事不断，从来都是书生的畏途，但王昌龄二话不说，纵身跃马上了路。可是，这时的他一无文凭，二无名气，三无大人物的举荐，没有哪位将军的幕府肯接纳他。所以，我们今天能看到王维、岑参、高适、王之涣等在边塞的就职单位和职务、事迹，但完全找不到王昌龄的从军履历，只知道他经河西走廊，到玉门关外，甚至到过中亚的碎叶城，那两年如其说他是四处投军而不纳的书生，不如说他在漫漫平漠四处晃荡的游侠，没得到功业，却收获了满满一筐子的七绝和五绝，让他名满天下。这个时期他创作的《塞下曲》、《从军行》、《出塞》等，篇篇堪称边塞诗代表作。

> 饮马渡秋水，水寒风似刀。
>
> 平沙日未没，黯黯见临洮。
>
> 昔日长城战，咸言意气高。
>
> 黄尘足今古，白骨乱蓬蒿。
>
> ——《塞下曲．其二》

从暗淡阴沉的战争景象到对历史的回望，再到油然而生的感慨，他写出了恢宏大唐背后的雄壮、凛冽，是对家国悲怆的大爱。

> 青海长云暗雪山，
>
> 孤城遥望玉门关。
>
> 黄沙百战穿金甲，
>
> 不破楼兰终不还！
>
> ——《从军行．其一》

有如此悲壮的长云雪山和如此悲壮的玉门雄关，才会有如烈马嘶鸣般的壮烈情怀。这样的诗，早就在盛唐的大漠矗立着，只等王昌龄拍马赶到，俯拾即是。

> 秦时明月汉时关，
>
> 万里长征人未还。
>
> 但使龙城飞将在，
>
> 不教胡马度阴山。
>
> ——《出塞》

自古以来，这月、这关、这山，全是咱的，有不服的，敢不敢来跟我们的飞将军捋巴捋巴？不少人认为此诗是唐诗七绝的压轴之作，我虽然一直认为压轴之作是杜甫的《江南逢李龟年》，但再找一首比它更好的，我也只好两手一摊说做不到。

找门子而不遇，赴边塞而不得，打在王昌龄身上的拳头就像金庸小说《笑傲江湖》中金毛狮王谢逊用的七伤拳，拳拳打中要害，内伤！

既然没有终南捷径，王昌龄便离开边塞到了长安，二十九岁那年，隐居于京兆府蓝田县石门谷，足足下了一年苦功，次年，他进士及第，授秘书省校书郎，三十四岁时，又以博学宏词登科，任河南汜水县尉。

这个副县级的官虽说小了点，但毕竟混进了官场，以后可以心安理得地写诗了。

这段时间里，一长溜的宫怨诗又一次让他在诗歌界出彩。

> 闺中少妇不知愁，
>
> 春日凝妆上翠楼。
>
> 忽见陌头杨柳色，
>
> 悔教夫婿觅封侯。
>
> ——《闺怨》

这首五六岁的娃娃都会背的诗，大家真的都懂吗？很多人说王昌龄在诗里对少妇倾注了满满的同情心。光会同情还能是王昌龄？当然，这首诗也不是屈原的香草美人，更不是张九龄的"海上生明月，天涯共此时"，但王昌龄如其说他写的是少妇，不如说他写的是自己。此刻贯注他全身的情绪，不是别的，正是诗中那位闺中少妇寒彻骨髓的孤独和寂寞。

再看他的《长信秋词》：

> 金井梧桐秋叶黄，珠帘不卷夜来霜。
>
> 熏笼玉枕无颜色，卧听南宫清漏长。

还有《西宫怨》：

> 芙蓉不及美人妆，
>
> 水殿风来珠翠香。

谁分含啼掩秋扇，

空悬明月待君王。

跟《闺怨》一样，只不过这次借的是宫女承欢无日、候宠无时的悲惨境况，抒发的是自己的孤独、寂寞、无奈和怨愤。

写出豪迈干云边塞诗的王昌龄怎么就如此孤独、寂寞、无奈和怨愤呢？没别的，都是让官场七伤拳伤的，内伤！

王昌龄出身贫寒，能进官场他已经很知足，守着汜水县尉这个小职务，目的还是写诗。但树欲静而风不止，他不惹人，别人却不断地惹他。开元二十五年，也就是在他四十岁那年，他为贬职的宰相张九龄说话而获贬岭南，在岭南一呆就是三年，回长安后，再贬江宁县丞，贬谪的理由竟然是"不护细行"，也就是说不拘小节，可是盛唐那个时候，从唐玄宗开始往下数，谁会拘小节？但别人可以"不护细行"，他王昌龄却不行，他"谤议沸腾，两窜遐荒"，并且"再历遐荒"，从这些记载看，他少说也有三次被赶到边远荒僻之地，整个人完全被妖魔化了。这才有了《芙蓉楼送辛渐》这样的千古绝唱——

寒雨连江夜入吴，

平明送客楚山孤。

洛阳亲友如相问，

一片冰心在玉壶。

他要洛阳的亲友别听江湖上胡诌乱说的谣言，他王昌龄从来就是冰清玉洁的素人一枚！

这是悲愤逼出的好诗！

王昌龄从江宁丞贬为龙标尉时，已经五十七岁了，龙标在今湖南黔阳，地域上是属于夜郎的苦寒之地，李白知道好朋友这样的下场，心里非常难过，就写诗安慰他——

杨花落尽子规啼，

闻道龙标过五溪。

我寄愁心与明月，

随风直到夜郎西。

——《李白.闻王昌龄左迁龙标遥有此寄》

三次被贬，犹如三记七伤拳，王昌龄的五脏六腑，都被打的不成人形了。

而第六记七伤拳，打在他从岭南北归的路上。

这一年，五十一岁的王昌龄从流放地岭南回长安，路过孟浩然的家乡湖北襄阳，便前去拜访。孟浩然与王昌龄同龄，混得比王昌龄更惨，钻天打洞想谋个官，甚至连唐玄宗都见着了，却一直是布衣之身。两个落魄人一见如故，别提多投机了。孟浩然不顾背生毒疮尚未痊愈，放开肚皮，接连几天，陪着王昌龄胡吃海喝，结果背疮复发，不治而亡。

这一记七伤闷拳，打得王昌龄痛彻肝肠。

诗歌对王昌龄的重要，远甚于职场上不值一提的小职务。他在官场上挨闷棍吃老拳，每回都是在文朋诗友处疗伤。他与高适、王之涣三人旗亭画壁的故事，千百年来，一直是文坛佳话。而他与诗友间的送别诗，是他边塞诗及宫怨诗之外，又一个重要的部分。

荆门不堪别，况乃潇湘秋。

何处遥望君，江边明月楼。

——《送胡大》

怨别秦楚深，江中秋云起。

天长杳无隔，月影在寒水。

——《送李十五》

清江月色傍林秋，

波上荧荧望一舟。

鄂渚轻帆须早发，

江边明月为君留。

——《送窦七》

他的送别诗多而精，字里行间，珠玉盈盈。而孟浩然竟因自己而死，他又怎么能原谅自己！他丧魂落魄，顺江而下，在洞庭湖遇上正在流放途中的李白，同是天涯沦落人，李白好几天陪着王昌龄泛舟洞庭，看湖光山色，月白渚清，总算让王昌龄魂魄归位，缓过神来。临别之时，王昌龄还为李白写了一首诗——

> 摇曳巴陵洲渚分，
> 清江传语便风闻。
> 山长不见秋城色，
> 日暮蒹葭空水云。

——《巴陵送李十二》

临别依依，惆怅满怀。

与李白分手后，王昌龄溯江而上，到了流放地龙标，在那里他过得很滋润，"诗天子"的名声日渐响亮，当地酋长女儿、美女阿朵曾当街长跪向他求诗，他还为阿朵写了"荷叶罗裙一色裁，芙蓉向脸两边开。乱入池中看不见，闻歌始觉有人来"的诗句，老朋友陶副使、魏二、张四、程六、狄宗亨、柴待御、薛大、朱越、李棹、李十五、崔参军、吴十九等不是路过，就是专程来看他，他与朋友们在江楼宴饮、留诗送别，将边鄙之地的文艺生活搞得丰富多彩，还就便写了一本名叫《诗格》的诗歌理论著作。

就在这时，"安史之乱"爆发，全国乱成一锅粥，龙标这个蛮夷杂处之地，也乱得让王昌龄没法干他的副县级小官，只得离开龙标，准备回山西老家，却在经过安徽亳州时，被亳州刺史闾丘晓所杀。

谁也不知当年究竟发生了什么事，让闾丘晓对王昌龄起了杀心。能够想到的是满腹诗书的王昌龄自有一副铮铮傲骨，让他一生不容于官场，最后还是没有躲过官场这一记七伤拳，直接丢了性命。

好在王昌龄还有朋友高适，高适又有朋友张镐，就在王昌龄死后不久，闾丘晓因贪生怕死未及时出兵解睢阳之围，而落在张镐手里，死到临头时，闾丘晓说家有至亲要养，苦苦哀求饶命！张镐冷笑一声，问他："那王昌龄呢？他没有双亲吗？"令箭一挥，当庭用军棍将闾丘晓活活打死，算是为王昌龄申了大冤。

王昌龄只活了六十岁。在盛唐的诗世界，他是"诗天子"，但在龌龊的官场，他一直是个弱者，从未强大过。

王之涣：流失于黄沙白云的诗行

盛唐诗人中，有一个忒哥们，忒豪放，忒雄奇的人，被称为唐代四大边塞诗人之一，可没人知道他凭啥就让人们众口一词点这么大的赞。因为，新旧《唐书》都没为他立传，《唐才子传》上关于他的记载也非常简单，更大的问题是，他存世诗作仅六首，比较要好又有影响的朋友也就高适、王昌龄而已。即使这样，大家还是异口同声地说他好，一代接一代，一说就是上千年。

这人就是王之涣。

王之涣的出塞经历已不可考，能知道的只是他"歌从军、吟出塞"，"慷慨有大略，倜傥有异才"，而且他写的诗，当时几乎都成为歌词，"传乎乐章，布在人口"，可见当时的声名相当响亮！

一旦诗响亮，接着便是到官场找地位。王之涣没参加科考，没有功名出身，但也许是诗名太过响亮再加上一点小运气，在他三十八岁那年，竟然让他捞了个冀州衡水主簿的小官，但干了不到一年，由于他官小脾气大，同僚容不下他，便小小地给他设了个套，于是，诬陷诽谤的污泥就像一件囚衣，死死套在王之涣身上，让他脱身不得，身骨架都傲成钢的王之涣哪受得了这个！一气直下，把官帽往房梁一挂，屁股一拍就出了大门，找了个地方躲起来过他的闲适日子。

这样一闲适就是十五年。陪着他一起闲适的，是他在三十五岁娶的渤海李氏。这李氏是冀州衡山县令李涤之第三女，比王之涣整整小了十七岁，当时王之涣既无功名，又早就有了妻室，身为衡山县令的李涤让正值妙龄青春的小女儿如此下嫁，只能说，李涤是王之涣铁上加铁的铁粉，实在太崇拜太服气王之涣的惊人才华了！

渤海李氏年纪虽轻，却特别能体贴人，把王之涣服侍得妥妥帖帖，让王之涣闲适到无所闲、无所适时，便研墨铺纸写诗。他留存于世的六首诗歌，都是在这个时期写的。

说不了王之涣太多的故事，不如直接把他留存于世的六首诗研摩一番。

先看《登鹳雀楼》——

> 白日依山尽，黄河入海流。
>
> 欲穷千里目，更上一层楼。

这诗已经好到无以复加了！真正的好诗，其实都是不可评，也不可说的。它的功能就是在你看了之后，眼前如果没有一杯酒让你一饮而尽，便是猛地一拍大腿，大赞一个"好"字！

如果一定要说它哪里好，先要说的是它大气磅礴，气势如虹；第二要说的，是王之涣用最简单最直接最质朴的语言，刻画的是最鲜明、最壮观的浩瀚画图；第三个要说的，是画图之外的内容，比矗立在我们眼前的画图更丰富。除了"欲穷千里目，更上一层楼"千百年来给人无穷的提示和联想，更重要的一点，是王之涣写这首诗的时候，是避开了官场在幽居闲适地过日子的！在闲适得树叶落头上都会疼的日子，他竟然能写出如此奔腾豪迈的诗行，这是什么问题？什么心态？惆怅有吗？不甘有吗？热血有吗？这个人哪里是静哟！分明是热血奔涌、激昂的要命！这才是王之涣当时名义上不理睬那些人，其实内心不断狂吼渴望东山再起的真实心态！

再说《凉州词》——

> 黄河远上白云间，
>
> 一片孤城万仞山。

羌笛何须怨杨柳，

春风不度玉门关。

这一首又是好到无以复加！但这两个好并不能并成一个好。雄阔的后面好一个苍凉啊！苍凉得心里面能"嗖嗖"起疹子。诗中，羌笛吹的曲子叫《折杨柳》，用于送别之际，而且通常是得折下杨柳枝相赠，以示离别依依之情，但在塞外送别，无杨柳枝可折，苦寒凄凉之情，自不待言。明代杨慎认为"羌笛何须怨杨柳，春风不度玉门关"两句，是暗指朝廷的春风雨露到不了边塞。我非常赞同此说。这何尝又不是王之涣怀才不遇、心有不平的真实写照呢？这首诗同样写于王之涣和渤海李氏一起躲着过漫长小日子的那个时期，所以我们又可以看到王之涣在那个并不光风霁月的时期，不仅有热血奔涌、磅礴如洪的心态，也有凄楚苦寒、苍凉如黄沙白云的时辰！哎！这样的诗歌，分明就是诗人心情的复印机！

《凉州词》一共写了两首，其二是——

单于北望拂云堆，

杀马登坛祭几回。

汉家天子今神武，

不肯和亲归去来。

这首诗有一点小小的技术问题：单于北望，显然望的是他的故乡，那么，此刻他是身处中原，干什么来了？结合后文看，来和亲！仰慕我大唐风物人文嘛！杀马登坛，这是突厥之流兴兵犯唐前的祭奠仪式，看来那个时候，气焰还是很嚣张的！可是，今天已非从前，大唐天子英明神武，不肯与突厥和亲，所以单于北望的时候，实乃和亲不成，灰溜溜北归，窘迫丢人之态，让人莞尔一笑。由此可见王之涣立足边塞，心怀家国，有情怀。

再看王之涣的《送别》——

杨柳东风树，青青夹御河。

近来攀折苦，应为别离多。

王之涣就是王之涣，连送别也是王之涣式的。生生把一件小事情搞成了大事，把一首小诗写成了大诗！如果有人硬是搞不懂什么是诗歌的以小见大，把这首诗看个一百遍，差不多就能明白了。在东风中摇曳多姿的杨柳树，郁郁葱葱在御河夹岸而立，望不到边，很美很美，可是，尽管有这么多杨柳树，要在树上折下一枝杨柳送给临别的友人，却高高的不容易攀折到，看来是离别的人太多，把低处的杨柳枝都折完了！王之涣把笔锋只是那么稍稍一晃，就把个人的体验，个人的遭际，马上转变为普遍性的社会现象了！这是一个离别的季节？还是一个离别的时代？为什么会有那么多人在络绎不绝地匆匆离去？折杨柳送别的，应该都是文人之属，士大夫之流？为什么要离别的偏偏是他们呢？

这首诗显然是王之涣的重要作品，但似乎并未得到应有的重视！不论怎么说，它都应该列入绝妙好诗的队列。

《宴词》是王之涣在送别朋友的酒宴上即席写下的一首诗——

长堤春水绿悠悠，

畎入漳河一道流。

莫听声声催去棹，

桃溪浅处不胜舟。

这首诗简单，就是舍不得与朋友分别的离愁之忧。王之涣的能力在于，即使是离愁别绪这样的并非特别有个人色彩的情绪，他也可以用一幅鲜丽的山水画，把他的情绪既鲜明又准确地描摹出来，把一种普遍性很强的情绪印上鲜明的个性标记，成为"王之涣"情绪。末一句"桃溪浅处不胜舟"这一句很有意思，有没有启发四百多年后的李清照写出"只恐双溪蚱蜢舟，载不动，许多愁"，有心人可以作出自己的判断。

第六首名叫《九日送别》——

蓟庭萧瑟故人稀，

何处登高且送归。

今日暂同芳菊酒，

明朝应作断蓬飞。

这首诗写于九月初九重阳节，故名《九日送别》。王之涣们的送别，仪式感总是那么强，不是折杨柳，便是登高送归。如此注重仪式感的唐朝诗人们，送别并不是一场简单的芳菊酒宴，而是此次一别，很可能是今生不复相见的最后一晤，生离便犹如死别，能不庄重吗？这些情义满怀的唐代诗人们，绝对配得上千年之后千千万万现代人一个大大的赞！

说王之涣就不能不说"旗亭画壁"故事，他与王昌龄、高适在旗亭（酒馆）打赌，四位歌妓，前面三位，两位唱的是王昌龄的《芙蓉楼送辛渐》和《长信秋词》，一位唱的是高适的《哭单父梁九少府》，最后一位出场时，王之涣不慌不忙地说："唱你们诗作的，尽是些潦倒乐工，只会唱些下里巴人，我的诗是阳春白雪，俗物敢近哉？"他指着身着紫衣将要出场的漂亮歌女，说："待此子所唱，如非我诗，吾即终身不敢与诸子争衡也！"果然不出所料，这位歌女出场，开口便是"黄河远上白云间"，声遏行云，举座皆惊。

这故事让人们看到了王之涣对自己作品的深度自信，这是他精神世界的又一个侧面。

十五年的幽居生活虽然闲散自由，但沉于下层，食其旧德，日子也难以为继。再说，像王之涣这样的不世之才，终究会在心里潜藏济世报国的梦想，所以，他在亲友的劝说下，重新谋求入仕，总算又谋得一个文安郡文安县尉的小官。

这小官他干了不到一年，便广受百姓称道，却不料竟突然染病，卒于官舍，葬于洛阳，年五十五岁。

中唐诗群：群峰之上，风雷滚滚

你见过群山吗？

两座山峰之间，会是峡谷，那蜿蜒起伏的山脊线，如此美妙地昭示着大自然庄严的律动！

可是，如果两座高峰之间，又耸起两座高峰，这样的巍峨横空出世，让你只有惊叹：鬼斧神工，雄奇！瑰丽！

这两座高峰，便是中唐诗歌！把它们夹在中间的，一个是盛唐诗歌，一个是晚唐诗歌！这两座高峰高耸入云，"造化钟神秀，阴阳割昏晓"，兀立寰宇，群峰蹙伏。

而中唐耸起的两座高峰，他们傲然挺立，面对身前身后两兄弟，毫不愧怍，当仁不让！

盛唐诗人群中，李白、杜甫、王维、孟浩然、高适、王昌龄、岑参、张九龄都是超一流大宗匠，而中唐诗群中，白居易、元稹、刘禹锡、韩愈、柳宗元、李贺、刘长卿、韦应物、李贺、李绅、孟郊之外，还有卢纶、韩翃等大历十才子，全是超一流大家，要风格有风格，要流派有流派！不论是诗歌数量还是诗人人数，中唐都占压倒性多数！

这么说吧：唐诗如果是一副扑克牌，盛唐把大小鬼全占了，另外还有一个 A；中唐呢，出了三个 A、三个 2、然后还要跟初、晚唐瓜分 K、Q、J 若干！

可是中唐这帮子诗人，拉帮结派搞得很厉害，有的平时哥们归哥们，一到诗歌理论研讨会上，马上吹胡子瞪眼睛互不相让，挽胳膊捋袖子口水四溅，六十多年的中唐，就这么雷电滚滚、风雨交加地过来了！

诗歌这东西，光想着继承，注定是一句空话。要想让诗歌有生命，除了继承，更重要的是要发展。发展还得分两方面：表现手法和涵盖的思想内容。

面对珠穆朗玛般不可超越的盛唐，中唐诗群干的非常漂亮，不仅承前，而且启后！

盛唐这座大雪山的突然崩塌，让一大堆诗人们七死八活，痛不欲生。

盛唐之后，经济无法转型，宦官擅权，官场更腐败，日子过的一天不如一天，以前那种敲锣打鼓约齐了一起去踏春的好日子彻底没有了，华丽丽嘻嘻哈哈醉生梦死连想想都不可能了，现在摆在他们面前的生活就是苦、离、乱、痛！所以，诗人们开始齐刷刷地思考人生，与此同时他们还在思考时代、生活和人性。

这个时期涌现的"大历十才子"，他们刚从恶梦中醒来，又陷入更加痛苦的现实，他们的诗歌充满了感伤、失望与无奈，由此形成了中唐诗歌的第一个流派。其代表人物卢纶虽然写过"月黑雁飞高，单于夜遁逃。欲将轻骑逐，大雪满弓刀"的边塞诗，但更多的是《春江夕望》这样的悲凉和落寞——

> 洞庭芳草遍，楚客莫思归。
>
> 经难人空老，逢春雁自归。
>
> 东西兄弟远，存没友朋稀。
>
> 独立还垂泪，天南一布衣。

韩翃自身的离乱之苦，通过"章台柳、章台柳，昔日青青今在否"的故事，早让人耳熟能详，而他写的"春城无处不飞花，寒食东风御柳斜。日暮汉宫传蜡烛，轻烟散入五侯家。

（《寒食》)"明写长安城的升平之乐，暗底里却是讽刺宦官擅权、鱼肉百姓的无情现实。诗中以一个"飞"字，尽得百花怒放之神韵。

与大历十才子同时，在江南也有两位与他们风格相近的诗人，成就更大。他们是韦应物和刘长卿。

韦应物的这首诗，千百年来，妇孺皆知——

> 独怜幽草涧边生，
>
> 上有黄鹂深树鸣。

春潮带雨晚来急，

野渡无人舟自横。

——《滁州西涧》

表面上是明丽的自然风光，内里却是深入到绝望的忧伤，对自己无所作为的悲愤：宁肯做一枚独生涧边的自在小草，也不想做碌碌无为的大官！

刘长卿生性耿直，曾两次遭人诬陷而入狱。看他的《逢雪宿芙蓉山主人》——

日暮苍山远，天寒白屋贫。

柴门闻犬吠，风雪夜归人。

诗中满是人生艰难中的苍凉况味，直把自己与底层贫民的际遇命运相等同了。

作为中唐初期的诗歌流派，大历十才子们的成就虽然远不能与后来的"韩孟"及"元白"相比，但也建起了自己阵容齐整的大平台。这个山包虽没有高耸入云的奇峰竞秀，但自有风光，独领一时风骚。

二

接下来韩愈出场！

韩愈与李白完全不同。李白的玩法太高端，神鬼莫测，在人间溜达一番留下无数惊叹就回天上去了，后面一大帮钻天打洞想学成李白第二的人，到后来矫情自虐到没有人形，也不能成功。但韩愈一大套内功心法，却影响千秋后世千千万万的人，用心习练的一个个满面红光，气血调和，时不时地还冒出一个又一个宗匠和大师。所以，韩愈被公认为"唐宋八大家之首"，苏轼称他"文起八代之衰"。他"文道合一"的理念，至今仍在深刻影响着中国文化。

韩愈的主业是当官，老是挨整，却也实实在在地做了很多事，谏迎佛骨差点丢了小命，贬往潮州马上就驱赶鳄鱼，还只身赴叛军营中，刀铖丛中一番舌战，平息事端，算是在官场很男人地活了一辈子。

但韩愈称得上轰轰烈烈的还是和柳宗元一起发起的古文运动，在搞古文运动的空档，他偶尔对诗歌提一些要求和看法，同时自己也会练练手，就是这么不经意的三两下子，乖乖龙的冬，韩孟诗派就横空出世，耸起了中唐诗歌的第一座高峰！

韩愈说：生活这么苦，诗这个东西，不能随便！心中要有雷电，笔底得生出风云！一大帮苦哈哈的人一听，顿时脑洞大开，而且火力全开，他们抛开那些现成的风花雪月、春明景和，不守正，尽出奇，出险峻，出瘦硬，出诡异！顿时格局一新，境界大开！

至此，盛唐诗风终于谢幕，退出历史舞台，中唐诗歌告别幼年期，开始隆重登场！

> 一封朝奏九重天，
>
> 夕贬潮州路八千。
>
> 欲为圣明除弊事，
>
> 肯将衰朽惜残年。
>
> 云横秦岭家何在？
>
> 雪拥蓝关马不前。
>
> 知汝远来应有意，
>
> 好收吾骨瘴江边。

——《左迁至蓝关示侄孙湘》

这么宏大的气魄，一看就是韩愈的，啥也不用说，一个字：好！

接着就是郊寒岛瘦，一个个苦哈哈的人，可能一生活到头，啥也没留下，但留下的诗篇，全是瑰丽的珍奇。

> 慈母手中线，游子身上衣。
>
> 临行密密缝，意恐迟迟归。
>
> 谁言寸草心，报得三春晖。

——《孟郊·游子吟》

千百年来，代普天下千千万游子感恩母亲的，唯此诗也。不评！

两句三年得，

一吟双泪流。

知音如不赏，

归卧故山秋。

——《贾岛·题诗后》

这就是那个用"推敲"惊动了韩愈的贾岛，因为太爱诗，和尚也不做了，直接跟韩愈混一起。

除了这些人，还得说一个鬼，"诗鬼"李贺！

又是一个苦哈哈的苦人儿，因为父名犯了忌讳，他一辈子注定不能科考，好不容易混出个九品奉礼郎，没两天就干不下去，辞官回家，不久在家中贫病而死，年仅二十七岁。

二十七岁，他的诗已经神鬼莫辨，现在年轻娃儿们玩的玄幻、超越，他是大鼻祖、大宗师。如果上天能再给他二十七年，那还得了！

黑云压城城欲摧，

甲光向日金鳞开。

角声满天秋色里，

塞上燕脂凝夜紫。

半卷红旗临易水，

霜重鼓寒声不起。

报君黄金台上意，

提携玉龙为君死。

——《李贺·雁门太守行》

这首惊倒了韩愈的诗，没看到别的，只看到沉沉的黑云不只要压垮城墙，更要压垮诗人沉沉的心。

但年少成名的李贺也曾有如此雄心壮志——

男儿何不带吴钩，

收取关山五十州。

请君暂上凌烟阁，

若个书生万户侯。

意象是如此雄奇——

此马非凡马，房星本是星。

向前敲瘦骨，犹自带铜声。

这样如梦如幻的诗篇，用它下酒，当喝它三斤！

茂陵刘郎秋风客，

夜闻马嘶晓无迹。

画栏桂树悬秋香，

三十六宫土花碧。

魏官牵车指千里，

东关酸风射眸子。

空将汉月出宫门，

忆君清泪如铅水。

衰兰送客咸阳道，

天若有情天亦老。

携盘独出月荒凉，

渭城已远波声小。

——《金铜仙人辞汉歌》

三

有人把经历过"安史之乱"的杜甫也划入中唐诗人，可惜的是，杜甫不仅生得早了些，死得也早了点！但杜甫开辟的道路，到中唐仍在继续发扬光大，这是一条可以直达月球的路，至少，它在中唐，树起了中唐诗歌的第二座高峰！

这就是白居易、元稹领导的新乐府运动！

白居易跟韩愈差不多是同代人，韩愈领军的韩孟诗派剑走偏锋，追求奇、雄、险、异，不熬到油干灯枯不算完，白居易却追求大白话，他写好的诗会读给乡下的老婆婆听，要是老婆婆听不懂，直接撕了重写！完全与韩愈之流大唱反调。

白居易偏偏就有这样的资本，这反调虽没唱成你死我活，也唱了个旗鼓相当。

白居易说，"文章合为时而著，歌诗合为事而作"，"惟歌生民病，愿得天子知。"整个一有理想，有情怀的好青年。

但新乐府运动最早的倡议者是李绅，直追杜甫的用乐府写时事，白居易听说后马上点了个大大的赞，这事儿马上就成了。

李绅写的《新乐府二十首》，现在已经找不到了，但他下面这两首《悯农》，你要说没见过，打死我也不信——

一

锄禾日当午，汗滴禾下土。

谁知盘中餐，粒粒皆辛苦！

二

春种一粒粟，秋收万颗子。

四海无闲田，农夫犹饿死。

这个贴心贴肺感叹民生艰苦的人，后来做了宰相。但新乐府诗歌上的事，还得是白居易和元稹说了算。元稹写《和李校书新题乐府》十二首，动静闹的很大，白居易马上写《新乐府》五十首，接着的《秦中吟》十首，也是新乐府，这运动一下子就轰轰烈烈了。

另一边正在轰轰烈烈的韩愈们看见后，心里很不爽，韩愈公开发表演讲，说，当代之世，可以与我并立的诗人，只有柳宗元和刘禹锡。

白居易听了也是"呵呵"一下子，说，韩愈的文章写得非常好，可以去当个史官，帮皇帝整理些资料，记录一些事件，这都会是可以干得非常棒的事！言下之意，诗歌上的事，你韩愈少掺合，哪凉快去哪呆着！

新乐府运动的声势当时究竟有多大？唐宣宗是这么说的——

缀玉连珠六十年，

谁教冥路作诗仙？

浮云不系名居易，

造化无为字乐天。

童子解吟长恨曲，

胡儿能唱琵琶篇。

文章已满行人耳。

一度思卿一怆然。

连童稚小儿都读得懂《长恨歌》，连塞外的胡人都在流传《琵琶行》，他的诗把路上行人的耳朵都灌满了！这个普及度，现在哪首流行金曲能做到？

白居易其它方面的诗，也是个顶个的好！这首《暮江吟》，我也是打小就喜欢的不要不要的——

一道残阳铺水中，

半江瑟瑟半江红。

可怜九月初三夜，

露似真珠月似弓。

元稹这个同学稍稍有点复杂，看他的诗，却是不尽的享受——

曾经沧海难为水，

除却巫山不是云。

取次花丛懒回顾，

半缘修道半缘君。

——《离思》

秋丛绕舍似陶家，

遍绕篱边日渐斜。

不是花中偏爱菊，

此花开尽更无花。

——《菊花》

他的好诗实在太多，点评不过来。

白居易与元稹是好哥们，好兄弟。好得都要分享女人。白居易贬到杭州当市长时，元稹不久也被贬到越州（今绍兴一带）当市长，路过杭州，白居易擅用职权，让当时最有名的官妓商玲珑陪着他一起去越州，可过了三个月元稹不肯放归，白居易只好写信去要。放走商玲珑，他又与歌妓刘采春形同夫妻，白居易听说后，马上给元稹以前的情人、著名女诗人薛涛写了一首诗——

峨眉山势接云霓，

欲逐刘郎此路迷。

若是剡中容易到，

春风犹隔武陵溪。

剡中正是元稹当时的任所，诗中暗示元稹与刘采春正沉浸在武陵仙境，提醒薛涛放下幻想，不要再对元稹痴情一片！此时的老白到底是啥心思，有点想不透。

柳宗元虽然与韩愈一起发起古文运动，但他的诗作却不属于韩孟诗派，也不属于新乐府，有人把他归于王孟韦柳的山水阵营，有人把他与刘禹锡（同是王叔文事件受害者，八司马之首）并称刘柳，但这个倒霉蛋自从跟着王叔文玩改革失败后，他的人生之路上就剩一个字：贬！贬！贬！在无间歇打击之下，让他的心向往佛家，向往山水田园。

千山鸟飞绝，万径人踪灭。

孤舟蓑笠翁，独钓寒江雪。

——《柳宗元·江雪》

就凭这一首，柳宗元把人世间的寂寞空虚冷给写绝了！

接下来该是那个创作上从不拉帮结伙，一直自立门户，卓有见识的人闪亮出场了，他就是刘禹锡！他吟史怀古，有唐一代，他称第二，没有人能称第一，汲取民歌精华的《竹枝词》，篇篇是熠熠生辉的宝石，他的酬唱之作，篇篇都能传唱千古。他就是这么一个别开生面的独孤求败，一个人创立了几乎可与韩孟诗派及新乐府等高的诗歌高峰。

他也是跟着王叔文玩改革，失败后命运就剩一个字：贬！但他豪迈干云的气概一直独迈中唐，一身傲骨冷对现实，从不倒下！所以，一大帮子诗人都喜欢和他一起喝酒聊天，如果能与他在诗歌上扯上一点联系，那就要乐得一蹦三尺高。但他一直认为刘禹锡就是刘禹锡，一向特立独行。

白居易生性顽皮，对刘禹锡是真爱，直接称刘禹锡为诗豪。刘禹锡写一首，他就跟一首，跟到后来自己都不好意思了，就说，刘禹锡的诗太硬了，一般人完全跟不上，只有我才能跟他拼一拼！刘禹锡倒也不以为意，后来新诗一出来，就直接先送白大哥审阅了。

他的诗只要晒晒就行了，在这些好诗面前，所有的点评都显得多余——

乌衣巷

朱雀桥边野草花，

乌衣巷口夕阳斜。

旧时王谢堂前燕，

飞入寻常百姓家。

西塞山怀古

王濬楼船下益州，

金陵王气黯然收。

千寻铁锁沉江底，

一片降幡出石头。
人世几回伤往事，
山形依旧枕寒流。
今逢四海为家日，
故垒萧萧芦获秋。

竹枝

杨柳青青江水平，
闻郎江上唱歌声。
东边日出西边雨，
道是无晴却有晴。

浪淘沙

莫道谗言如浪深，
莫言迁客似沙沉。
千淘万漉虽辛苦，
吹尽寒沙始到金。

酬乐天扬州初逢席上见赠

巴山蜀水凄凉地，
二十三年弃置身。
怀旧空吟闻笛赋，
到乡翻似烂柯人。
沉舟侧畔千帆过，
病树前头万木春。
今日闻君歌一曲，
暂凭杯酒长精神。

盛唐诗歌，只要认定李白、杜甫、王维、孟浩然、高适、岑参、王昌龄、张九龄等诗人，基本上可以总览全貌。但中唐完全不同，它的诗歌题材更丰富，更关心老百姓的肚皮和衣衫，也关心时代、国家、命运这些大问题，表现力更丰富，更多样化，也更深刻。诗歌类型多、流派多，有创见、有贡献的大诗人更多。

所以我们看到的中唐诗歌，除了韩孟诗派和元白两座高峰，还有刘禹锡、柳宗元这样的大山头，以及韦应物、刘长卿、卢纶、韩翃这样一大溜门户森严的山峰山脉，群峰竞秀，嵯峨云天。

群峰之上，风雷滚滚，蔚为大观！

韦应物：既要当好官，还要做好人

诗歌进入中唐，调子开始低了，这个时期只有刘长卿还咬紧牙关支持着，眼看气力不支时，突然冒出一个猛人，又把中唐诗歌的大鼎扛了起来。

这人是韦应物。说他猛，那是真猛，他十五岁起就做唐玄宗李隆基带刀近侍，李隆基所到处，他都是贴身扈从。够猛吧？但同时他还是乡里一霸，横行不法，"身作里中横，家藏亡命儿，朝提樗蒲局，暮窃东邻姬。司隶不敢捕，立在白玉墀。"无法无天，地方官还都不敢惹他，老百姓畏之如虎。比一般的纨绔子弟坏多了。

但突然就来了"安史之乱"，唐玄宗远避巴蜀，韦应物没有跟上队伍，流落失职，处境也一落千丈，没人再把他当回事。受到打击后，韦应物这才想学点东西，活出个人样来。

他刚进太学不久，唐玄宗就去世了，这下"武皇升仙去，憔悴被人欺"，连太学也呆不下去了，这样的遭遇反倒激发了韦应物的小宇宙，他开始发愤用功，这一用功，竟然让他成为一个大诗人。跟着也混进了中唐的官场，当上了官。

进入官场的韦应物很另类，他的第一个职务是洛阳丞，洛阳是东都，非常重要，也非常繁华，当时刚被回纥兵洗劫一空，接着前来平叛的官军又洗劫了第二波，老百姓苦不堪言。韦应物虽是七品下的小官，却眼里揉不进沙子，果断惩处了几个祸害百姓的兵士，却因此惹上一场官司，他被迫弃官，但还是把官军的恶行记到了诗中——

> 生长太平日，不知太平欢。
>
> 今还洛阳中，感此方苦酸。
>
> 饮药本攻病，毒肠翻自残。
>
> 王师涉河洛，玉石俱不完。
>
> 时节屡迁斥，山河长郁盘。
>
> 萧条孤烟绝，日入空城寒。
>
> 寒劣乏高步，缉遗守微官。
>
> 西怀咸阳道，踯躅心不安。

——《广德中洛阳作》

在洛阳闲居几年后，韦应物又出来当官，他见不得百姓受苦，一直想当个好官，但好官却不是那么好当的，官场上的种种无奈，让他常生愧疚——

> 去年花里逢君别，
>
> 今日花开又一年。
>
> 世事茫茫难自料，
>
> 春愁黯黯独成眠。
>
> 身多疾病思田里，
>
> 邑有流亡愧俸钱。
>
> 闻道欲来相问讯，
>
> 西楼望月几回圆。

——《寄李儋元锡》

好一个"身多疾病思田里，邑有流亡愧俸钱"！这样的矛盾和苦闷，全来源于韦应物为人太好。所以范仲淹见了，便毫不犹豫地点了个大赞，宋代大儒朱熹见了，也是频频点头，在后面跟了个"贤"字！

对韦应物这样的好人来说，官场上的酸苦一言难尽，故友重逢时，能够剖白心迹的只有诗了——

江汉曾为客，相逢每醉还。

浮云一别后，流水十年间。

欢笑情如旧，萧疏鬓已斑。

何因不归去？淮上有秋山。

——《淮上喜会梁州故人》

这首笑中含悲的诗，除了尾巴绵长的感叹，还在最后点出了要害所在："何因不归去，淮上有秋山"，让人不禁想起"不是爱风尘，似被前缘误"的词句，是啊，纵有千种归去的理由，总抵不上"淮上有秋山"这样的原因，官场纵有万般不如意，但能留下便是理由。

人是留下了，心却可以很野很野地跑到很远的地方去——

今朝郡斋冷，忽念山中客。

涧底束荆薪，归来煮白石。

欲持一瓢酒，远慰风雨夕。

落叶满空山，何处寻行迹。

——《寄全椒山中道士》

注意第一句的"冷"，韦应物是"冷"了才有后面的一系列冥想和思念的。没有人会认为冷的只是天气，更冷的一定是心！冷得他把"涧底束荆薪，归来煮白石"的苦日子，都当成好日子来向往，想着持一瓢酒去，在风雨交加的傍晚与道人共饮，以此相互慰藉。但连这样的向往也是虚妄的，因为"落叶满空山，何处寻行迹"，自己只是空想想而已。

苏东坡是个很顽皮的诗人，他喜欢《寄全椒山中道士》，硬是想凭自己天纵之才，与韦应物一较高下，但写来写去，怎么都不如原诗，他的"寄语庵中人，飞空本无迹"，远逊于"落叶满空山，何处寻行迹"。《许彦周诗话》说，"此非才不逮，盖绝唱之不当和也"。此说其实很空泛，说到底，苏东坡学得了韦应物的词句，但韦应物写诗时的心境和神思，即使再借苏东坡十分聪明，那也无论如何是学不来的。

这个时候，韦应物又写了《滁州西涧》——

独怜幽草涧边生，

上有黄鹂深树鸣。

春潮带雨晚来急，

野渡无人舟自横。

韦应物作为唐朝有数的几位山水诗人，与王维、孟浩然、柳宗元等人并称王孟韦柳，这首《滁州西涧》，是韦应物作为山水大诗人的代表作。在韦应物笔下，这一片景色真是静中有动，动中有画，画中有情，栩栩如生。有的人认为这首诗满含禅意，虽然韦应物的确喜欢儒释道三教，也学过参禅打坐，但这首诗与禅意没有任何关系。关于诗的寄托，争论历来不少，有的人直接认为诗是以幽草比君子，以黄鹂喻小人，痛快固然有，但这样一来，诗意荡然无存。其实，诗开句的"独怜"，便是诗人情绪的明确表达，幽草生在涧边，生不逢时，也生不逢地，有点投胎找错了对象的憋屈感。生来本就不易，再"春潮带雨晚来急"，这些涧边伴水而生的幽草，还真有点吃不消。但即使这样，幽草们也与动静相宜的黄鹂、渡舟一起，安然自若地活着，寂静又美好。

东晋大诗人陶渊明高古冲淡的风格对韦应物影响很大。虽然很多人说他像陶渊明，也像谢灵运和谢朓。但韦应物对他们更多的是一种精神上的认同和向往，陶渊明那种与田园、与自然天地融为一体的超脱精神，韦应物是学不来的。他在官场常常被欺负、受排挤，却一直放不下为五斗米折腰的官宦生涯。但韦应物当官，不像别人"三年清知府，十万雪花银"，他一心想的是既当好官，又做好人。

有一段野史绯闻，从宋代开始，就见于文人笔记，流传至今，虽一直未能在正史中得到印证，但这事如果发生在韦应物身上，倒是与他的性格和命运十分切合。

这段野史说，蜀中四大才女、唐代四大女诗人之一的薛涛，是韦

173

应物的私生女。韦应物虽少年无行，但浪子回头后立身周正，不过唐代风气里，男人在外面花花草草，基本不算毛病，甚至在诗人圈是能获好评的美事。但如果要把外面的女人带回家，正式登堂入室成为家人，那就要看家里的门槛高不高，门外的女人有没有身份和本事跨得过家里的门槛！偏偏，韦应物所在的韦氏家族，"定居京兆，自汉至唐，代有人物，衣冠鼎盛，为关中望姓之首"。这样的高门大户，一个在外面纵乐怡情结识的女子，那是断断不可跨过韦家高门槛的。而韦应物官职低微俸禄很少，从不贪污受贿，而且从小公子哥大手大脚惯了，哪有能力在外面再养一个家！他在地方为官三十余年，任所辗转，说不定就在调换某个任所时，无力将薛涛母女接到新任所，薛涛就此流落江湖，沦为营妓。韦应物眼看自己冰雪聪明、才华惊天的女儿悲惨至此，他是该骂苍天，怨宿命？还是该痛恨自己无能？

不论是否真实，这段野史也折射了韦应物既做好官，又做好人的悲惨命运，但更为悲惨的命运仍不肯放过他。五十四岁那年，他苏州刺史任期届满，没有得到新的任命，按惯例应该回到长安，等候朝廷另派他职，但在富甲天下的苏州做了近四年刺史（相当于市长）的韦应物，此时竟然一贫如洗，连回到长安的盘缠都没有，不得不流落苏州，寄住在苏州永定寺，不久病死。

韦应物长期陷于官场倾轧和生活贫困中，但他向往陶渊明诗酒田园的生活，这种向往既执著又狂热，伴随他长长的一生，留下一串串美丽的诗行。虽然他未能成为陶渊明那样的洒脱智者，但即使面临悲惨命运，他不仅写出了伟大的诗歌，也能既做好官，又做好人。

千年之后，仍值我们给他一个大大的赞！

刘长卿：活在唐诗中的冤大头

唐诗走到了大历年间，突然遇上一个大大的坎。

从公元761年开始，王维死了，李白死了，高适死了，没过几年，杜甫和岑参也死了。众星殒落，而韩愈、白居易、刘禹锡等，要再过二十多年才会登上文坛。这时的唐诗好像突然就停顿了，这个坎迈不过去，大唐诗歌的簿子上，眼看就要留下几页空白了！

就在这个时候，一个声音冒了出来：我不还在吗？我正写着呢！

哗！天空一下子亮了！

吼这句话的人，叫刘长卿。当时名头不算大，但他见过李白这样的大咖，还为李白写过一首诗——

> 江上花催问礼人，
>
> 鄱阳莺报越乡春。
>
> 谁怜此别悲欢异，
>
> 万里青山送逐臣。

> ——将赴南巴，至馀干别李十二

说起来都是泪。刘长卿写这首诗时，刚从长洲的牢里放出来，在贬往潘州南巴（现广东电白）的路上，李白呢，在流放夜郎的路上遇上大赦，于是"朝辞白帝彩云间，千里江陵一日还，两岸猿声啼不住，轻舟已过万重山"，颇有些劫后余生意气风发的样子。看看刘长卿留给李白的这首酸楚捎带悲辛的诗，难以想象天马弗羁的李白会怎么安慰刘长卿，能想象的是他们二人分别时的样子，一个是意气风发渐行渐远，一个是步履蹒跚踉跄前行。

他们这个样子，多像是颓靡已尽的盛唐和裹足不前的中唐啊！

中唐是"安史之乱"后的一大片废墟，几乎所有的诗人都没逃过这场浩劫，就算劫后余生活下来，惊吓之余，不是张皇失措，就是张口结舌，再也发不出正大堂皇的盛唐之音。而曲调一沉，满堂尽是苦、酸、悲、辛的消沉之音。

为中唐诗歌起步定调的人，就是刘长卿。

刘长卿影响最大的一首诗，是《逢雪宿芙蓉山主人》——

日暮苍山远，天寒白屋贫。

柴门闻犬吠，风雪夜归人。

这首诗很有名，既简洁又丰富，小架构里塞满了大内容，满满当当又井然有序。写这诗的刘长卿，正在贬谪途中，傍晚时分投宿于一个贫寒的民舍，躺下不久，便在狗吠声中，感觉到屋主人在风雪夜中归来。他想到自己此刻的处境，顿时生出"同是天涯沦落人"的感慨。这样的飘零、这样的身世自哀，正是中唐诗歌初期的基调。刘长卿为我们描述的，是那个破落而凋敝时代的背影。

这样的感叹，在刘长卿的诗歌中不断地延续——

泠泠七弦上，静听松风寒。

古调虽自爱，今人多不弹。

——《听弹琴》

我喜欢这样的刘长卿，一首诗里能装下一个秋风，一个在寂静的山岭隔断了尘嚣，沉静如水的秋天，而七弦琴上传出的，是捎带着秋寒的松风。秋天与七弦琴相谐相生的世界，是诗人听到的世界，也是不为"今人"所爱，自己却恋恋不忘的世界。这样的孤独寂寞，如同诗人自己营建的城堡。

诗人一旦沉浸在自我的世界，真的有那么一点难以自拔的况味——

苍苍竹林寺，杳杳钟声晚。

荷笠带斜阳，青山独归远。

——《送灵澈上人》

这样让人发呆入迷的山水画图，完全没有半点人间的烟火气了，而那个带着斜阳归去，把森森青山都甩在身后的人，究竟是那个叫灵澈上人的诗僧，还是刘长卿自己呢？被俗世的烟火熏得眉焦毛燥的刘长卿，多想在这样的画图中静一静，再静一静呀！

即使是生在唐朝这个辉煌映天的时代，真正怡然自得爽翻天的诗人几乎是找不到的。他们不是有这样的不如意，就是有那样的很糟糕，而刘长卿的遭遇，却比这些糟糕的诗人更糟糕，他是唐朝诗人中最大的冤大头，啥事也没有，却被别人整得坐了两回大牢，而且是以贪污犯的罪名！

刘长卿如果不想当官啥事也不会摊上。但他没进官场就开始了倒霉生涯，开元二十一年考取了进士，没等放榜呢，安禄山杀到长安来了，逃！一直等到唐肃宗登基，他才谋到长洲尉的职务，他官当的正，不久就代理了海盐县长，因为为人太正直，被一个叫臧仓的人举报贪污公款，直接下狱。过了些年他担任鄂岳转运判官，仍是一副刚直正气的老样子，结果又得罪了顶头上司，鄂岳观察使吴仲孺想整刘长卿，发现上次海盐那边诬他为贪污犯这招最好使，因为朝廷最恨的就是贪污犯，他连草稿都不打，直接在上次的诬告上把数字放大数百倍，变成一个特大型贪污犯，再次把刘长卿打入大狱。幸好遇上好心人，把他从狱中捞出来，马上又被贬为睦州（现浙江淳安）司马。

诗人的缺点是会在不同的时间渡过同一条河流，相同的错误会多次重复地犯。比如刘长卿，认理不认人，谁都敢顶，谁都不放眼里的毛病，跟了他一辈子，对手们挑他的毛病，整他的事，后来连新花样都不用，就用现成的老套路，把刘长卿一整一个准。所以刘长卿的一生，除了被判贪污坐牢，就是贬官，天南地北地到处奔波，在哪个位置落下来，也是挨整。刘长卿自负"五言长城"，对自己的诗才，在他那个时期，完全是目空一切，但才华再高又怎么样呢？你心里不服又能如何？还不是泥巴似地给人捏来捏去！

天生一块被人捏的泥巴命，刘长卿能干什么呢？他只好接着写诗！

猿啼客散暮江头，

人自伤心水自流。

同作逐臣君更远，

青山万里一孤舟。

——《重送裴郎中贬吉州》

又是悲音。同病相怜的两个倒霉鬼，凑一块儿又要分手时，看着他一片孤舟消失在青山万里的茫茫征途，心里好一番惆怅，好一阵难受！

刘长卿与亲人的相互酬唱，也是满怀酸辛——

孤舟相访至天涯，

万转云山路更赊。

欲扫柴门迎远客，

青苔黄叶满贫家。

——《酬李穆见寄》

李穆是刘长卿的女婿，他要去探望被贬至新安（安徽翕县）的岳父，并从浙江桐庐逆江而上，行前，给刘长卿写了这样一首诗——

处处云山无尽时，

桐庐南望转参差。

舟人莫道新安近，

欲上潺湲行自迟。

刘长卿看过此诗后，写了上面那首和诗。中国的男人一般都不会在女婿面前叫苦的，刘长卿倒是毫不遮掩，有话直说。又是为女婿一路跋涉而感动，一边还在感叹自己贫寒孤苦，不能好好地招待远来看望的女婿，心中生愧。

让一个诗人窘迫如此，唐朝，你真的很好吗？

再看《长沙过贾谊宅》——

三年谪宦此栖迟，

万古惟留楚客悲。

秋草独寻人去后，

寒林空见日斜时。

汉文有道恩犹薄，

湘水无情吊岂知。

寂寂江山摇落处，

怜君何事到天涯。

刘长卿的五言是出了名的好，把这首七律写成唐诗中的精品，也是端的了得！这是他第二次坐大狱后被人捞出来，在贬谪睦州司马的路上，经过长沙时，到贾谊故居凭吊时写下的。时值秋冬之交，气氛有些肃杀，面对这个遭遇与自己相同，一生不得志最后郁闷而死的贾谊，刘长卿悲从中来，感慨万千。特别是"汉文有道恩犹薄，湘水无情吊岂知"句，直说汉文帝是有道明君，爱重人才，对贾谊尚且如此，我遇上"湘水无情"，那还有个好啊？满腔悲愤，几乎能听到他从肺腑冲出的吼声！

刘长卿写完了诗歌，中唐便没他什么事了，他卒于公元 790 年前后，活了七十多岁，历经玄宗、肃宗、代宗和德宗四朝，一成年便是"安史之乱"，暮年时还赶上淮西节度使李希烈割据称王，与唐军杀得暗无生日，刘长卿只得弃官避难。他一生离乱，受人谗害坐过两回牢，被人欺负遭两回贬谪，饱受不公、郁闷、贫穷的折磨，怀抱难伸。但他在盛唐至中唐转折的关键时期，在这个关键的节点上，承前启后，撑起了唐诗的一片天空。凭着过人的才华和努力，为唐诗的发展作出了贡献。

韩翃：大唐，请别为我哭泣

"安史之乱"就像一场突如其来的泥石流，铺天盖地席卷了大唐的锦绣江山。裹挟于这场巨祸的黎民百姓惨遭荼毒。而灾祸不会挑人，诗人们的命运也和普通百姓一样，好不到哪儿去。灾祸之后，幸存者面对满目疮痍，惊魂未定，相互间只会大眼瞪着小眼，根本不懂怎么疗治心理创伤。

诗人韩翃在清明节这天，写了一首名为《寒食》的诗——

春城无处不飞花，

寒食东风御柳斜。

日暮汉宫传蜡烛，

轻烟散入五侯家。

这首诗看上去很美，其实里面包涵着大情绪。是啊，战乱过去了，春天来了，春天的长安的确很美，可是，寒食节这天，老百姓都禁着火，不得用灯，只能吃些生冷的食物。而有些权臣却仗着皇帝的恩宠，用上了从宫中传来的蜡烛，用火的轻烟从这些人家飘了出来。

不要以为这只是节日中才有的不公平，逻辑再往前推一步，兵祸虽以远去，但创痛巨深，老百姓并未能从天灾人祸中直起腰来，还需要时间逐渐抚平，在这满目疮痍的当下，那些个谁谁谁，你们是不是暂时也别那么快就又开始乐享太平？

韩翃这样的不平之情，有他充足理由的。他身上还着着创痛，心里依旧在滴血。

几天前，他还写了另一首诗：《章台柳·寄柳氏》——

> 章台柳，章台柳，
>
> 昔日青青今在否？
>
> 纵使长条似旧垂，
>
> 也应攀折他人手。

诗中的章台不是那种章台走马、后来泛指的文人挟妓冶游之所。它原来是指宫阙所在，当时长安有条街就叫章台街，为达官贵人所居。

一看就是事儿！一查还真是。原来，他的配偶柳氏，因战乱离散，至今渺无音信。

韩翃和柳氏的故事，缘于繁华的盛唐。

天宝年间，这天夜幕降临，长安城照例又是流光溢彩，青年诗人韩翃应邀至李王孙府中赴宴，觥筹交错之间，李府的歌姬鱼贯出场，只见歌声迴转，舞姿曼妙，端的是纸醉金迷。这时，韩翃被其中一位歌姬迷住了，这歌姬身如杨柳，脚不沾尘，一双滴溜溜的大眼比她的歌声还要会说话，举手投足之间，真是不可方物。韩翃经常出入这样的歌舞升平之所，算是见多识广之人，却也不禁为这位歌姬深深折服。他端起一杯酒，走到这位歌姬身前，以酒相敬，这歌姬二话不说，接过酒杯一饮而尽。晤谈之下，方知歌姬姓柳，她才情超群，趣味高雅，谈吐不凡。而柳姬也为韩翃的才情所倾倒，二人越谈越深，竟至忘形。一旁的主人李王孙看在眼里，盛唐豪情顿时大放光彩，当即玉成韩翃和柳氏的好事，并赠三十万钱资助他们成婚。

韩翃抱得美人归，从此耳鬓厮磨，恩爱无双。第二年，韩翃喜上加喜，又考中了进士。按当时礼制，韩翃要回老家昌黎省亲。他安顿好柳氏，踏上了省亲的路程。不料这时天降霹雳，不等他省亲回来，"安史之乱"突然爆发，叛军杀入长安，将一个繁华无双的长安城搅了个底朝天，老百姓流离失所，人口折减大半。等王室收复长安，韩翃回来，

　　　　　　　走马唐诗说诗人

只看到到处断垣残壁，哪里还找得到柳氏的踪影？在焦虑和思念中，这才有了《章台柳》一诗。

韩翃差人拿着这首诗在长安四处寻找柳氏，想不到，竟然在一座寺庙里找到了。韩翃手下将诗交给柳氏，柳氏一看就哭了。"安史之乱"爆发时，她担心韩翃找不到自己，没有随着众多百姓逃出长安，而是剪去满头乌发，身披缁衣，躲入寺庙中避难，好不容易等战乱过去，她慢慢蓄起长发，想着到长发齐腰的日子，再以最好的容颜出来与韩翃重逢。想不到在这首诗中，韩翃除了牵挂自己的安危，更多的是担心自己是不是在战乱中容颜不再，即使容颜如昔，又担心她落入别人手中，由别人任意攀折。她既为郎君仍在长安而喜悦，但也为郎君的这点小心眼伤心，她热泪滚滚，当场写了一首诗，让韩翃的手下带回去，请韩翃看了她的诗再作定夺。

柳氏写的诗名叫《杨柳枝》——

> 杨柳枝，芳菲节
> 所恨年年赠离别。
> 一叶随风忽报秋，
> 纵使君来岂堪折！

这意思是说，我好好地等着你，为你守着自己的贞节，可你一盆冷水兜头淋下，把我的心淋得拨凉拨凉的。

韩翃看了柳氏的《杨柳枝》，知道自己错怪了她，连忙叫上一干随从，火速赶往寺院。眼看大团圆在即，故事此时却发生了惊天逆转，等韩翃他们赶到寺院门口时，正好看见一队蕃兵拥着柳氏呼啸而出，扬长而去。

这猝不及防的意外让韩翃几乎惊厥于地。经打听，劫走柳氏的是参与平定"安史之乱"的蕃军将领沙吒利。因他们在平息"安史之乱"中有功，唐德宗对他们赏赐多多，对他们不加管束，任由他们胡作非为。沙吒利手握雄兵，在长安城横行无忌，无人敢惹。韩翃叫天不应，喊地不灵，想想与心爱的柳氏如此生离，真不如死别。整个人的心情如坠冰窖，整日以酒浇愁，夜来以泪洗面。觉得自己生生辜负了柳氏。

真是叫天不应，喊地不灵，无力回天！

想不到的是，故事到此又生出转折。

平卢节度使有个叫许俊的部属，素有侠义心肠，听说韩翃遭遇后，为韩翃大抱不平。他打听到沙吒利劫到柳氏后，贪婪于柳氏惊人美貌，将柳氏纳于私房专宠。这天，他单人独骑，径入沙吒利府中，对沙吒利家人称，沙吒利在外面生了急病，急着要见柳氏。沙家人未及多想，便让他见到了柳氏，许俊趁机给柳氏看了韩翃写的字条，然后挟带柳氏飞马赶回，送到韩翃府中。

韩翃与柳氏这才真正重逢，这对患难夫妻相拥而泣，如在梦中……

紧接着，许俊又陪着韩翃向左仆射（宰相）侯希逸求救，侯希逸闻知章台柳的故事，大为感动，连夜向德宗皇帝上表，一面自责管束部下不严，一面指责沙吒利居小功而自傲，目无法纪。德宗皇帝也感动于韩翃与柳氏的真情，大笔一挥，判柳氏归于韩翃。但为了安抚蕃将，同时也赏赐沙吒利二百万钱。

这种对违纪残民的蕃将不但不惩处，还要用钱来摆平的丑事，如果搁盛唐，那是万万不可能发生的。堂堂天朝上国，怎么丢不起这个面子！但现今的大唐早已是明日黄花，不再是盛大堂皇的天朝上国了，它一旦坐上顺坡下滑的溜溜车，真是挡也挡不住！

韩翃与柳氏虽离散于战乱之中，却失劫于牧平叛乱之后，残酷的事实向着历史无情地宣告，到了这个地步，大唐再也无力保护老百姓安宁！

一个盛大堂皇的唐朝落下了帷幕，另一个沉疴在身，步履蹒跚的唐朝摇摇晃晃地走上了历史的舞台。

章台柳的故事，不只是大历十才子之一的韩翃与柳氏的悲剧，更是一个辉煌时代坍塌的缩影。

千年之后，仿佛还能听到韩翃在说：大唐，请别为我哭泣！

李绅：被官场坏掉的"悯农"诗人

中唐诗人中，李绅是故事很多的一个。故事多，是因为他事儿多；事儿多，除了脾气暴，还有是非多。

现在说李绅是诗人，是因为他写了《悯农》——

一

锄禾日当午，汗滴禾下土。

谁知盘中餐，粒粒皆辛苦？

二

春种一粒粟，秋收万颗子。

四海无闲田，农夫犹饿死。

这首诗叹农耕之苦，悲天悯人，非宅心仁厚不能为也。看过这诗的好多人说，写出这样诗歌的人，再怎么坏，也坏不到哪里去的。

谁知后来的李绅真的变坏了，而且人一坏，牛都拉不住，天都不知道他能坏到哪儿去！

年轻时的李绅真的是个好人。他六岁丧父，由母亲抚养成人，并教以经义，对民生艰难颇有切身体会，且心怀大志。二十七岁那年中进士后，被授国子监助教，这个职位在当时让很多人孜孜以求，李绅却横竖看不上，屁股一拍，径直往金陵游山玩水去！

到了金陵，却被金陵节度使李锜拉进了幕府，担任掌书记，也就是幕僚长。谁知这李锜不是盏省油的灯，一门心事想当金陵的土皇帝，朝廷征召也称病不去，副手王澹为他备酒饯行，他竟然把王澹杀了，并剁成碎块煮熟给吃掉，还命李绅以金陵百姓的名义给朝廷写信，请求朝廷让李锜继续留任金陵，李绅不肯写，李锜便要他想想王澹的下场，李绅装作很害怕的样子，手抖抖地写不好字，连写废了几张纸。后来装不下去了，李绅索性心一横，把笔一甩：我不写了！你爱咋地就咋地吧！李锜拿刀架李绅脖子上，逼他写，李绅还是不写！李锜无法，把李绅打入大牢。

谁知没两天李锜的事就犯了，直接被朝廷问了死罪，李绅获释，并因此声名大噪，有人张罗要把他的事迹上报皇上，李绅连忙阻止，说，我这样做，只是为了大义，不是邀名求富贵，一个人默默回到无锡惠山寺读书。

打这以后，李绅的暴脾气就"火"了！他先是以这样的招牌脾气在诗界行走，结果一走就走出事情来。

这年他回乡探亲，路遇同榜进士、浙东节度使李逢吉，两人相逢甚欢，相约登亳州城东观稼台，登高望远，都不禁心潮起伏。李逢吉当场作诗一首，末两句是：何得千里朝野路，累年迁任如登台。希望自己升官如登台一样容易。

李绅的心思却被阡陌之间艰辛稼穑的农人所触动，脱口而出："锄禾日当午，汗滴禾下土，谁知盘中餐，粒粒皆辛苦。"李逢吉刚说了一个"好"，李绅第二首又来了："春种一粒粟，秋收万颗子。四海无闲田，农夫犹饿死。"

李逢吉还是说好，但心里已经觉得不对味了。

而李绅此时已是一发而不可收，当场又写了一首："垄上扶犁儿，手种腹长饥。窗下织梭女，手织身无衣。我愿燕赵姝，化为嫫女姿。一笑不值钱，自然家国肥。"

李逢吉一听，心里咯登一下："好你个李绅，你这是把屎盆子直接扣给皇上啊！撞到我手上，活该你倒霉，该我升官了！"回到长安，

走马唐诗说诗人

李逢吉直接把李绅这三首诗当反诗当廷呈给唐穆宗，告发李绅写反诗泄愤。

谁知唐穆宗看了诗后，竟然连连点头，并反省自己久居庙堂，忘了百姓疾苦，幸亏李绅及时提醒。大手一挥，任命李绅为山南观察使，李绅因祸得福，从此步入官场。

初入官场的李绅仍不失诗人本色。与元稹、白居易等过从甚密，是中唐"新乐府"运动的倡导者和积极参与人。作有《乐府新题》二十首，得到元稹和白居易的积极响应，并在元、白的积极推动下，使"新乐府"成为一场声势浩大的诗歌运动，影响遍及朝野，成为中唐与"韩孟诗派"等量齐观的著名诗歌流派。

按说李绅这样的暴脾气在官场是很难混出一个好来的，但李绅却在官场顺风顺水，官越当越大，越当越过瘾。

在升任翰林学士后，他卷入"牛李"二党的朋党之争，成为李党的重要人物。这时的李绅，早忘了自己写过的《悯农》诗，生活的排场整日介都轰轰烈烈的。有一次，刘禹锡参加完李绅的家宴后，当场吟诗一首——

　　高髻云鬟新样妆，

　　春风一曲杜韦娘。

　　司空见惯浑闲事，

　　断尽江南刺史肠。

　　　　　　——刘禹锡《赠李司空妓》

这便是成语"司空见惯"的出处，司空是李绅当时的官职。据说，李绅对这首诗相当满意，当场就把最漂亮的一名歌女赏给了刘禹锡。

不久，当初想祸害李绅的李逢吉又登场了，这时他已是牛党的重要骨干，是唐代著名的阴险小人，他搬倒元稹、挤走李德裕后，想推举牛增孺入朝为相，但顾虑李绅刚烈敢言的暴脾气，就给李绅找了个同样刚烈敢言的对头——韩愈，精心给韩愈安排了职务：京兆尹，兼任御史大夫。

其中御史大夫是虚职，但名头在御史中丞之上，这职位汉代以后基本不设了，这次李逢吉特意找出来，排在李绅之前。按惯例，京兆尹上任必须拜会御史中丞，但韩愈虽是京兆尹，同时又是御史大夫，是御史中丞李绅名义上的上司，就没去拜会李绅。

李绅认为韩愈坏了规矩，加上"韩孟诗派"与"新乐府运动"一直不对付，李绅早就看不惯。但韩愈是连佛骨都敢烧的强人，岂会吃李绅那一套！一来二去的，两人的矛盾很快公开化，经常在朝堂上当着皇帝的面吵得不可开交，唐穆宗火冒三丈，当场就把两人贬出长安。

李逢吉如意算盘落定，趁机落井下石，把李绅一贬再贬，一直贬到广东端州做司马。

被一杆子撸到底的李绅还是不改他的暴脾气，敢作敢为，雷厉风行，相比那些畏葸不前的官场油子，他的官当得有声有色，在当时封闭落后的广东官声政绩都不错。

后来李德裕成功翻盘，李绅又从南海一步步挪向中原，先后任江州长史、滁州刺史、浙东观察使、河南尹。李绅每到一地，当地的官场都要抖上三抖。当时河南的治安非常不好，地痞流氓横行作恶，大白天就敢在大街上挥杆击球，甚至直接躺在官道上睡觉，路过的车马不敢靠近。

这些人听说李绅要来河南就任，有的吓得逃过长江、淮河，有的收敛恶行，摇身变为良民。但李绅强势过头，无人敢惹后，他也渐渐为所欲为，甚至滥施淫威。

他发迹前，经常到一个叫李元将的族叔家里玩，发迹后，随着李绅日渐高升，李元将反过来巴结李绅，自降辈分，改口称自己为"弟"、"侄"，李绅都不满意，直到李元将称自己为"孙"，李绅才勉强接受。

有个姓崔的巡官，与李绅同科进士，他的仆役与他人打架，李绅竟把打架的两人直接处死，再把崔巡官抓来，问他："既然你与我相识，我来这里，你为何不来相见？"

崔巡官吓得连忙叩首谢罪，李绅还是打了他二十杖，很是威风了一把。这种种行为，足见李绅飞扬跋扈，再也见不到他身上有半点悯农情怀。

唐武宗即位后，"李党"进一步得势，李绅也到达自己仕途的巅峰，官至尚书右仆射、门下侍郎，也就是常说的宰相，且封爵赵郡公。

在相位干了四年后，已经七十四岁的李绅因中风辞去相位，不久又被任命为淮南节度使，在节度使任上，他接手江都县尉吴湘贪污公款、强娶民女案。

李绅在此案中，将他一意孤行的暴脾气发挥到了极致，他判处吴湘死刑上报朝廷，谏官认为有冤情，朝廷派御史复查，查出很多疑点，但李绅仍强行将吴湘处死。

后世有人认为吴湘家与李德裕家是世仇，李绅处死吴湘，是为了讨好李德裕。如果此说成立，李绅就是滥刑枉杀的酷吏！

未过一年，李党再次失势，得势后的牛党连死了的李绅都不放过，吴湘案被彻底翻盘，而被判酷吏的李绅被剥夺爵位，削除三官，且子孙不得为官。官场你死我活的争斗，不仅让李绅死了都不自在，还殃及到了子孙！

李绅是个被唐朝官场玩坏了的诗人。因为他年轻时写的《悯农》诗，因为他首倡"新乐府"运动并写了《乐府新题》二十首，他在中唐诗歌中的位置是重要的。但是，他自己编辑的《追昔游诗》三卷，竟然都未收《乐府新题》，他存世的其它诗歌作品，包括他为元稹《莺莺传》所写的《莺莺歌》，格调俗鄙，才情平庸，让人实在难生评点的兴趣。

同是一股臭脾气，安在书生李绅身上时叫年轻气盛、悲天悯人，耿直磊落；安到权势倾天的大官李绅身上时，那叫一意孤行，为所欲为、草菅人命。

人是同一个人，脾气也是同样一个脾气，只是身份变了，环境变了，人跟着也变了。如果书生李绅跟官员李绅可以碰面，两个人绝对喝不到一个壶里，书生李绅多半会果断出手，把眼前这个满身戾气的官僚活活打死，让官场少一份祸害，然后他自己会好好活着，好好写诗，让诗坛多一股清流。

只是历史不容假设，诗人中少了个李绅，唐诗依然灿烂辉煌；而官场多了一个李绅，"牛李"党争却更激烈，对唐朝的伤害更严重，老百姓的苦难上，又多压了一块石头。

白居易：烧不尽的诗根，舍不断的情缘

　　不管唐朝有多少牛掰的大诗人，白居易从来都是数在最前面的那几个。

　　当时，从老得没牙的婆婆到初初开蒙的黄口小儿，都能背他的诗，那些奔走在西北荒漠的胡人，闲来无事，就算骑在马背上，也会拿起胡筘，把《琵琶行》弹唱一遍。他自己也曾在《与元九书》中说："自长安抵江西，三四千里，凡乡校、佛寺、逆旅、行舟之中，往往有题仆诗者；士庶、僧徒、孀妇、处女之口，每每有咏仆诗者。"

　　影响力这么大，文坛领袖、诗歌运动领导者的身份，自然就是他了！

　　就诗歌成就来说，白居易贡献大大的，不仅乐府、七律、七绝等各种体例，皆有传世之作，他后来提倡和开启的新乐府诗，更是把乐府诗往前大大推了一大步。千余年来，《琵琶行》、《卖炭翁》、《长恨歌》等新乐府诗，不仅成为中华传统文化的瑰宝，更是远播世界，成为人类文明的遗产。

　　按他自己的分类，他的创作分为讽喻诗、闲适诗、感伤诗、杂律诗四大类，他自己认为最好的是讽喻诗。可是，后来者很难挑得出他不好的诗！从十六岁写"野火烧不尽，春风吹又生"，到三十五岁写出《长恨歌》这样的千古绝唱，再到四十五岁写出《琵琶行》，佳作太多。以新乐府论，《琵琶行》无论是笔力、深度、精彩，都足以与《长恨歌》相媲美，而随着诗中"座中泣下谁最多，江州司马青衫湿"等句，窃以为，《琵琶行》的艺术成就已在《长恨歌》之上。

不说这些巨制，单是一些小篇章，篇篇都是珠玑罗列。

先看《钱塘湖春行》——

孤山寺北贾亭西，

水面初平云脚低。

几处早莺争暖树，

谁家新燕啄春泥。

乱花渐欲迷人眼，

浅草才能没马蹄。

最爱湖东行不足，

绿杨阴里白沙堤。

这种原生态的杭州西湖，现在是梦里都找不到了！好在白居易当年如此逼真地为我们记录下来。看完这样的诗歌，忍不住就会想，这得有多么深厚的热爱，才能让五十六个僵僵的文字火火生风地行动起来，为我们罗织出如此细腻明媚灿然光亮的画图啊！

再看《暮江吟》——

一道残阳铺水中，

半江瑟瑟半江红。

可怜九月初三夜，

露似真珠月似弓。

词句的清丽、时空层次的罗列、叙事状物的精彩传神，都不用说了。只说诗人心中的那份喜悦、轻松和自在，急不可待地从诗中跳出来，挤到我们眼前，就像满面春风的白居易，面对浩浩长空，从丹田深处吐出一口积郁已久的浊气！后来才知道，这是他在离开乌烟瘴气的朝廷，远赴杭州任市长的途中。

尽管他一生都在官场打滚，但他的生命一直在诗里燃烧。只有从他的创作和各个时期的诗歌活动中，才能清晰完整地解析他的一生。

这是一个一生下来就具有大情、大爱的人，他是为了诗歌才来到这个人世的。

他一生一世的情缘，也离不开诗歌。他一生与很多女人的情感交结，以及情与欲、情与理的纠缠交葛，都与诗歌脱不了干系。

白居易作为中唐时期的诗坛大哥，他的声誉一直很好，而且因为家世豪富，他一辈子不是帮这个就是扶那个，履历表上满满的好评和点赞。初始他是个官迷，但越迷越是挨整，一连串的不升反降，但这时的他满身小清新，再怎么挨整，再怎么难过，骨子里总有那么一股子乐呵呵的开心在，怎么看都是可爱加可敬。到后来他不迷官了，反倒是一路绿灯，把个小小芝麻官做成了当朝一品，但这时他的人生却一下子失去了烟火气，反倒成为一个不怎么可爱的干瘪老头。

白居易的可爱和不可爱，都离不开女人。有女人滋润着，他活色生香，少了女人的激励安抚，他就像个缺了奶的孩子。

下面这首《夜雨》，前仆后继地迷倒了后世无数颠三倒四的男女——

我有所念人，隔在远远乡。

我有所感事，结在深深肠。

乡远去不得，无日不瞻望。

肠深解不得，无夕不思量。

况此残灯夜，独宿在空堂。

秋天殊未晓，风雨正苍苍。

不学头陀法，前心安可忘？

多么情真意切、锥心泣血！这是他四十岁那年，写给"东邻婵娟子"的。东邻婵娟子是他的初恋，虽然无缘成为眷属，却在精神上陪伴了白老头一辈子。

但白居易一辈子，又远远不止东邻婵娟子这一个女人。

让老白声名响亮的，得数樊素和小蛮，"樊素樱花口，小蛮杨柳腰"，都是历史上数得着的大美女，连《旧唐书》都为樊素留下一笔，端的不得了！据说，作为白居易最宠爱的两个女人，樊素和小蛮为争宠是颇有些不和的，争风吃醋的事儿没少做，为了不让白居易作难，玩的很高端，技术性超强，此处略过不提。

但这样两个大美女还不能让白居易满足，因为家资豪富，他蓄养的女人，多得让你瞠目结舌，最多的时候，人数超过了一千人！这固然与他家仓廪充实，家财丰盈有关，但更与他这方面兴趣盎然，热情高涨有关。

他不仅让这些女子陪自己，更用这些女子招待留宿家中的文朋诗友，这在当时的社会风气中，不算违法犯禁，反倒是上层文人的风雅，也让一些奔走于行旅、宦游的诗人消解了些许寂寞。

那一年，白居易从朝廷外放到杭州任刺史，他与元稹一向关系好，世称"元白"，算得上铁哥们，这时铁哥们元稹被贬为越州（现绍兴）刺史，正好经过杭州，这下把白居易给高兴的，一起吃吃喝喝，谈诗论文，并让当时杭州最为有名的官妓商玲珑陪伴元稹，他看元稹见了商玲珑兴致高昂，直接就滥用市长职权，让商玲珑陪同元稹去了越州。可两个多月过去，元稹却一直不肯让商玲珑返回，白居易颇为不爽，便写信去要，元稹虽然把商玲珑送回杭州，但心下颇不愉快！

再后来，白居易听说元稹与越州著名官妓刘春打得火热，四处游山玩水，便铺纸研墨，给元稹的旧相识，成都著名女诗人薛涛写了封抒情大信，并附诗一首，谁知此时的薛涛已经万念俱灰，出家做了道士，让白居易不轻不重地碰了一小鼻子。

这样的花边余絮，都不足以说明白居易对女人的态度，抑或是女人在白居易生命中的位置。可以明确的是，女人的姿色不足以成为白居易身边的花瓶，女人的才情，也不足以成为白居易生命的点缀。他固然离不开女人，但跟色与欲没有多大关系，关系更大的是他的真性情，再大一些的，那就是才情的放纵！但真正放入内心深处，一直与自己生命相依相偎的，只有东邻婵娟子一个女人——

别来老大苦修道，

炼得离心成死灰。

平生忆念消磨尽，

昨夜因何入梦来。

        ——《梦旧》

看，他真正需要的女人只有一个，这个女人一直伴在他的生命中，够了！

然后就是岁月的长河了。年岁渐老的白居易渐渐经受不住光阴的消磨，人生的爱好花枝般日渐凋零，追名逐利的进取心也日渐消亡，研佛参禅渐渐成为他生活的主流，想不到越是这样，他的官却越做越大。官越大，女人在她眼里，也越加索然无趣。终于，在他六十四岁那年，老得牙齿都快掉光了的白居易硬是要装装样子，假惺惺地要放樊素走人，樊素强按着心头战鼓般咚咚作响的狂喜，假意作了一番文词丰硕的临别赠言，然后拍拍屁股，骑上快马，一溜烟地再也见不着人影儿。

失去了樊素的白居易坐卧不宁，横竖不舒服，又提笔写下了一首诗：

花非花

雾非雾

夜半来

天明去

来如春梦不多时

去似朝云无觅处

这首朦胧似雾，闪烁其词的诗歌一千多年来让很多人摸不着头脑，其实朦胧之下，不过是清淡、清欢，再无大喜，更无大悲。白居易一生，无数女人在他的生活中进进出出，让他的生活活色生香，最终还是宿鸟归林，波平浪静。

有唐一代，空气自由而清新，但凡有些声名地位的绅士，都能活得适意畅快，当时世人对道德操守的评判，往往侧重于门第家世和官声，情场上的辞旧迎新，击鼓传花，乃至裘马轻狂，却不会被人指责诟病，像白居易这样一生中同时用情于无数女子，也从来没有人认为他大节有亏。

但有时不免还是会想，像白居易这样的天纵之才，就算女人给了他不尽的激情和灵感，但也带给他无穷的纷扰和困顿，如果他的生命中可以少一些女人，历史会不会交给我们一个更为伟大、更加美好的白居易？

可惜历史是一块铁板，从来不留假设的空间。

元稹：情感写手，情花剧毒

长得太帅的男人对女人多半是个祸害，如果这男人恰巧还能写一手蚀骨融冰的好诗，那他就是情花剧毒，无药可解。

元稹就是这样的情花剧毒，被他祸害过的三个女人，个个都让他永垂不朽。

旧时女子，多数身如飘萍，自身的命运往往会依托于某一男人，不由自主地任其摆布，但融入元稹生命的这三位女子，个个出身不凡，足以自立，只因遇上了元稹，不幸都成为他利用的对象、向上攀爬的阶梯。

莺莺出身大富之家，广有资财，而元稹幼年丧父，靠母亲苦撑家业，算不上殷实人家，在当时的社会既无实力，更无地位。元稹要想出人头地，第一块垫脚石，便瞄上了莺莺。

情窦初开的莺莺偏偏由内而外玲珑剔透，长了副好模样不说，又知书达理，通晓诗文，所以她既喜欢元稹的帅（这小子鲜卑血统，高鼻深目，高大健硕），更欣赏元稹超拔俗世的文才，架不住元稹接二连三地投之以木瓜，她早已奋不顾身地报之以琼瑶了。

对于这段经历，元稹的笔可没闲着，《赠双文》、《莺莺诗》、《会真诗三十韵》一首接一首，开创了中国色情文学的先河，连苏轼都说，元稹这个人诗得再好，骨头也是轻的。

但元稹写完了淫诗，仍是意犹未尽，又洋洋洒洒地写了他的传奇小说《莺莺传》，这下不得了，这部传奇不光在唐代就有名，到了宋代、金代，也是广为流传，不断地被改为弹词和杂剧，特别是到了元代，伟大的戏剧家王实甫在这部传奇的基础上改编创作了《崔莺莺待月西厢记》，弄出了一个传唱千古的名剧！

元稹得到莺莺的资助，行囊满满地赴京参加吏部考试，擢得头名，一时名动京师，得到京兆尹韦夏卿的赏识，韦家家世显赫，门第低微的元稹如果攀不上这样的高亲，才名再广，最多也只能在中产的圈子混一混。这时的元稹毫不犹豫，抹布般扔掉莺莺，于连般向韦家扑去，终于钓到了韦夏卿最为疼爱的小女儿韦丛。

莺莺对元稹情深如海，元稹对于这段被他一下踩到脚下的感情，也不能不有所交代。他说：这段时间我不在莺莺身边，她很可能已经被别人占有了！因为，我就是这样的啊（我自顾悠悠而若云，又安能保君皑皑之如雪）！

只要自己是花心的，别人就一定会像自己一样花心？莺莺有知，三升鲜血好吐了！

再说韦丛。她自小大富大贵，锦衣玉食，偏偏太过聪明伶俐，太懂元稹才学，再加上元稹一表人才，咋看着都舒服，竟然放下千金大小姐身价，在元稹最为失意落魄的几年，与他清贫相守，全力携助元稹出人头地。

很多人对此颇有疑问：韦丛的父亲韦夏卿是当朝三品大员，爷爷做过宰相，这样的世家门第，怎会眼看着韦丛如此受穷却不闻不问？

由于资料有限，只能从元稹和韦丛的角度分别来分析。在韦丛看来，她希望自己的男人是顶天立地大丈夫，以自己的才学和能力进入仕途，而不是仰仗娘家的家族声望和人脉资源，她宁肯自己含辛茹苦，也要在背后全力支持丈夫，和丈夫一起攀登人生的阶梯，再苦再累，她都甘之如饴。

从元稹的角度，他低微的出身和过人的聪明，让他在处理翁婿关

走马唐诗说诗人

系时特别小心，他既要利用韦家的家世名望和人脉，又非常担心韦家瞧不起他出身贫寒，宁肯硬扛着，吃尽万般辛苦，也不肯向豪富的韦家伸手。

事实上，这种苦得经常揭不开锅盖的日子正如元稹所想，为他博得了好名声，使他得以平步青云，却独独苦了韦丛，在贫病交加中英年早逝，年仅二十七岁。

韦丛的死元稹是非常难过的，既为失去了韦家这么大一靠山，也为失去无微不至关怀照顾自己的贤妻，元稹为韦丛所写的《遣悲怀三首》，字字泣血，千年后读来，仍有无限的悲哀在诗中回荡——

一

谢公最小偏怜女，
自嫁黔娄百事乖。
顾我无衣搜荩箧，
泥他沽酒拔金钗。
野蔬充膳甘长藿，
落叶添薪仰古槐。
今日俸钱过十万，
与君营奠复营斋。

二

昔日戏言身后意，
今朝都到眼前来。
衣裳已施行看尽，
针线犹存未忍开。
尚想旧情怜婢仆，
也曾因梦送钱财。
诚知此恨人人有，
贫贱夫妻百事哀。

三

闲坐悲君亦自悲，

百年都是几多时。

邓攸无子寻知命，

潘岳悼亡犹费词。

同穴窅冥何所望，

他生缘会更难期。

惟将终夜长开眼，

报答平生未展眉。

韦丛去世这年，元稹正好三十一岁，此时，他刚从穷困潦倒中解脱出来，升任监察御史，一时雄姿英发。

而在韦丛病重期间，他去四川公干，在成都，他遭逢了自己生命中的又一道闪电——薛涛。

薛涛不是凡人，虽然正史记载她为薛郧之女，但自宋代始，便有野史传她为大诗人韦应物私生女，自小冰雪聪明，八岁能诗，因韦应物无力供养她们母女，她才流落江湖，堕入乐籍，沦为营妓，但才学卓绝，誉为"女校书"，别出心裁制作的"薛涛笺"，千年来，一直为闺房文案之宝，俗鄙男子，莫能近其身，身在娼门，精神上却一直昂藏高立。

薛涛比元稹大了十一岁，面对三十一岁的元稹，薛涛姿色上已过最美的年华，不过巴山蜀水养女人，刚过四十的薛涛称得上秀色可餐。但身在富贵的元稹看中的并不是薛涛的姿色，在诗文第一官阶第二的唐代，薛涛这样一位名重天下的女诗人，太能增加元稹在天下文坛的分量了！

在薛涛的各种犹豫中，元稹异常主动而热情地向薛涛表白。

面对元稹这样咄咄逼人的青年才俊，就算薛涛经历再多场面，也是把持不定，终于将自己的精神和身体都从欢场中挣脱出来，全部投入了元稹的世界。

两位如此优秀的诗人才华上碰出的火花，到现在都能刺激到人们的眼球。诗词唱和的神仙日子过了没多久，汲汲于功名富贵的元稹因参劾东川节度使严砺，得罪权贵，被调离四川，任职洛阳，两人终要离别。

到达洛阳后，元稹很快为薛涛写了首《寄赠薛涛》——

> 锦江滑腻蛾眉秀，
> 幻出文君与薛涛。
> 言语巧偷鹦鹉舌，
> 文章分得凤凰毛。
> 纷纷辞客多停笔，
> 个个公卿欲梦刀。
> 别后相思隔烟水，
> 菖蒲花发五云高。

这首诗用了辞客停笔、王浚梦刀的典故，更显生动。写得真叫情真意切，看者莫不动容。但细究之下，总能品出许多油滑浅薄的调调来。

薛涛住在浣花溪畔，一直等着元稹像他许诺的一样，鲜衣怒马，奋然前来，但久等成空，她也终于识清了元稹的本来面目。所以她放下了字字含情、声声动人的《春望四首》，写了首《寄旧诗与元微之》——

> 诗篇调态人皆有，
> 细腻风光我独知。
> 月下咏花怜暗澹，
> 雨朝题柳为欹垂。
> 长教碧玉藏深处，
> 总向红笺写自随。
> 老大不能收拾得，
> 与君开似教男儿。

这首诗像是一个告白：个中滋味，真是一言难尽，你元稹心里想的什么，又对我做了什么，你自己去品吧！

经过波折，薛涛对男人关上了大门，虽然早就脱了乐籍，仍终身未嫁，她枯守于浣花溪畔，脱下红裙，穿上灰色的道袍，从此与青灯黄卷相守。

但离开薛涛的元稹一点也没闲着，他在韦丛死后不久，便娶了安仙嫔为妾，三年后，安仙嫔去世，元稹正好又来到四川，出任通州司马，几乎就在薛涛的眼皮底下，娶了涪州刺史裴郧之女裴淑。

尽管这场雷电交加的忘年恋落了个始乱终弃的结局，但元稹与薛涛的诗文相和，同声相应，同气相求，也算留下一份相互辉映的文采风流。

接下来的年月里，元稹与杭州官妓商玲珑、越州歌妓刘采春又是一段段的情感缠绵。

元稹天纵之才，当时元白并立，为壮丽的唐诗世界再树煌煌丰碑。在用情上，他每次也是投入真情，既悦人性情，又娱一己之欢。但文才也好，情感也罢，都不是元稹最终的目的，他一辈子拼命争夺的，是官场上的功名富贵，在他的眼里，文名和姻缘都可以是达成政治野心的敲门砖。但他的官运并不畅达，他一生在官场四升四贬，官声却褒贬互见，难有美誉。才五十三岁，便在贬任武昌的镇署暴病而亡，政治上的一腔抱负，终成泡影。

最后留给人世的，还是他脍炙人口的诗篇。

以及每个都豁着一道裂口的情感故事。

薛涛：韦令孔雀凤凰毛

　　唐代能诗的女才子不少，其中的薛涛、鱼玄机、李冶、刘采春很有名，而薛涛故事尤多。

　　不知口耳相传千余年后，故事背后的薛涛，几人能识真面目？

　　正史记载，薛涛幼年随父薛郧迁四川，父死后流落成都，因生活所迫入乐籍，沦为营妓，"枝迎南北鸟，叶送往来风"。而野史传言，她是中唐名诗人韦应物的私生女，因出身禁入韦氏家族，韦应物又无力抚养，只能随母亲流落成都。

　　不论生父是谁，都不能改变薛涛委身乐籍的悲惨命运。

　　薛涛在剑南西川节度使韦皋面前第一次亮相时，更像一位诗人，她应命当场写下《谒巫山庙》一诗——

　　　乱猿啼处访高唐，
　　　路入烟霞草木香。
　　　山色未能忘宋玉，
　　　水声犹是哭襄王。
　　　朝朝夜夜阳台下，
　　　为雨为云楚国亡。
　　　惆怅庙前多少柳，
　　　春来空斗画眉长。

　　如此大气，毫无脂粉味的诗作一时惊倒四座，更令当时的四川王韦皋刮目相看，一试，发现这位年方十八的女孩才华惊人，立马安排随侍左右，不仅随时侍宴，更让她采写公文，整理文案，这些事薛涛一件件做的得心应手，出彩出色。韦皋不想埋没人才，突发奇想，竟然上表朝廷，请求唐德宗授薛涛为秘书省校书郎官职，虽然此事不合体例未获允准，但薛涛"女校书"的名头一时震动江湖。

作为韦皋身边第一红人的薛涛突然变得权力很大，外地来成都的官员想见韦皋，都得走薛涛的门子，托薛涛引荐，少不得人情礼物的打点，而薛涛毫不客气，一一笑纳，然后上交。后来这事让韦皋知道了，他非常恼火，直接将薛涛发配松州（现四川松潘县），那里地处边陲，人烟稀少，治安环境很差，薛涛很是害怕，就给韦皋写了《十离诗》——

犬离主

出入朱门四五年，

为知人意得人怜。

无端咬著亲情客，

不得红丝毯上眠。

马离厩

雪耳红毛浅碧蹄，

追风曾到日东西。

为惊玉貌郎君坠，

不得华轩更一嘶。

鹦鹉离笼

陇西独自一孤身，

飞去飞来上锦茵。

都缘出语无方便，

不得笼中再唤人。

走马唐诗说诗人

鹰离鞲

爪利如锋眼似铃，
平原捉兔称高情。
无端窜向青云外，
不得君王臂上擎。

燕离巢

出入朱门未忍抛，
主人常爱语交交。
衔泥秽污珊瑚枕，
不得梁间更垒巢。

鱼离池

跳跃深池四五秋，
常摇朱尾弄纶钩。
无端摆断芙蓉朵，
不得清波更一游。

镜离台

铸泻黄金镜始开，
初生三五月裴回。
为遭无限尘蒙蔽，
不得华堂上玉台。

珠离掌

皎洁圆明内外通，
清光似照水晶宫。

只缘一点湘相秽，
不得终宵在掌中。

笔离手
越管宣毫始称情，
红笺纸上撒花琼。
都缘用久锋头尽，
不得羲之手里擎。

竹离亭
蓊郁新栽四五行，
常将劲节负秋霜。
为缘春笋钻墙破，
不得垂阴覆玉堂。

这《十离诗》非常有名，据说韦皋一见心就软了，立马将薛涛召了回来。最烦的是一些腐儒，不断地给这《十离诗》打差评，说它格调不高，"殊乏雅道"、"诗格卑下"，真是狗屁不通。

先说韦皋放逐薛涛的真正动机，收人钱财不过是韦皋的借口，何况薛涛本来就一一上交。薛涛说到底不过是韦皋手中的玩偶，她过人的才华更能成为装点他风雅的花瓶。但这只能是他一人的专宠，但薛涛成名后，文人骚客，求见者众，而薛涛"性亦狂逸"、"不顾嫌疑"，这才真正戳到了韦皋的痛处，这才找个由头，对薛涛加以惩处。

就《十离诗》而言，里面没有丝毫的低俗和卑下，薛涛以此诗向韦皋陈情不假，但诗中有憋屈、有惆怅、甚至有恐惧，但无怨怼，更无哀求，作为地位低下、身处逆境、危境的薛涛，能做到这点，非常了不起。她以犬、马、鹦鹉、鹰、燕、鱼、镜、笔、珠、竹自况，每一种动物、植物或物件，表达了自己某一侧面的心情，绝不重复累赘，显示了极高的才情，同时，她在诗中一直没有承认自己做错了什么，甚至还在诗中写"都缘用久锋头尽"、"为缘春笋钻墙破"，说出了自己性格中不肯轻易低头的骨气，也或明或暗地点出韦皋放逐自己的真正用心，说明她早就看透了韦皋。

薛涛"出入朱门四五年，为知人意得人怜"，这么长时间，韦皋对她早已失去新鲜感，"都缘用久锋头尽"，收到薛涛的《十离诗》，趁便做个顺水人情，也成就了自己的风流佳话。

薛涛回到成都后，马上为自己办了脱籍手续，为自己赎回自由身，从此，任何一个男人都不可以再将她当作玩偶。

这一年，她刚刚二十岁。

也许是阅人已久，薛涛此时的成熟超越了她的年龄，更超越了她的性别。她对男人的认识，有着深入骨髓的深刻。这从她的诗作中，亦见端倪——

> 二月杨花轻复微，
>
> 春风摇荡惹人衣。
>
> 他家本是无情物，
>
> 一任南飞又北飞。
>
> ——《柳絮》

欢场中的男人最真实的面目，就是无情又随性的水性杨花。面对这样的男人，薛涛一定是纤手轻挥，将沾惹衣裳的杨花柳絮一一掸开。对于文场唱和应酬，她也自有主张——

> 玉垒山前风雪夜，
>
> 锦官城外别离魂。
>
> 信陵公子如相问，
>
> 长向夷门感旧恩。
>
> ——《送卢员外》

她没有拒绝与性情相投的文人雅士的交往，但这种交往，更多的是

"义"，而不是男女私情。所以她虽早早地获得自由身，却再不肯轻易许人，连一般女人的嫁作人妇、终身有靠的事，她也不肯做，一直单着身。

而她对自由的向往之情，却与日俱增——

　　峨眉山下水如油，

　　怜我心同不系舟。

　　何日片帆离锦浦，

　　棹声齐唱发中流。

——《乡思》

外面的世界如此美好，我的心就像没有锚缆的小船，多想顺流而下，到处看看啊！面对如此热切而优美的诗行，只能想，假如薛涛是男儿身，早就云帆沧海，舟楫中流了！

而薛涛为自己营建的自由、坚固而美丽的堡垒，却在四十一岁这年，因一个人的突然撞入，轰然坍塌。

这个人就是元稹，他慕薛涛才名，约薛涛于梓州相会。这一年元稹刚刚三十出头，雄姿英发，才华盖世。这一见就是烈火干柴，呼啦啦地一下就把薛涛点着了。第二天，她就写下了《池上双鸟》——

　　双栖绿池上，朝暮共飞还。

　　更忆将雏日，同心莲叶间。

看看，这个女人的心，整个都化了！

这也许是薛涛平生第一次对男人付出真情。但元稹能给她什么呢？他欣赏薛涛的过人才华，却瞧不起薛涛的乐籍出身，除了想借薛涛名满天下的才名，用一场风花雪月的佳话来增添自己的声名外，他不肯为薛涛付出半点真心。在与薛涛花间缠绵三个月后，就与薛涛分别，在洛阳，他为薛涛写了一首诗——

　　锦江滑腻蛾眉秀，

　　幻出文君与薛涛。

　　言语巧偷鹦鹉舌，

走马唐诗说诗人

文章分得凤凰毛。

纷纷辞客多停笔，

个个公卿欲梦刀。

别后相思隔烟水，

菖蒲花发五云高。

———《寄赠薛涛》

诗写得真漂亮，千多年来就没见人说这诗不好的。但细品之下，还是能品出深潜其中的油滑和轻薄。不久，元稹的妻子韦丛去世，他很快就纳安仙嫔为妾，然后又续娶裴氏，任职越州时，又与当地名妓刘采春双宿双飞。浪子行状，表露无遗。

而这时付出全副身心的薛涛，完全是另一番情状。

这是她为元稹写的著名的《春望词》——

一

花开不同赏，花落不同悲。

欲问相思处，花开花落时。

二

揽草结同心，将以遗知音。

春愁正断绝，春鸟复哀吟。

三

风花日将老，佳期犹渺渺。

不结同心人，空结同心草。

四

那堪花满枝，翻作两相思。

玉箸垂朝镜，春风知不知。

这种痛彻心肠的相思，在很长一段时间里，一直缠绕着薛涛——

一

芙蓉新落蜀山秋，

锦字开缄到是愁。

闺阁不知戎马事，

月高还上望夫楼。

二

扰弱新蒲叶又齐，

春深花落塞前溪。

知君未转秦关骑，

月照千门掩袖啼。

——《赠远二首》

但薛涛毕竟是薛涛，当她明白了元稹的为人，知晓了自己的痛苦是多么无意义后，撕裂的心马上被她缝补起来，似已病入膏肓的相思，忽然自愈。她关闭浣花溪畔的居所，穿上隔离尘缘的道袍，不再让任何男人袭扰自己内心的宁静。

公元 831 年，元稹暴卒于武昌任所，白居易写下《祭微之文》，天下文坛震动，但薛涛依旧安居于浣花溪畔，不发一言。

应该说，因为与元稹这段情感波折，薛涛历史上的"名气"更大了，但这样的名声对薛涛的人生毫无增益。如果没有元稹，丝毫不会减少她作为杰出诗人的成色，只会减少她人生中的很多痛苦。

这样的人生际遇，当是薛涛在人生洪炉中一次凶猛的锻造。

公元 832 年，薛涛逝于成都，终年六十五岁。

韩愈：笔补造化，不平则鸣

说韩愈，不能不提他倡导的"古文运动"，他"文起八代之衰"，位列"唐宋八大家"之首，对中国文学的贡献，实在巨大。

但很少有人知道，韩愈的"古文运动"，缘起于他的诗歌活动！

在"古文运动"之前，盛唐诗人们已经非常漂亮、彻底地在诗歌上完成了"古文运动"，齐梁以来那种无聊当有趣、傻瓜充聪明、呆楞耍帅的委靡诗风，被一扫而尽，他们让诗就是诗，诗歌因此毫光四射，上自皇室，下到平民，无不爱诗，连黄口小儿都以吟诗为能事！诗歌成为真正的盛唐之盛！

这种蔚为壮观的景象，给韩愈以深刻的启迪：诗歌既已走在前面，文章也必须跟上改革的步伐，文章必须强化它的表达功能，天工造化之奇，大自然说不出来的，文人的笔要替它说出来！要把虚头巴脑的齐梁文风，扫进历史的垃圾堆去，特别是那种华而不实的骈体文，完全要不得，应该踢翻在地，再踏上一万只脚！先秦散文那种指代明确、内容丰富、说理透彻的精神，才是文章写作的必由之路，"文道合一"，"气盛言宜"、"陈言务去"！

尽管他的好哥们刘禹锡在韩愈拿着喇叭到处呼喊自己理论的时候，不声不响地写出了千古流传的骈体文《陋室铭》和《秋声赋》，大家在为刘禹锡拍掌叫好的同时，也同时给韩愈大大地点赞！

韩愈在轰轰烈烈大搞古文运动的同时，诗歌活动半点也没搁下。

作为一个气魄惊人，洞察力同样惊人的大诗人，在通透地理解盛唐诗歌之后，他认为，盛唐诗歌绝非诗歌写作的终点和顶峰，诗歌在题材、内涵、以及表达方式上，都必须继续丰富和提升。

韩愈没有吹牛，他这样说，也在这样做。

看看韩愈写的这首诗——

> 兰之猗猗，扬扬其香。
>
> 众香拱之，幽幽其芳。
>
> 不采而佩，于兰何伤？
>
> 以日以年，我行四方。
>
> 文王梦熊，渭水泱泱。
>
> 采而佩之，奕奕清芳。
>
> 雪霜茂茂，蕾蕾于冬，
>
> 君子之守，子孙之昌。
>
> ——《猗兰操》

如果以前没读过这首诗，很多人可能不会把它当唐诗，而会以为是藏在《诗经》哪个角落的风雅颂。

还有这一首——

> 条山苍
>
> 河水黄
>
> 浪波沄沄去
>
> 松柏在山冈
>
> ——《条山苍》

是不是觉得魏晋风味挺足的？主要是这气势，如此大磅礴，绝对大襟怀、大气度！

但韩愈对诗歌的改造和重建，却远不只这些！他不仅写很不像唐诗的唐诗，更写比唐诗更唐诗的诗。他认为诗歌必须雄、奇、怪、异，可以不受韵律、节奏、对称的约束，以文为诗，以议论入诗。

结果韩愈笔下的唐诗，就成了这个样子——

　　天街小雨润如酥，

　　草色遥看近却无。

　　最是一年春好处，

　　绝胜烟柳满皇都。

——《早春呈水部张十八员外》

　　直接把一场春天的细雨说成如酥油般腻润，由此开始，让我们看到一直踯躅前行着的春天，突然就在皇都铺天盖地张开了羽翼。细腻而堂皇！

　　荆山已去华山来，

　　日出潼关四扇开。

　　刺史莫辞迎候远，

　　相公亲破蔡州回。

——《次潼关先寄张十二阁老使君》

　　一场大捷班师的喜庆诗写得如此大开大阖，境界实在雄奇，这才称得上是山欢水笑，普天同庆！

　　那么，他落魄时会写什么样的诗呢？看这个——

　　一封朝奏九重天，

　　夕贬潮州路八千。

　　欲为圣明除弊事，

　　肯将衰朽惜残年！

　　云横秦岭家何在？

　　雪拥蓝关马不前。

　　知汝远来应有意，

　　好收吾骨瘴江边。

——《左迁至蓝关示侄孙湘》

　　韩愈写这首诗时，摊上的事可不是一般的大，他在朝堂上力谏唐宪宗迎佛骨，说奉迎佛骨这样的事很荒唐，甚至说出这些行为会折损寿命的话，请求把这些佛骨烧毁，惹得唐宪宗勃然大怒，当场就要处他极刑，好在裴度、崔群等人竭力劝谏，这才免死，贬为潮州刺史，当天便要上路。但即使在这样的情况下，他脖子上的那颗大脑袋硬是不肯低下，完全是视死如归，舍生取义的大气概！

他直接以议论入诗的诗，照样脍炙人口——

李杜文章在，光焰万丈长。

不知群儿愚，那用故谤伤。

蚍蜉撼大树，可笑不自量！

伊我生其后，举颈遥相望。

夜梦多见之，昼思反微茫。

徒观斧凿痕，不瞩治水航。

想当施手时，巨刃磨天扬。

垠崖划崩豁，乾坤摆雷硠。

唯此两夫子，家居率荒凉。

帝欲长吟哦，故遣起且僵。

翦翎送笼中，使看百鸟翔。

平生千万篇，金薤垂琳琅。

仙官敕六丁，雷电下取将。

流落人间者，太山一毫芒。

我愿生两翅，捕逐出八荒。

精诚忽交通，百怪入我肠。

刺手拔鲸牙，举瓢酌天浆。

腾身跨汗漫，不著织女襄。

顾语地上友，经营无太忙。

乞君飞霞佩，与我高颉颃。

——《调张籍》

以文入诗时，也是境界大出——

忽忽乎余未知生之为乐也，愿脱去而无因。

安得长翮大翼如云生我身，乘风振奋出六合。

绝浮尘，死生哀乐两相弃，是非得失付闲人。

——《忽忽》

后人按他这个法子，搞出了一个新文体，叫散文诗。

连山水诗，韩愈也写得气势奔腾，横空出世——

苍苍森八桂，兹地在湘南。

江作青罗带，山如碧玉簪。

户多输翠羽，家自种黄甘。

远胜登仙去，飞鸾不假骖。

——《送桂州严大夫同用南字》

在诗歌理论和诗歌活动方面，韩愈也是成果丰硕。

贞元八年，二十四岁的韩愈与四十二岁的孟郊在科场相遇，结为莫逆，孟郊以苦吟为特色，用词险峻，寓奇特于古拙的创作风格，对韩愈产生了深刻的影响，他们观点相近、创作趋同的诗歌活动，又吸引了张籍、李翱等人，韩孟诗派由此诞生，没多久，又一批苦哈哈的朋友接二连三地加入阵营，贾岛、李贺、卢仝、马异、刘叉等纷纷加入，这些诗人都历经坎坷，有志难伸，在创作上，却是常人难以想像的高标准、严要求，个个不走寻常路，语不惊人死不休，韩愈以雄奇豪放、气势磅礴的创作，成为这批诗人的领袖，当初影响他的孟郊，后来反过来受他的影响。韩愈为孟郊写的《送孟东野序》，其鲜明的艺术主张，成为千百年来文人不断传习的名篇，韩愈为孟郊写的《醉留东野》，更是体现了两人亲如兄弟、相互倚重的情意——

昔年因读李白杜甫诗，长恨二人不相从。

吾与东野生并世，如何复蹑二子踪。

东野不得官，白首夸龙钟。

韩子稍奸黠，自惭青蒿倚长松。

低头拜东野，原得终始如驱蚕。

东野不回头，有如寸莛撞巨钟。

吾愿身为云，东野变为龙。

四方上下逐东野，虽有离别无由逢？

韩孟诗派极大丰富了盛唐诗歌的内涵和表现手法，中唐诗歌因此大放异彩，韩孟诗风在当时蔚然成风，贾岛、李贺们的贡献自不必言，连其中名气最小的卢仝，也因一首《七碗茶诗》，在千万茶客中，留下不朽的诗名——

一碗喉吻润，两碗破孤闷。

三碗搜枯肠，唯有文字五千卷。

四碗发轻汗，平生不平事，尽向毛孔散。

五碗肌骨清，六碗通仙灵。

七碗吃不得也，唯觉两腋习习清风生。

蓬莱山，在何处？

玉川子，乘此清风欲归去。

韩愈是胸襟大得足以气吞山河的人。看他的《祭十二郎文》，看他的《祭鳄鱼文》，看他的《论佛骨表》，能看到他念亲情能恸彻肝肠，为百姓则凛然正气，除弊政可不惧生死。

长庆二年，他任宣慰使前往镇州处理成德军杀害节度使并图谋叛乱事，唐穆宗命他不要急于进入镇州，先在边境留驻相机行事，但韩愈毅然只身入境，面对兵士斧钺刀丛，昂然而入，又被兵士围在院子里，他在刀斧箭矢前声色不动，慷慨激昂，向这些兵士陈说利害，完全以一己之力，扑灭了这支军队的叛乱之火。这种堪称伟大的人格，是他树立的文学丰碑下最为坚定的基石。

我们今天耳熟能详的好多成语，来自于韩愈的"创造"，如"落井下石"、"动辄得咎"、"杂乱无章"、"佶屈聱牙"、"俯首帖耳"、"摇尾乞怜"、"不平则鸣"、"虚张声势"、"飞黄腾达"、"再接再厉"、"坐井观天"、"蝇营狗苟"、"驾轻就熟"、"贪多务得"、"无理取闹"等，别看这些成语现在是我们运用得心应手的熟词，但韩愈推出它们时，都是生僻字，只因它们表达上精确、精彩、生动，很快被广泛接受，约定俗成，进入珠玉盈盈的汉字词语宝库。

韩愈作品丰富，赋、诗、论、说、传、记、颂、赞、书、序、哀辞、祭文、碑志、状、表、杂文等各种体裁的作品，均有卓越的成就。现存诗文七百余篇。

公元824年12月，韩愈病逝于家中，终年五十七岁。死后获赠礼部尚书，谥号文。

公元1078年，宋神宗追封韩愈为昌黎伯，准其从祀孔庙。

孟郊：郁闷得只剩诗歌的素人

孟郊的名气是韩愈带起来的。韩愈说，有这么一位诗人，他指点过我的写作，他的理论和见解深刻地影响着我，他是我们这个时代最真诚、最坚定、最无畏的诗人！他叫孟郊！

韩愈这一说可不得了！一时间，所有跟诗歌沾上一点边的人，都在到处找那个从来没有听说过的孟郊。

于是，很多人第一次看到了一首叫《游子吟》的诗——

慈母手中线，游子身上衣。

临行密密缝，意恐迟迟归。

谁言寸草心，报得三春晖。

马上掌声不绝，喝彩一片！延至今日，它已成为一首著名得不能再著名的诗歌，只要是中国人，如果谁说没读过、没见过这首诗，不好意思，直接把他拢到文盲那一拨去！

嗯，除了写母子大爱，孟郊还写夫妻之爱——

心心复心心，结爱务在深。

一度欲离别，千回结衣襟。

结妾独守志，结君早归意。

始知结衣裳，不如结心肠。

坐结行亦结，结尽百年月。

——《结爱》

还有字字泣血的父子之爱——

> 应是一线泪，入此春木心。
>
> 枝枝不成花，片片落蒨金。
>
> 春寿何可长，霜衰亦已深。
>
> 常时洗芳泉，此日洗泪襟。
>
> 儿生月不明，儿死月始光。
>
> 儿月两相夺，儿命果不长。
>
> 如何此英英，亦为吊苍苍。
>
> 甘为堕地尘，不为末世芳。
>
> 踏地恐土痛，损彼芳树根。
>
> 此诚天不知，蒨弃我子孙。
>
> 垂枝有千落，芳命无一存。
>
> 谁谓生人家，春色不入门。
>
> 洌洌霜杀春，枝枝疑纤刀。
>
> 木心既零落，山窍空呼号。
>
> 班班落地英，点点如明膏。
>
> 始知天地间，万物皆不牢。

——《杏殇》节选

一看就知，这是一个多么深情的人！可是，他呈现在人前的面目，却是枯槁、冷峻、孤寂、不入流，有人的地方他避着走，有诗人的地方，他也绕着走。没有人知道，一个写诗的人，怎么可以把自己活成这个样子！

不过，他在四十二岁那年，在科考场上遇到了二十四岁的韩愈。韩愈第一个从他面上的冷，看到了他心里的热，然后三杯两盏下肚，哗！韩愈猛一下觉得被敲开了天灵盖：我一直在苦苦思索和追寻的，原来眼前这大叔统统搞定了！

那次科考，孟郊又一次名落孙山，而韩愈榜上有名，步入官场。

但韩愈的心里，从此牢牢地立了孟郊这个大哥！比韩愈整整大了十八岁的孟郊，也认了韩愈这个兄弟。

并不是韩愈刻意要孟郊出名，再说，在那个群星璀璨的年代，谁也不可能靠别人的吹嘘真正出名。是孟郊的理论和创作，成为韩愈迈向大宗师路上的第一块基石，他对孟郊的评价，不过实话实说而已。

但《游子吟》这样的千古绝唱，虽然也算是孟郊的代表作，却不是孟郊诗歌创作的主流，这种平实、简洁的风格，是他很少采用的风格，甚至为他所排斥，尽管这样的诗给他带来最为广泛的诗名，他照样不喜欢这种风格的作品！他写得最多、自己最满意的诗作，完全是另外一个样子！

唐诗写到盛唐写到了顶峰，然后"安史之乱"不仅毁了百姓和诗人们的好日子，也毁了他们的"三观"。所以唐诗到了大历、贞元年间，忽然就跟着日下的世风开始溜坡了，虽然期间也出现过"大历十才子"等比较出色的人物，但与盛唐的辉煌相比，相差不止一两个数量级！这个情况颇让有些诗人着急，但孟郊却默默开始了严肃而认真的思考！

重走盛唐那条路已不可能！时代已经揭过了最为华丽的篇章，人心也不是那种活腻歪了就搞点诗歌来玩出名堂的人心了！出路何在？孟郊的看法是：不能再弹盛唐的老调，盛唐之后的诗歌，要见盛唐之未见，道盛唐之未道！

他这个吓人捣怪的想法如果直接朝着一大堆诗人吼出来，不仅会被当成疯子，还会让诗人们笑掉大牙！所以孟郊不说，只是私底下暗暗使劲儿地干！你盛唐不是很牛吗？我直接就跨越了！齐梁那种浮艳、无聊当有趣的文风，我也是不要的！盗墓也是要挑年代的！既然要盗，直接就盗到魏晋去！魏晋风骨，那是一个紧紧握住艺术真谛，心灵和激情的迸发比焰火还要美丽的大时代！接上那个时代的道统，融入唐朝的时代精神，难道就不能开辟出一条唐诗的新路吗？

写作就是不走寻常路！写诗不是晒被子，要你翻着花样显摆你的花纹和色彩，诗的内容与形式不可分割，并且，绝不是内容决定形式！没有好的形式，内容简直就是一堆干巴巴的牛粪！如何才有好的诗歌形式呢？不要陈词滥调，陈言务去！字句尽可平实，但每个字词都应该是一枝箭镞，直击要害！所以，一定要抓住奇、险、峻、瘦的特点，同时，要像眺望地平线一样，无限追寻题材的广泛性。

然后就是与韩愈的相逢，韩愈说，你对目前诗歌创作现状的分析，与我的想法完全一致，你正在坚持的创作方式，我要学习，我也要像你这样，写出最好的唐诗！

两个人这么一合计，一吆喝，一个流派就渐渐成型了。

韩愈则由诗及文，想得更远更深，他从唐诗抛弃齐梁颓艳后的辉煌，特别是孟郊跨越盛唐、直追魏晋的成功探索，想到了文章写作上抛弃华而不实的齐梁文风的必要和紧迫性，强化文章的叙事功能，以及文道合一的要旨，让文章直追先秦。正是在孟郊的启发下，韩愈发起了轰轰烈烈的古文运动，他也因此"文起八代之衰"……

孟郊和韩愈的诗歌写作渐入佳境，影响越来越大，学着他们的体例和方式写作的人渐渐多起来，顶起中唐诗歌半边天的"韩孟诗派"，终于横空出世！孟郊的诗作以五言为主，接续魏晋曹子建等诗人余脉，力超谢朓、谢灵运等宗匠，融古于新，寓奇险于平实，而最初受他影响的韩愈，因为胸襟博大，气迈古今，他的诗雄奇豪迈，后来的成就远高于孟郊。孟郊对韩愈心悦诚服，反过来又来学习韩愈的诗风，受韩愈创作的影响。诗坛上这样剖肝沥胆提头相见的兄弟，在诗人中间，委实不多见！

孟郊的《登科后》也相当有名——

昔日龌龊不足夸，

今朝放荡思无涯。

春风得意马蹄疾，

一日看尽长安花。

这种喜不自胜的心情，隔着文字都能感觉到它的气场。一个四十六岁的中老年（在唐代，四十六岁的确是中老年了！）大叔，连续三次科考失利之后，好不容易榜上有名，真心不容易啊！

可是，孟郊还写过科考失意的好几首诗，随意挑一首，也能看到他的另一番心境——

晓月难为光，愁人难为肠。

谁言春物荣，独见叶上霜。

雕鹗失势病，鹪鹩假翼翔。

弃置复弃置，情如刀剑伤。

——《落第》

这不是失落，而是像废物一样被弃置后，身受刀砍剑刺般的伤害。这才是孟郊人生的常态，他的一生，几乎就是被弃置的一生。即使在他"春风得意马蹄疾"后，他其实也没过几天舒心的日子，登科后他做的第一件事便是回乡告慰母亲，五十一岁时，又奉母命至洛阳应铨选，被授溧阳尉，但这是与他愿望落差极大的职务，所以成天游山玩水，不理政务，县令只得另外请一个人代理孟郊打理政事，把孟郊一半的薪俸分给那个人，孟郊因此穷困至极。

他既讷于言，又不敏于行，实在不是当官的料，身心和精神全在诗歌上，是个生命里只有诗歌的素人，但在当时，不当官就啥也不是，永远没有出头天。所以，面对母亲的殷切期望，他不得不一次次硬着头皮赶赴科场应试，又一次次承受应试不中的沉重打击。打击之余，更添一份辜负母爱的愧疚。这从《游子》中，体现得非常清楚——

萱草生堂阶，游子行天涯。

慈亲倚堂门，不见萱草花。

在中国，萱堂是母亲居住的地方，萱草历来都是母亲花，萱草花发，母亲才能心神快乐。对孟郊这样的游子而言，科考成功才是告慰母亲，让萱草花开的唯一方式。这种深刻的无奈与纠结，在孟郊的作品中经常出现——

　　一夕九起嗟，梦短不到家。

　　两度长安陌，空将泪见花。

　　　　　　　　　　——《再下第》

　　三十年来命，唯藏一卦中。

　　题诗还问易，问易蒙复蒙。

　　本望文字达，今因文字穷。

　　影孤别离月，衣破道路风。

　　归去不自息，耕耘成楚农。

　　　　　　　　　　——《叹命》

　　但即使是在他寄托最深，钻研也最深，自己最有信心，最为傲骄的诗歌中，他也不是一个快乐人，写诗对他来说，是一个苦不堪言的过程——

　　夜学晓未休，苦吟神鬼愁。

　　如何不自闲，心与身为仇。

　　死辱片时痛，生辱长年羞。

　　清桂无直枝，碧江思旧游。

　　　　　　　　　　——《苦学吟》

　　心与身为仇！这完全是自己与自己过不去啊！而且，死辱片时痛，生辱长年羞！这种宁死不辱的精神，比头悬梁、锥刺股的精神，境界上又高出多多来！而孟郊提出的诗歌形式上的奇、险、瘦、硬，从这首诗中可以看出，与孟郊的精神和心灵状态又是多么契合！

　　五十五岁的时候，孟郊居洛阳，任水陆运从事，试协律郎，这时生活才稍稍好过一点，免于冻饿之苦，却又遭丧子之痛。六十四岁那年，已入晚境的孟郊在履任新职的途中，暴卒于河南阌乡县。生前寂寂，死时寞寞，韩愈与樊宗师为之经营后事，张籍提议私谥为贞曜先生。

后经宋敏求搜集编纂，成《孟东野诗集》十卷，行于后世。

听说，有些人是上天派到人间传播诗歌的。如果有，孟郊一定是！他的使命如此神圣，所以，他必须头顶荆冠，跣足披发前行，担荷生活之艰、生命之重，哪怕千难万险，依旧不堕其志，不避其难！

他上接魏晋，中承杜甫，下传北宋梅尧臣等大诗人，与杜甫、韩愈、白居易等人一起，确立了宋诗的基调。苏轼说"郊寒岛瘦"，元好问直接称他为"诗囚"。他是韩孟诗派的中坚，开拓了中唐诗歌繁荣新格局，并为后代的宋诗、明诗、清诗，树立了辉煌的典范！

贾岛：诗从肺腑出，愁自肝胆来

韩愈给皇帝上《谏迎佛骨表》，差点掉了脑袋，他不仅没认错，反倒对佛教更排斥。有意思的是，排斥归排斥，他却将一个佛门弟子收归门下。这个佛门弟子便是用"推敲"闯了韩愈仪仗的贾岛。

贾岛虽说是科场失意才入佛门，但与佛家的因缘委实不小。他一心向佛，精诚修行，只是向佛的心挡不住做"诗奴"的命。一旦钻进了诗眼里，什么六根清净、五蕴皆空，全都抛到一边去了！所以他认识韩愈后，把韩愈对诗歌的见解与自己多年的创作相印证，顿时三花聚顶、五气朝元，铁着心跟定了韩愈。韩愈让他还俗他就还俗，韩愈让他参加科考，他硬着头皮又去了考场！

诗人就是一种这么奇怪的动物：只要能跟诗在一起，即使委身为奴也心甘情愿。如果再往前一步，继续追问一把：是什么促成了诗人这样的怪癖？他这样干的目的又是什么？

贾岛会回答，我是一个天生有洁癖的人，世俗的生活像一碗不干净的冷饭，别人吃了啥事也没有，但我一吃就拉肚子，所以我只能吃合我胃口的米饭，找来找去，只有寺庙的米饭是干净的，能吃！但进了寺庙就得过午不食，连出去走走都是不可以的，这样的日子也难过！从寺庙逃出后，我学会一种画饼的本事，想吃东西时，就把饼画在墙上，饿了就朝它瞅一瞅，再扛一扛，就不是那么饿了！后来我知道韩愈他们都会这种本事，他们画的饼，又大又圆，挂在墙上都能闻到香味飘出来！所以，我得跟他们混一起，成天画大饼，这样真的可以充饥！你们看我瘦成皮包骨是不是觉得我很可怜？非也，我就是有靠画饼充饥的本事，只吃很少很少的俗世的米饭，就能干干净净地活过来，活下去！

贾岛的意思，他写诗，是为了在世俗生活之外，探究和寻找人生更多的精彩，更美更深刻的价值和意义。

所以，他在找到了诗歌艺术的真谛后，充盈心中的自信和豪情，都是呼之欲出的——

十年磨一剑，霜刃未曾试。

今日把示君，谁有不平事？

——《剑客》

这首诗很眼熟吧？贾岛说的其实不是剑客，而是他自己。他目中无人拿在手里指指点点的玩艺儿，他嘴巴上说是剑，而且已经磨了十年，其实是他操练了十年的诗艺，跟剑一样锋锐，他自己，就是剑客一样睥睨天下的当世之雄！

如此雄浑豪迈的贾岛，是常人难以看到的一幅面貌，平时让他看到的面貌，一千多年后的人看了，都免不了为之心疼——

两句三年得，一吟双泪流。

知音如不赏，归卧故山秋。

——《题诗后》

他写人的诗，可以完全看不到人的影子——

闽国扬帆去，蟾蜍亏复圆。

秋风生渭水，落叶满长安。

此地聚会夕，当时雷雨寒。

兰桡殊未返，消息海云端。

——《忆江上吴处士》

好一个"秋风生渭水，落叶满长安"！枯寂清冷到可能触摸冬天将临的肃杀了。诗里的每个字词都平实无华，但它们集中到一起后，每个字词都呈现了力量，冷峻的、尖锐的、压得出汗、扎得出血的力量！

而在朋友面前的贾岛，那叫一个率真啊——

> 三月正当三十日，
> 风光别我苦吟身。
> 共君今夜不须睡，
> 未到晓钟犹是春。
>
> ——《三月晦日赠刘评事》

惜春也好，伤春也罢，说到底就是心里无处搁置的那种无奈，年华如逝水，而我除了苦吟，已别无所求，只在春天将逝的时辰，触摸一下春天最后的温度。

下面这首也是率真——

> 圭峰霁色新，送此草堂人。
> 麈尾同离寺，蛩鸣暂别亲。
> 独行潭底影，数息树边身。
> 终有烟霞约，天台作近邻。
>
> ——《送无可上人》

这个无可上人原是贾岛的堂弟，两人结伴一同出家，曾立誓共证菩提，所以贾岛还俗时对这位无可上人颇有点愧疚感，临走时还说了一通到俗世晃荡一圈还是会回来之类的表态，后来无可上人写信给贾岛，催他践约再归佛门，贾岛就信誓旦旦写了这首诗送给无可上人，那意思真是说的比唱的还好听：我现在虽然脱不开身，但还记着我们的烟霞之约，终有一天会与你在天台山为邻，一同修行。其实，贾大诗人是一入红尘深似海，特别是入了红尘还做了诗奴，哪还有再回头的可能！但他的这个心念，却是可以当真的去看！

贾岛的送别诗，也是别有一番天地的——

> 一瓶离别酒，未尽即言行。

万水千山路，孤舟几月程。

川原秋色静，芦苇晚风鸣。

迢递不归客，人传虚隐名。

——《送耿处士》

贾岛的枯寂苍凉并不是小气地缩成一团，缩成一粒小小的泥丸搁进自己冰冷的心，其实，他的枯寂苍凉是一个大大的世界，辽阔而萧瑟，难以面对，却一直在昂首直面着！

连对良师益友韩愈的思念和牵挂，都是那么大气磅礴，自有天地——

此心曾与木兰舟，

直到天南潮水头。

隔岭篇章来华岳，

出关书信过泷流。

峰悬驿路残云断，

海浸城根老树秋。

一夕瘴烟风卷尽，

月明初上浪西楼。

——《寄韩潮州愈》

这样的诗，是不是可以称之为"具有鲜明浪漫主义特色的现实主义作品"？贾岛的心在飞，信也在飞，思念和牵挂更是在飞，在如此苍凉无奈的人生面前，贾岛们的自由，也就是能在语言里飞翔的这么一点点了。所以，贾岛对这一点点的自由特别珍惜，牢牢地握在手中，精雕细琢，让米粒之珠，亦大发光华。所以，在诗的最后，他还要留一条光明的尾巴。

贾岛写得最好的诗，并不是上面这些。他离开人群、离开尘世，离开那些他吃了肚子会痛的冷饭馊菜，心里才最踏实，让他达到物我两忘的境界——

松下问童子，言师采药去。

227　　走马唐诗说诗人

只在此山中，云深不知处。

——《寻隐者不遇》

这种不食人间烟火的日子，不正是贾岛的梦想么？将身与心融入山中，"云深不知处"，无尘可染，百毒不侵，贾岛一直认为，躲开人、远离人，是他人生唯一正确的方向。

回到深山的贾岛，就像回到了故乡——

中夜忽自起，汲此百尺泉。

林木含白露，星斗在青天。

——《口号》

半夜起来去百尺泉汲水，林木含白露，星斗在青天，这就像置身自家的大院子，毫无违和感。看了这首，再看他的《望山》时，方知引颈眺望十天，只为了看到雨后青山这样的事，对常人可能很荒唐，但对贾岛来说，那是再自然不过了——

南山三十里，不见逾一旬。

冒雨时立望，望之如朋亲。

虹龙一掬波，洗荡千万春。

日日雨不断，愁杀望山人。

天事不可长，劲风来如奔。

阴霾一以扫，浩翠写国门。

长安百万家，家家张屏新。

谁家最好山，我愿为其邻。

对山都"望之如朋亲"，这是多么亲密贴切的心境和情怀啊！而全诗的气势正如诗中所言，"劲风来如奔"，的确有澎湃奔腾的气势。这样的诗，只要读进去了，真是越读越有意思，百读不厌！

贾岛对韩愈执弟子礼，但两人的情谊却在师友之间。韩愈曾写一首《赠贾岛》——

孟郊死葬北邙山，

日月风云顿觉闲。

天恐文章浑断绝，

再生贾岛在人间！

　　由此可见韩愈对贾岛的赏识和器重。他们和孟郊一起，构成了"韩孟诗派"的铁三角，韩愈擅七律，孟郊被称"五古大家"，贾岛则为"五律领袖"。年龄上，孟郊大韩愈十八岁，韩愈又大贾岛十岁，这使他们更像接力手，有一些薪火相传的意思在，也让"韩孟诗派"的影响得以持续更长，范围更广。后世中，许多人对贾岛极其崇拜，贾岛的诗在晚唐被当成独立的流派，影响极大，唐代诗人张为《诗人主客图》列他为"清奇雅正"升堂七人之一，晚唐诗人李洞为贾岛塑铜像，戴于巾中，常持数珠念贾岛仙，一日千遍，遇上喜欢贾岛的人，就以手录的贾岛诗相赠，再三叮咛："此无异佛经，归当焚香拜之。"南唐的孙晟，也画了贾岛的像挂在壁上，朝夕礼拜。清代李怀民《中晚唐诗人主客图》则称之为"清奇僻苦主"，并列其"入室"、"及门"弟子多人。

　　后世虽有盛名，但贾岛一生都过得孤苦穷困，听从韩愈的劝说还俗后，他居长安长达三十年，每次科考都参加，却一次也没考中，还因作《病蝉》诗刺公卿，被列为"科考十恶"，终身未能进士。他虽然经常受到韩愈的奖掖和资助，仍不能摆脱生活的困顿塞促，直到孟郊和韩愈去世后，他仍是一介白衣，直到垂老之年，才得到一个小官，又因不小心得罪了宣宗皇帝，被贬为长江（现四川大英县）主簿，不久改任普州司仓参军，未及到任，即死于任所。死时，家无一钱，只有一头病驴，一张古琴。

李贺：茂陵刘郎秋风客

一般人二十七岁时，多在为即将出世的孩子奋斗奶粉，而二十七岁的李贺，已经走完了伟大诗人的一生。

尽管只活了短短的二十七岁，他的人生却像个谜。

这个谜不仅因为千年时间的隔离，更因为李贺人生的复杂性。所以只比他小二十岁的李商隐在写《李贺小传》时，硬是写进了一个传奇，说李贺濒死时，有个红衫使者骑着虬龙从天而降，接引李贺升天。因为天上建好了白玉楼，却缺个写白玉楼记的人。然后就是一阵轻烟，李贺作别人世。

李商隐那个时代，戏不足，可用鬼神来凑，何况李贺这个人，从外貌到诗文，本来就神鬼莫测。李商隐说李贺长的细瘦、通眉、手指极长，写起诗来刮骨熬脂似的苦吟，每天骑驴外出，随身带一锦囊，遇有所得，即书投囊中，回家一归纳，每回都摆满桌子的小纸条。但他这样写出的诗句，却毫不呆滞重浊，每回都是羽衣飘飘、仙乐阵阵，或是雷电交轰、风驰电掣，让人怀疑他是用从天上采摘的吉光片羽连缀而成。

李贺一直自命不凡，认为自己天生就是写诗的人，即使面对韩愈这样大他23岁又一直对他提携奖掖的巨匠，也未执弟子礼，但在《高轩过》一诗中，却又对韩愈、皇甫湜以极大的尊崇——

华裾织翠青如葱，金环压辔摇玲珑。

马蹄隐耳声隆隆，入门下马气如虹。

云是东京才子，文章巨公。

二十八宿罗心胸，九精照耀贯当中。

殿前作赋声摩空，笔补造化天无功。

庞眉书客感秋蓬，谁知死草生华风。

我今垂翅附冥鸿，他日不羞蛇作龙。

又是东京才子，又是文章巨公，而且连二十八宿都请到了，把韩愈和皇甫湜这一通好夸啊！但夸韩的背后，其实躲着李贺洋洋自得的小心眼、小得意：这么大的腕儿，用这么大的排场，他们是专门来看我、为我涨姿势的！虽然我现在还是有那么一点点狼狈样儿，只能当一个扫眉书客，但以后跟这样的大人物混一块儿，肯定会由蛇变龙一飞冲天！

正因为如此，李贺心气再高，也非常愿意混进以韩愈为领袖的"韩孟诗派"，乐于与孟郊、贾岛、张籍、卢仝等交流切磋，他既因"韩孟诗派"而扬名，也着实为"韩孟诗派"的艺术成就作出了巨大贡献，与孟郊、贾岛一起，被称为三大"苦吟诗人"，在"诗奴"、"诗囚"之后，落了个"诗鬼"的名头。

但是，李贺尽管也雄奇险峻，穷尽心血苦吟，但他的作品，与孟郊、贾岛只有表面上的一点点近似，内容上大异其趣。他最多、最好的作品都是乐府诗，有专家认为他是中唐时期唯一一个真正接续乐府传统的诗人。当然，同时代的白居易、元稹他们也写乐府诗，但他们自己都说写的是"新乐府"。而李贺的乐府诗，只要用放大镜那么微微一扫，就会在他的诗里时不时看到李白！

李白的影子、李白的幻想和天真，全在李贺的诗里！说李贺是李白的隔世弟子，毫不为过！但这一千多年来，就是没人把李贺与李白扯一块儿，因为整个一心事重重、愁眉苦脸的李贺，与天马弗羁、豪放乐观的李白太难扯在一起了！

而人们忽略的是，如果李白活在中唐，也过着李贺那样的苦日子，可能他也会活成李贺那个苦哈哈的样子。而他们在诗歌上穷碧落下黄泉、偷天换日、神鬼莫测的手法和技巧，真是如出一辙，传承有绪！如果在中国的历史上再给他们找一个共同的祖师，就得再上溯千年，拉出《离骚》中的屈原来！中国历史上三大浪漫主义诗人，屈原、李白、李贺！就这样在中华文明的天空，交相辉映！只不过，李贺浪漫主义的灵魂背后，背负着现实的重枷，未免有些步履蹒跚。

　　不论诗歌中的李贺多么强大，生活中的李贺一直十分弱小。家境贫寒日子清苦倒也罢了，被妒者所谗失去科考资格才是他所受的最深重创，再加上妻子因病早亡，他一直活在抑郁、

悲愤之中，后来在韩愈相助加上宗人推荐，才因父荫当了个从九品的奉礼郎，干了三年，实在干不下去，无奈辞官，经潞州张彻举荐，又在军队当了三年幕僚，最后无功而返，抱病回到长安。

　　李贺的失意、李贺的苦闷，很容易在他的诗里找到——

　　　　幽兰露，如啼眼。

　　　　无物结同心，烟花不堪剪。

　　　　草如茵，松如盖。

　　　　风为裳，水为佩。

　　　　油壁车，夕相待。

　　　　冷翠烛，劳光彩。

　　　　西陵下，风吹雨。

　　　　　　　　——《苏小小墓》

　　这首诗要结合南朝时钱塘名妓苏小小的诗作来看——

　　　　妾乘油壁车，

　　　　郎骑青骢马。

　　　　何处结同心？

　　　　西陵松柏下。

　　苏小小心中的爱情好得一塌糊涂，但在李贺眼里，却是凄风苦雨，

一片萧索。美好的爱情像一闪即逝的烟花，无法捕捉。浑不是二十郎当的青年，倒像是暮气横秋的老年。

但在凄苦失落的心态下，却永远怀着一颗自命不凡的心——

此马非凡马，房星本是星。

向前敲瘦骨，犹自带铜声。

——《马诗二十三首 · 其四》

他一直渴望着超越平庸的生活，干一番轰轰烈烈的大事业出来——

男儿何不带吴钩，

收取关山五十州。

请君暂上凌烟阁，

若个书生万户侯？

——《南园十三首 · 其五》

他脑子里最好的建功立业，是在诗情画意时，踏着骏马、迈着碎步、哼着小曲，华丽丽地干出来的——

大漠沙如雪，燕山月似钩。

何当金络脑，快走踏清秋。

——《马诗二十三首 · 其五》

李贺生活蹇促，交游局促，写起诗来却像大匠錾金器，一丝一毫、一字一句都要錾得珠圆玉润、石破天惊，但是，他的诗从来不是小格局，从来不逼仄局促，才气永远伴随着他的大气——

黑云压城城欲摧，

甲光向日金鳞开。

角声满天秋色里，

塞上燕脂凝夜紫。

半卷红旗临易水，

霜重鼓寒声不起。

报君黄金台上意，

提携玉龙为君死!

——《雁门太守行》

李贺第一次去见韩愈时,拿的就是这首诗,韩愈为之大惊的,除了李贺惊人的才气,还有孱弱身子背后的不凡气度。在诗中,敌我双方,攻防相抗,这么简单的事件,硬是让李贺写了个血脉贲张,黑的敌人像云一样压过来,城都要被压垮的样子,守御的士兵身上的甲衣在太阳的照耀下如金鳞一般地闪耀,秋天里战斗的号角震天动地,战士的鲜血在黑夜凝成了暗紫,而援军正在赶来,他们半卷的红旗闪耀在易水侧畔,霜重夜寒,行军的鼓声都压得闷闷的,只为了报答君王的知遇之恩,将士们才手携宝剑,视死如归。如此简单的词句,却写得有声有色。声:号角、鼓声;色:黑云、金鳞、红旗;还有氛围:城欲摧、角声满天秋色里、霜重鼓寒。把一个清晰的战场场景,写出了惊心动魄,让人如身临其境。

写战争如此,玩起文艺的李贺,也是美得不要不要的——

吴丝蜀桐张高秋,

空山凝云颓不流。

江娥啼竹素女愁,

李凭中国弹箜篌。

昆山玉碎凤凰叫,

芙蓉泣露香兰笑。

十二门前融冷光,

二十三丝动紫皇。

女娲炼石补天处,

石破天惊逗秋雨。

梦入神山教神妪,

老鱼跳波瘦蛟舞。

吴质不眠倚桂树,

露脚斜飞湿寒兔。

——《李凭箜篌引》

这才是笔补造化，巧夺天工啊！一个叫李凭的箜篌演奏家，硬是让李贺移到了自己的诗歌里，永远活了下去。为了做到这一点，李贺真是上天入地，硬是把李凭的艺术世界装点成仙羽飘飘的神仙世界，一开始，就是丝竹的声音把整个深秋都张开了，让天上的流云都停了下来，湘女洒泪、素女牵愁，全是因为李凭在中国弹起了箜篌，乐声像宝玉碎裂、凤凰鸣叫，又像芙蓉在露水中饮泣，香兰在欢笑，乐声融化了长安十二城门的清冷，也惊动了天上的玉帝，击碎了女娲补天的五彩石，洒落人间像是下了一场秋雨。接着，仙女把李凭从梦中引到神山，要他传授技艺，老鱼和瘦蛟听了，在池中起舞，而月宫中的吴刚不再干活，彻夜倚着桂树聆听，玉兔也停下脚步倾听，根本不管夜露打湿了自己的双脚。这是多么瑰丽的想像，又是多么浪漫的情怀。如此卓绝的情怀，不得不让人想起写《梦游天姥吟留别》时的李白。

李贺的每首诗里，或明或暗，主体都是一个"我"，都活着一个李贺。但有一首诗，却像墓志铭一般，表面上写的是别人，却写出了让人最为惊心的李贺——

茂陵刘郎秋风客，

夜闻马嘶晓无迹。

画栏桂树悬秋香，

三十六宫土花碧。

魏官牵车指千里，

东关酸风射眸子。

空将汉月出宫门，

忆君清泪如铅水。

衰兰送客咸阳道，

天若有情天亦老。

携盘独出月荒凉，

渭城已远波声小。

——《金铜仙人辞汉歌》

这首诗前面，李贺特地加了一个序：魏明帝青龙元年八月，诏宫官牵车西取汉孝武捧露盘仙人，欲立置前殿。宫官既拆盘，仙人临载，乃潸然泪下。唐诸王孙李长吉遂作《金铜仙人辞汉歌》。长吉是李贺的字，他特地点明自己的唐诸王孙的身份。

睡在茂陵的"刘郎"是汉武帝刘彻，一位建立了不世奇功的帝王，李贺直呼其为"刘郎"，是在他心目中，自己也是诗国的帝王，雄霸一时。但再伟大的帝王又能怎样呢？都是秋风中的过客，晚上还听到他的战马嘶鸣，到了清晨已冥然无迹。在诗中，铜人是有知觉有情感的人，是遍览岁月无情、天地沧桑的神仙，更是李贺自己！这种"辞汉"时的孤愤、悲怆、酸痛、凄苦，多像李贺在与人世作别，与自己心爱的诗歌作别啊！它分明是李贺生命的终章！

李贺这个人，活得疲软，走得匆忙，但留下的诗歌，却那么雄浑有力，千年以来，一旦触碰，每每铮铮作响。正如他诗歌所言：向前敲瘦骨，犹自带铜声……

刘禹锡：一代诗豪的浩然英雄气

　　喜欢刘禹锡可以有各种理由。

　　光是一个玄都观，他来来去去就有三回，前一个"玄都观里桃千树，尽是刘郎去后栽"，十四年后又来一句"种桃道士归何处，前度刘郎今又来"，有强烈的时空对比，有强烈的感情抒发，更有强烈的性格呈现。明眼人一看，就知道里面一定是强烈的故事。

　　是啊！刘禹锡就是一个"强烈"的人。

　　他十九岁成名，二十一岁进士及第，同年登博学鸿词科，两年后再登吏部取士科，连中三元，几年后，当上了监察御史，与韩愈、柳宗元是科室同事，也是铁哥们。

　　有才华的人想法多，特别是跟同样有才同样有想法的柳宗元天天泡在一起，一喝酒就雄论天下，特能聊到一块去。再加上"安史之乱"后政府的事儿一堆又一堆挤成了乱麻，政府无能，民生凋敝。

　　这俩热血青年越聊越起劲，都从心底迸发出最宏亮的声音：改革！

　　正巧唐顺宗也想改革，重用一心要改革的亲信王叔文和王伾，王叔文本来就对刘禹锡、柳宗元的才华佩服得不要不要的。所以俩哥们立马就成了唐顺宗改革集团的核心和骨干。

　　但秀才造反，十年不成，秀才改革，一百年都不成！改革很快失败！三十三岁的刘禹锡从权力核心一下贬到官场最底层，这一贬就是二十三年，只要是能管着他、又想逢迎上意往上爬的官痞子，都能踩他一脚，而刘禹锡根本找不到说理的地方，更不会有人出头为他主持公道。

换别人早就给踩趴下了，但刘禹锡越被踩，骨子越硬气！从来不告饶，也从来不服谁的气！

一篇《陋室铭》，为他圈粉无数，千千万万的人都在为他的谦和以及知足常乐的情怀和格调点赞，喝彩！不少人年轻时看《陋室铭》能看得血脉贲张，只想着一世为人，就得像刘禹锡一样，过这种没毛病的日子！但后来才知道，刘禹锡当时的日子，可不是什么风和日丽桃花盛开的好日子，他正受着窝囊气呢，那股气憋在心里，浑身奔涌，到处寻找喷薄而出的缺口，正是在这种激愤之下，才写出了这样一篇千古奇文。

当时他正在挨整，被贬到安徽和州县当了个小通判，知县逮着这机会，要享受整名人的快感，还想看看名满天下的大诗人横竖不舒服时是啥表现，所以，他虽然应该安排刘禹锡住衙门内三厅三室的房子，却偏让刘禹锡去住城南门外临江的三间小房，想不到刘禹锡不嫌房子小，住进去一副心满意足的样子。这知县知道了很生气，又把刘禹锡迁到德胜河边，住房面积减小一半，但刘禹锡还是一副很享受的样子，一点也不生气。这下知县自然更生气了，就把刘禹锡安排住到山窝窝里的一间陋室，这间陋室非常小，小到只能放一床一桌，在里面转身都难。一直处处容让，随遇而安的刘禹锡这下被惹火了，但以他的修养和作派，他没有去衙门指着知县的鼻子大骂，而是窝着心里这口闷气，挥笔写下了《陋室铭》。写好后，他特意去请著名书法家柳公权抄录，然后按柳体字刻成碑，立在小房子门前。这篇由著名书法家誉抄的文章，立即吸引了方方面面的目光，大家纷纷赶来看稀奇，《陋室铭》因此得以广泛传播，四外获赞，而知县的小人行径也曝光于天下，赶紧找了个地缝钻进去躲了起来。

刘禹锡很高调地把自己广播了一回：整我的小人你看看：我的小房子，比你的高屋华堂好得多！人高端了，住哪里都是高大上！住这里我照样瞧不起你，从骨子里鄙视你！

哈哈，这哪里是在摆高雅，分明是在晒傲骨！

他不光是傲，而且一直是从容和淡定的——

> 巴山楚水凄凉地，
>
> 二十三年弃置身。
>
> 怀旧空吟闻笛赋，
>
> 到乡翻似烂柯人。
>
> 沉舟侧畔千帆过，
>
> 病树前头万木春。
>
> 今日听君歌一曲，
>
> 暂凭杯酒长精神。
>
> ——《酬乐天扬州初逢席上见赠》

好一个"沉舟侧畔千帆过，病树前头万木春"！他把自己况为"沉舟"和"病树"，看着眼前千帆驶过，万木迎春，但只要一曲歌、一杯酒，马上就能精神百倍！

刘禹锡的豪迈豁达，在他的诗文中真是随处可见——

> 自古逢秋悲寂寥，
>
> 我言秋日胜春朝。
>
> 晴空一鹤排云上，
>
> 便引诗情到碧霄。
>
> ——《秋词二首》

在咏史诗中，他没有死盯着压在自己身上的大石头不放，而是从宇宙、历史、时空中探寻人生的大道——

> 王濬楼船下益州，
>
> 金陵王气黯然收。
>
> 千寻铁锁沉江底，
>
> 一片降幡出石头。

人世几回伤往事，

山形依旧枕寒流。

今逢四海为家日，

故垒萧萧芦荻秋。

——《西塞山怀古》

这首诗是他在长江乘船过湖北黄石西塞山时所作，他人在船中，我却觉得他是站在高高的山巅，甚至是站在高高的云端，看到了斗转星移的历史全貌。这感叹、这气概、这格局，多豪迈，多从容！

而直抒胸臆时，他正在遭贬远徙的途中，正想着自己四海为家，却如闲庭信步。完全跳出小诗人斤斤计较利益得失的小圈圈，满满的河山家国、沧桑变幻的大气概！

这几分英雄气，大得足以气吞山河。

朱雀桥边野草花，

乌衣巷口夕阳斜。

旧时王谢堂前燕，

飞入寻常百姓家。

——《乌衣巷》

这首诗以小见大，跨越古今时空分际，大开大合之中，不言一字，却出尽了浩叹和感慨，千百年来传唱不绝。

下面这首大中现小——

湖光秋月两相和，

潭面无风镜未磨。

遥望洞庭山水翠，

白银盘里一青螺。

——《望洞庭》

洞庭湖再是浩瀚无垠，也大不过诗人的胸襟，其豪迈恢宏，足以放下小小的洞庭。所以，他眼里的洞庭，美则美矣，湖面像未曾打磨的镜面，苍翠的君山像是堆在白银盘里的青螺。小得如此形象、精致、精彩！

诗越写越多，佳作迭出，喝彩连连，但他自己仍是不满足，一直想着在形式上突破和创新，他把江南民歌的曲调形式引入自己的创作，又是别开生面，境界一新！

> 杨柳青青江水平，
>
> 闻郎江上唱歌声。
>
> 东边日出西边雨，
>
> 道是无晴却有晴。
>
> ——《竹枝词》

到了四川，又照此办理，把蜀地夔州的民歌调融入自己的诗歌创作中——

> 莫道谗言如浪深，
>
> 莫言迁客似沙沉。
>
> 千淘万漉虽辛苦，
>
> 吹尽狂沙始到金。
>
> ——《浪淘沙·其八》

山水诗到了刘禹锡这儿，也虚实相印，时空纵跃，境界开阔——

> 曾向空门学坐禅，
>
> 如今万事尽忘筌。
>
> 眼前名利同春梦，
>
> 醉里风情敌少年。
>
> 野草芳菲红锦地，
>
> 游丝撩乱碧罗天。
>
> 心知洛下闲才子，
>
> 不作诗魔即酒颠。
>
> ——《春日书怀寄东洛白二十二杨八二庶子》

看，他要做的事情那么多，要写的诗数也数不完，哪还有时间为自己的官运难过？

身处群星璀璨的中唐，刘禹锡一直是个异数，一方面，他跟韩孟诗派的韩愈是好哥们，跟柳宗元更是共过生死大难的老铁，并称"刘柳"，跟新乐府的领袖白居易也是好得一个鼻孔出气。白居易从来不隐瞒对刘禹锡的赞赏，刘禹锡写一首，他就跟一首，后来自己都跟的不好意思了，就说：刘禹锡的诗太硬了，别人都不敢跟他比，只有我不自量力，喜欢跟他比。

刘禹锡听了，只是微微一笑，一点也不生气，后来干脆每写一首诗，直接先送白居易过目。跟得多了，白居易不得不说：刘禹锡真是一代诗豪！

中唐一大溜的诗人，当时都是以与刘禹锡酬唱为荣！所以，他与柳宗元并称"刘柳"，与韦应物、白居易并称"三杰"，又与白居易合称"刘白"。

在中唐"韩孟诗派"和"新乐府"的两座高峰之间，刘禹锡硬是凭一己之力，矗立起几乎堪与它们等高的又一座高峰来！

就如他在《蜀先主庙》中所言：

> 天下英雄气，千秋尚凛然。
>
> 势分三足鼎，业复五铢钱。
>
> 得相能开国，生儿不象贤。
>
> 凄凉蜀故妓，来舞魏宫前。

刘禹锡的心中，也有一股凛然英雄气，浩荡于巍巍唐诗之林，贯穿于中华文明长河。

柳宗元：光芒绽现于孤独寂寞冷

　　唐代有的是声名赫赫的诗歌宗匠，而柳宗元哲学家、思想家、文学家的名头，大得只有韩愈可以与他并排坐坐，他真的有必要往诗人堆里凑吗？

　　不错，在三十三岁之前，也就是在被贬永州之前，柳宗元只写过两首诗，一首是二十岁考进士时写的《省试观庆云图诗》，一首是写于长安的《韦道安》，平平之作，不足以传世。但被贬永州后，他的诗作一下子多起来，而且影响越来越大，大到可以与刘禹锡并称"刘柳"，与王维、孟浩然、韦应物并称"王孟韦柳"，成为中唐不可忽略的标志性诗人。

　　柳宗元三十三岁前参加了一场"永贞改革"，不到半年时间就被上面一盆冷水浇灭，并被长安官场扫地出门。离开长安时，柳宗元对自身境况缺少清醒的认识，更没想到未来的人生会那么艰难，还把六十七岁的老母、堂弟柳宗直、表弟卢遵等一帮子人全带着，哪知没等他赶到任所就任邵州刺史，朝廷新的任命又到了，改任他为"永州司马员外置同正员"，员外，是指编制以外的人员，不用干事的，这个职位的意思，就是拿一份永州司马（从六品）的薪水，但啥事都不用干，更没有一丁点权力。他人没到永州，政敌们对他妖魔化的一堆流言蜚语已经堆成一座小山在等着他，他到了永州，连住的地方都没有，还是在一位僧人的帮助下，寄住在龙兴寺，由于生活艰苦加上水土不服，他母亲未及半年便离开了人世。这对柳宗元是极其巨大的打击，再加上残酷的政治迫害，被丑化为"怪民"，柳宗元一直处于悲愤、孤独、忧郁、痛苦之中。在这样的情绪中，《江雪》一诗从柳宗元的脑子里蹦了出来——

千山鸟飞绝，万径人踪灭。

孤舟蓑笠翁，独钓寒江雪。

此诗一出，石破天惊！

诗里是一个孤独寂寞冷的世界，满是虚无，一片死寂。在这个世界里呆着的是一个孤独的蓑笠老头，他钓的不是鱼，而是寒彻肌骨的冰雪！这样的雪，同样是孤独、寂寞和冰冷的！面对这个残酷无情冰冷死寂的世界，老头孤舟蓑笠，冷静独钓，除了一些淡定和从容，还透着那么一股不服气，那么一种昂然直立不躲不避的孤傲！

不论多少人说这首诗包涵着多么深厚的禅意，我都要说，不！这首诗里没有禅意，只有寂寞空虚冷的世界里那个不服输的小老头，他直接把所有的寂寞空虚冷一口吞到了肚子里！这个诗中的小老头不是别人，正是柳宗元自己！

这首诗只是个开始。柳宗元在永州有大量的事要做。在永州这样的边鄙之地，政敌也没放过柳宗元，一直在搞他的事，对此柳宗元束手无策，他只能窝着一肚子闷气，搞起了自己的事。他和韩愈一起发动的"古文运动"，在永州继续如火如荼热火朝天地推动着，他作为中国历史上著名的哲学家、思想家、文学家的代表著作，大都是这个时期完成的。

我们当然都记得"永州之野产异蛇，黑质而白章"的《捕蛇者说》，更读过开世界山水游记先河的《永州八记》，但柳宗元不只写过这些，他还在永州窝着心写了很多满是"骚怨"的诗歌，很多人除了《江雪》之外，好好品读过的只怕不多。

先看他写的一首《早梅》——

早梅发高树，迥映楚天碧。

朔吹飘夜香，繁霜滋晓白。

欲为万里赠，杳杳山水隔。

寒英坐销落，何用慰远客。

又是万里赠，又是山水隔的，心思远远地飘着，不知在哪里落地，更不知能在哪里生根，但分明就是落在永州，扎在永州，他却浑身不觉似的，既慰不了远客，更慰不了自己。在这些诗歌里，分明藏着屈原放逐大荒后所写《离骚》的那种骚怨！

这样的情绪，在很长一段时间里，他仍在不停地放大，大到让读了的人跟着他一起难受——

溪路千里曲，哀猿何处鸣？

孤臣泪已尽，虚作断肠声。

——《入黄溪闻猿》

这样的柳宗元仍在戏中，一直不肯出来。他把自己称作"孤臣"，这与迁客是没有区别的。其实，远离帝京，朝廷只是安了一个发薪水的虚职给他，啥事都不让他染指，让他做一个置身冰窖的冷冻人。这样的苦日子看上去没有尽头，柳宗元不能改变日子，他只好改变自己了。他把住处从潇湘河的东边搬到了西岸的冉溪，筑屋居住，并将冉溪改名为愚溪，表示自己彻底放弃了被朝廷重新启用、东山再起的希望，要过"愚"的生活。这样一来，变化果然大，诗跟着也变了——

久为簪组累，幸此南夷谪。

闲依农圃邻，偶似山林客。

晓耕翻露草，夜榜响溪石。

来往不逢人，长歌楚天碧。

——《溪居》

在这首诗里，他终于说出"当官也是很累人"的真话，并且很庆幸能够被贬到永州这样的蛮夷之地，当一个农夫，硬是能当出隐士的

走马唐诗说诗人

感觉，日子嘛，自然是很滋润的，偶尔扯着嗓子吼上一阵子，再看楚域的天空都觉得碧蓝碧蓝了。哇，真是看上去很美啊！可是，为什么会扯着嗓子吼呢？六根未净有没有？心有不甘有没有？当然是有的！

又经过一段时间的生活改造，柳宗元的思想境界进一步跃升，诗中几乎看不见烟火气了——

> 渔翁夜傍西岩宿，
>
> 晓汲清湘燃楚竹。
>
> 烟销日出不见人，
>
> 欸乃一声山水绿。
>
> 回看天际下中流，
>
> 岩上无心云相逐。[
>
> ——《渔翁》

没有烟火气的诗歌是不是更生动，更明媚？一句"烟销日出不见人，欸乃一声山水绿"，简直是勾魂枪，直接就被勾进山水清幽的胜境中。浑身塞满了"骚怨"的柳宗元，终于写出了陶渊明式的淡远清新，语境情怀俱佳，为名诗之林再添瑰宝。

永州十年漫长而艰辛，十年之后，朝廷终于想起了已经完成改造、洗心革面的柳宗元，一纸敕令召他马上回长安，经过一个多月的跋山涉水，柳宗元好不容易回到长安，但由于武元衡等人的仇视，柳宗元并未得到重用，又被贬为柳州刺史，在长安呆了不到一个月，他又起程赶往更为遥远和蛮荒的柳州。路经衡阳时，他与同在谪迁路上的好哥们刘禹锡相逢，感慨万千，赋诗一首——

> 十年憔悴到秦京，
>
> 谁料翻为岭外行。
>
> 伏波故道风烟在，
>
> 翁仲遗墟草树平。
>
> 直以慵疏招物议，

休将文字占时名。

今朝不用临河别，

垂泪千行便濯缨。

——《衡阳与梦得分路赠别》

这种从满心希望坠入无边绝望的心理，蚯蚓般伏行于字里行间，看得人头皮发麻，欲语忘言。

当时的柳州是比永州更为落后的百越蛮夷，民风开化的程度很低，百姓生活十分穷困。但柳宗元担任地方行政首脑，正好实施自己的政治抱负，一到柳州，他第一件事便是修复倾圮的孔庙，教化百姓，淳化民风。面对欠债无力尝还必须质身为奴的陋习，他改为用劳动时间折算工钱，与债款相抵后取消奴婢身份，不到一年时间就解脱了一千多名奴仆。改变当地的杀牲畜祀鬼的陋习，有病就求医问药，引导百姓开凿水井，兴办教育，广种柑橘和柳树，仅四年时间，便使柳州面貌大为改观，更对柳州后来的经济、社会和文化发展扎下了深厚根基，算得上为官一任，造福一方。

作为地方行政长官，他终于可以与朝廷发生联系，他坚决支持朝廷解决藩镇割据，征讨吴元济、王承宗、李师道等叛乱的决策，为平叛英雄李塑和裴度大唱赞歌。

虽然政治上少见地有作为，但这个时期柳宗元的心理上，又落入难以抑制的苦闷中。他这个时期的一系列诗歌，都有十分鲜明的情绪倾向。

且看这首《与浩初上人同看山寄京华亲故》——

海畔尖山似剑铓，

秋来处处割愁肠。

若为化得身千亿，

散上峰头望故乡。

柳州一带的喀斯特地貌，便群山的一座座山峰都像剑铓一样尖尖的，每座山尖都像剑一样能割断人的愁肠。面对群山，柳宗元心中真想有千千万万个"我"，每座峰头上立一个，好好地眺望一下故乡长安。千千万万个柳宗元虽不可得，但他把自己一分为二那是确定无疑的。他让一个柳宗元守在长安做梦，另一个柳宗元困在柳州吃苦。可是，长安算什么呢？只不过是他的伤心地，在那里他为了"立仁义，俾教化"，像个乌眼鸡似地蹦来蹦去，扯着嗓子要改革，然后被对手整得七荤八素，灵魂出窍。偏偏那个让他失意、伤心、出丑、落魄的鬼地方，他却念念不忘。一代巨匠，竟也一痴如斯。

除了对长安不尽的思念和怀想，对自身遭际的忧愤更加强烈了——

> 零落残魂倍黯然，
> 双垂别泪越江边。
> 一身去国六千里，
> 万死投荒十二年。
> 桂岭瘴来云似墨，
> 洞庭春尽水如天。
> 欲知此后相思梦，
> 长在荆门郢树烟。

——《别舍弟宗一》

他把离开柳州赶赴荆州的堂弟柳宗一写得像离开鬼门关，赶赴天堂一般。一身去国六千里，万死投荒十二年，这样的凄切哀怨，全是柳宗元从内心迸出的啊！

而在《登柳州城楼寄漳汀封连四州》中，他的这种情绪借着飘摇的风雨发挥到极致——

> 城上高楼接大荒，
> 海天愁思正茫茫。
> 惊风乱飐芙蓉水，
> 密雨斜侵薜荔墙。

岭树重遮千里目，

江流曲似九回肠。

共来百粤文身地，

犹自音书滞一乡。

柳宗元刚到柳州，便重疾缠身，又长期置身于孤独寂寞忧郁的情绪中，在柳州刚刚四年，他便因病辞世，年仅四十七岁。

临终前，他将四岁的儿子周六托孤于至交好友刘禹锡，一同交托的还有全部文稿。

刘禹锡付出大量心血，整理柳宗元遗稿，编纂成集，为后世留下珍贵的文化遗产，同时，对周六视同己出，悉心培养，周六成年后考中进士，位列朝班。

柳宗元有知，当能含笑九泉。

走马唐诗说诗人

晚唐诗群：西风残照，汉家陵阙

一

诗歌是大唐的第一抹晨曦，也是它的最后一道晚霞。

唐诗步入晚唐，诗歌里的"夕阳"、"残阳"、"斜阳"、"落日"等词语就多起来，小精灵般在晚唐诗歌里蹦蹦跳跳。有心人曾统计，晚唐诗出现"夕阳"的有210首、"残阳"104首、"斜阳"74首、"落日"130首。而这些"阳"诗季节背景中，又以"伤春"和"悲秋"居多。

伟大的晚唐诗人们，他们没有用"渔歌"来唱晚，而是不约而同地选用即将坠入西山的太阳，哀叹着正在没落的帝国！

李商隐这样说"夕阳"——

> 向晚意不适，
>
> 驱车登古原。
>
> 夕阳无限好，
>
> 只是近黄昏。

这首千古绝唱，放在晚唐这个背景，用来说晚唐诗歌，实在贴切！

杜牧说的是"落日"，同样是千古绝唱——

> 六朝文物草连空，
>
> 天淡云闲今古同。
>
> 鸟去鸟来山色里，
>
> 人歌人哭水声中。
>
> 深秋帘幕千家雨，
>
> 落日楼台一笛风。
>
> 惆怅无日见范蠡，
>
> 参差烟树五湖东。
>
> ——《题宣州开元寺水阁阁下宛溪夹溪居人》

韦庄笔下的"夕阳"，像一只大眼睛，看到的不是流水，而是满腹满心的惆怅——

走马唐诗说诗人

昔年曾向五陵游，

子夜歌清月满楼。

银烛树前长似昼，

露桃花里不知秋。

西园公子名无忌，

南国佳人号莫愁。

今日乱离俱是梦，

夕阳唯见水东流！

————《忆昔》

还有好多现在已不太知名的晚唐诗人，他们诗里的"夕阳"，一个个都写得活色生香，却又回味悠长——

石城昔为莫愁乡，

莫愁魂散石城荒。

江人依旧棹艋舴，

江岸还飞双鸳鸯。

帆去帆来风浩渺，

花开花落春悲凉。

烟浓草远望不尽，

千古汉阳闲夕阳。

————《郑谷·石城》

到底是凄美，还是苍凉？自己品味吧。

少年随将讨河湟，

头白时清返故乡。

十万汉军零落尽，

独吹边曲向残阳。

————《张乔·河湟旧卒》

为国戍边、一事无成的旧卒，怆然面对故乡，何等凄惶，此时的残阳是最为鲜明的映照。

> 高视终南秀，西风度阆凉。
>
> 一生同隙影，几处好山光。
>
> 暮鸟投赢木，寒钟送夕阳。
>
> 因居话心地，川冥宿僧房。

——《刘得仁 · 秋晚与友人游青龙寺》

晚秋中的夕阳，让古寺呈现幽静之美，诗人就像那只暮色中的鸟，投的虽然只是"赢木"，却找到了"话心地"，零落的心顿时有了寄托。

大唐走到此刻，日暮途穷，敏感的诗人们看到的"夕阳"、"残阳"、"落日"，何尝不是大唐正在离去的背影！

唐诗的余晖，映衬着这个硕大而衰颓的背景。

这个余晖是"无限好"的。晚唐诗是容易读顺、读熟的诗，经常有好句子在诗中闪现，虽然后世不少人说它"有句无篇"，就是说句子很精彩，整首诗的格局却明显不够、气势境界远不及正大堂皇的盛唐和丰硕壮丽的中唐诗歌，但是，对中国传统文化无比痴迷的日本文化界，对晚唐诗歌却爱得不要不要的，认为中国历史上最大的风流是"六朝人物晚唐诗"。

是啊！就算是末世，那也是大唐的末世！大唐末世的诗歌，生于大唐，终于大唐，大唐烙在它身上的印迹，同样金澄澄的，灿然有光。

晚唐诗歌，自有风华，丝毫没有辱没唐诗。

二

跟一般人想象不同，从数量上说，晚唐诗人比盛唐诗人要多得多。只是，住在老是摇摇晃晃的大房子里，诗人们一个个心思耽耽，写诗的时候，不免会东张西望，生怕屋外突然飞来一块石头，砸破了自己的脑袋。所以除了写诗，他们还要做很多事。混官场和立功名都不是最好的选择，在后来，留后路、保平安甚至成为必选项。

晚唐的社会动荡与盛唐末期的"安史之乱"大不相同，虽然"安史之乱"作为一场大浩劫彻底动摇了大唐的根基，但身处动乱的人们，不论是文人还是政客，都留存着一分对盛世的期待，梦还在，心未死。而晚唐那种盗贼蜂起，遍地狼烟的动荡，让整个帝国沉沦于不可自拔的深渊，毫无转机，剩下的不是希望，只有绝望。活在晚唐的诗人，不再有盛唐诗人的豪爽、苍劲、高迈和自信，也没有中唐诗人对中兴的渴望和进取，他们仰望盛唐和中唐，那里群峰竞秀，却又高不可攀，徒叹奈何之余，不再作徒劳无功之想。所以，尽管动荡不安之中有不绝的题材和诗情，在诗人的笔下，却多见于浮光掠影，浅尝辄止，对诗艺更深的索求开拓基本停顿。

所以，这个时期尽管涌现数量巨多的诗人，这些诗人不是没天分，更不是没有才华和人生历练，但硬是由于拖泥带水的晚唐生生绊住了他们的脚跟，约束了他们的心胸，限制他们获得更大的成就。

活在晚唐的诗人们，都在忙些什么呢？

杜牧忙着做梦。"十年一觉扬州梦，留得青楼薄幸名"。虽然一生不停地行走在晚唐的官场和俗世，但杜牧一直恍恍惚惚的，像是生活在别处。他天纵聪明，有见识，有情怀，总是在创作中标新立异，独树一帜，不论是潜意识还是主动自觉，他都在尽力摆脱晚唐对他的局限和影响，但活在那个时代，卓然独立何其难！再大的超脱，也是有限的。他的诗歌作品晚唐痕迹最轻，不论是一首首脍炙人口的诗歌还是超脱凡俗的骈文《阿房宫赋》，都带着盛唐的流风余韵，超逸俊拔，尽得风流。如果生在盛唐，他完全有可能成为与李白、杜甫一个级别的伟大诗人，但落在晚唐，就不得不受到晚唐的局限和羁绊。

李商隐忙着发愁。这个倒霉蛋，一辈子纠结在解不开的死结里，左支右绌，郁闷难言。后人称他和杜牧为"小李杜"，但这个"小李杜"跟盛唐的"李杜"换了位置，姓杜的像李白，姓李的却生生苦成了杜甫，不仅苦若杜甫，诗歌理念和写作技法，也沿袭了杜甫。当年罗成陷身淤泥河动弹不得，被敌人的乱箭射成了刺猬，李商隐也陷身于晚唐的牛李党争，天生一颗七窍玲珑心，也被整得千疮百孔，没一个囫囵样！

温庭筠忙着香艳。这个人太聪明，号称"温八叉"，但屡试不第，其实他没把科考登第太当回事，每次科考都忙于"救人"，即使是给他吃小灶看管最严的一次，他还"救"了八个考生，让他们一个个荣登黄榜，自己却灰溜溜名落孙山。最后把一身的灵睿都用在诗情和香艳上，他的诗与李商隐齐名，世称"李温"，诗写够了，又开始写词，尽管词的开拓始于盛唐初期，但到了温庭筠这里才大放光芒。他还趁便带出一个后来叫鱼玄机的女徒弟，此女子骨骼清奇，注定不走寻常路……

韦庄忙着找出路。他出身名门，为名诗人韦应物四世孙，一生经历黄巢大起义和藩镇割据大混战，算是死人堆里逃出来的。尽管六十岁才中进士，但出使西蜀后，眼见着唐朝覆灭，便帮着西蜀节度使王建称帝，自己顺便做上了蜀国的宰相，为蜀建国及两川百姓休养生息做出了大贡献。他写了唐诗中最长的《秦妇吟》，堪称代表作，该诗力透纸背，把黄巢流寇和剿贼官兵两方都骂了个够，又感同身受地同情了陷入战乱苟延残喘的百姓。在词坛上，他的贡献可与温庭筠媲美，并称"温韦"，而韦庄更偏重于个人情感的抒发，殊为难得。

皮日休干脆就扯起杆子造反了。他是大唐进士，但火眼金睛看到了唐朝的覆灭，受不了官场倾轧，直接跟着黄巢开始了杀人如麻的革命，黄巢攻下长安，任命他为翰林学士，很有点惊世骇俗。这个人有思想有洞察力，他说："一民之饥须粟以饱之，一民之寒须帛以暖之，未闻黄金能疗饥，白玉能免寒也。"主张民为重，金玉为轻。所以鲁迅说他是晚唐"一塌糊涂的泥塘里的光彩和锋芒。"

喜欢他的《汴河怀古》——

尽道隋亡为此河，

至今千里赖通波。

若无水殿龙舟事，

共禹论功不较多？

汴河即大运河，如此正面肯定暴君隋炀帝开凿大运河的功绩，且升到"共禹论功"的高度，有唐一代，皮日休一人而已。

韩山和拾得忙着当和尚。由于两人隐得太深，生平不详，有说他们生于初唐，有说他们生于晚唐，各执一端。以晚唐社会的大环境与他们的言行想对照，他们更像活在晚唐。这两人如影随形，后世民间"和合二仙"即以他们为原型，生逢乱世的文人，在了悟人生的生死大疑难后，他们与丰干一起隐居于浙江天台山国清寺，远离现世的动荡离难。《古尊宿语录》记载，寒山问拾得："世间谤我、欺我、辱我、笑我、轻我、贱我、恶我、骗我，该如何处之乎？"拾得答："只需忍他、让他、由他、避他、耐他、敬他、不要理他，再待几年，你且看他。"大智若此，赞之！

寒山有这样一首诗——

欲得安身处，寒山可长保；

微风吹幽松，近听声愈好；

下有斑白人，喃喃读黄老；

十年归不得，忘却来时道。

完全是大白话，无一字不识，无一字难懂。清澈如水，却又意蕴无穷，真是禅心如海。越是思辨，越觉气象万千，包涵着无穷的智慧。

他们的诗在日本享有崇高地位，对日本的俳句和短歌产生过深远影响，并由此流传到欧美，成为上世纪五六十年代欧美"嬉皮士"的精神领袖。

罗隐一直忙着另类的生活。他和韩山与拾得一样，长久地活在老百姓的口耳相传间，半人半仙，充满传奇色彩。他特别聪明又长得特别丑，尴尬人一辈子都沾着尴尬事。最初他一直想做官，连考十场而不中，心一横，便把自己的名字"罗横"改成"罗隐"，但名气越搞越大，想"隐"也"隐"不成。他也用大白话写诗，很多诗句虽不为上流所重，但流传至今，在民间仍是金光闪烁的金句，如""时来天地皆同力，运去英雄不自由"，"今朝有酒今朝醉，明日愁来明日愁"等。

看看罗隐的自嘲，可知他心胸之豁达——

钟陵醉别十余春，

重见云英掌上身；

我未成名卿未嫁，

可能俱是不如人。

——《赠妓云英》

三

伴随着唐诗的雄阔壮观，虎顾狼行，另一种文学体裁"词"开始走上了历史的前台。特别是晚唐时期，大量优秀词作品的出现，使词作为诗的近亲，两种文体在晚唐出现交相辉映，相得益彰的盛况。

词来自民间吟唱，为歌舞之用。如下面这阕《忆江南》，便是出自妓女之口——

莫攀我，

攀我太心偏。

我是曲江临池柳。

者人折了那人攀，

恩爱一时间。

隋唐开始有文人开始写词，相传《忆秦娥》（箫声咽，秦娥梦断秦楼月）、《菩萨蛮》（平林漠漠烟如织，寒山一带伤心碧）就是李白所写。进入中唐后，写词的诗人越来越多，自称"烟波钓徒"的张志和就曾在颜真卿于湖州主持的一场宴会中一口气写了《渔父》五首，最有名的一首是——

西塞山前白鹭飞，

桃花流水鳜鱼肥。

青箬笠，

绿蓑衣，

斜风细雨不须归。

白居易和刘禹锡都写了不少的词，并大量汲取民间词作的营养。白居易的《忆江南》非常有名——

江南好，

风景旧曾谙。

日出江花红胜火，

春来江水绿如蓝，

能不忆江南。

但另一首《花非花》，更是独出心裁——

花非花，

雾非雾，

夜半来，

天明去。

来如春梦不多时，

去似朝云无觅处。

刘禹锡也写过好词，如这首《潇湘神》——

斑竹枝，

斑竹枝，

泪痕点点寄相思。

楚客欲听瑶瑟怨，

潇湘深夜月明时。

但一直到晚唐的温庭筠，词创作才称得上进入成熟阶段。温庭筠卓有成就的词创作，在语言、题材、风格上，对后世都产生重大影响。

下面这首《菩萨蛮》是温庭筠的代表作——

> 小山重叠金明灭，
>
> 鬓云欲度香腮雪。
>
> 懒起画娥眉，
>
> 弄妆梳洗迟。
>
> 照花前后镜，
>
> 花面交相映。
>
> 新帖绣罗襦，
>
> 双双金鹧鸪。

他把晚唐诗歌中那种层次丰富，含意深婉，表现细腻的特色移植到词里来，开拓了词的一个新境界。他开创的"花间派"，是历史上词这一文本的第一个流派。

韦庄在词创作中与温庭筠齐名，他的词除了花间派婉媚、柔丽、轻艳的特色，还有清疏的笔法与朗直的抒情，个性独特。如他的代表作《菩萨蛮》——

> 人人尽说江南好，
>
> 游人只合江南老。
>
> 春水碧于天，
>
> 画船听雨眠。
>
> 垆边人似月，
>
> 皓腕凝霜雪。
>
> 未老莫还乡，
>
> 还乡须断肠。

西蜀当时集中了本土及大量避难而来的中原文人，这些文人在韦庄的引领下，使西蜀成为当时与南唐并立的两大词创作中心。他们与南唐的冯延巳、李璟、李煜等大词人一起，使晚唐及五代时期的词创作境界大开，气象万千，一片繁荣，为宋词的灿烂辉煌开辟了道路。

杜牧：街舞少年遗恨多

杜牧是个严肃的人，但他偏说自己"十年一觉扬州梦，留得青楼薄幸名"。

杜牧有多严肃？看看他的《阿房宫赋》吧！他皱着眉头长吁短叹不是在为古人担忧，而是看着皇帝整天胡来，他望江隔水也要严肃地喊一嗓子。这一嗓子凝聚着贯通古今的内力，喊的那一个沉雄浑厚！虽没惊醒浑浑噩噩的皇帝，却着实喊醒了一大帮清流和浊流，让他们知道日暮途穷的晚唐竟然还有这么个严肃的明白人。

据说，当时一向以清流自许从不瞎搀和的著名太学博士吴武陵，直接拿着《阿房宫赋》找到当时的主考官崔郾，说，你平日工作很忙，我现在就为你读读这篇文章。崔郾听了，连说《阿房宫赋》写得好，作者才华了得，见识不凡。吴武陵说，这样的人才，得是今年的科考状元！崔郾为难地说，这科状元早已内定了！吴武陵坚决地说，我不管！你的职责是为国家挑选人才，这样的人才，你至少得让他进前五！

于是，杜牧在这次科考中排名第五。

为国家出力，振兴大唐的志向，一直扎根于杜牧内心。他读书时就很注意"治乱兴亡之迹，财赋兵甲之事，地形之险易远近，古人之长短得失"，最喜欢议论的是兵法，详细地注释《孙子十三篇》，还写了《愿十六卫》、《罪言》、《战论》、《守论》等军事论文。他的一篇战术设想曾被宰相李德裕采用，获得大胜。不幸的是，因为杜

走马唐诗说诗人

牧与李的政敌牛增孺关系很好，李德裕不仅没有重用杜牧，还把他外放黄州。

正是有了这些底子，他会敲着黑板直接批评项羽——

> 胜败兵家事不期，
> 包羞忍耻是男儿。
> 江东子弟多才俊，
> 卷土重来未可知。
>
> ——《题乌江亭》

看待历史上的成败得失，他也有自己的看法——

> 折戟沉沙铁未销，
> 自将磨洗认前朝。
> 东风不与周郎便，
> 铜雀春深锁二乔。
>
> ——《赤壁》

这里面有他英雄失势、造化弄人的感叹，也有自己的小心事。

咏史怀古，杜牧写了一长串，后人说他是"二十八字论史"，总是寥寥数笔，就点中穴位，并且活灵活现——

> 长安回望绣成堆，
> 山顶千门次第开。
> 一骑红尘妃子笑，
> 无人知是荔枝来。
>
> ——《过华清宫》

杨贵妃是大美女又怎么样？在以爱美著名的杜牧笔下，她就是一祸害！

贯通古今，为的是古为今用，但是，即使与前人通声息，晓得失，明是非，又能如何？

> 清明时节雨纷纷，

路上行人欲断魂。

借问酒家何处有，

牧童遥指杏花村。

——《清明》

在追慕先贤的路上，杜牧宿命般地成为"断魂"人，而他的归宿，正是飘摇着酒旗幌子的杏花村。

与此对应的现实是，他怀着一腔报国之志，通过科考登上官场后一直当着闲官，俸禄又低，在晚唐污浊不堪的官场中受排挤，不得志，毫无作为。万般无奈，他的一腔情怀，只得融入诗中，成为下酒的佐料。

他的诗一旦触及现实，就特别严肃、清醒，见解独到。

烟笼寒水月笼沙，

夜泊秦淮近酒家。

商女不知亡国恨，

隔江犹唱后庭花。

——《泊秦淮》

在晚唐这个山穷水尽的当口，娱乐场所还在大唱《后庭花》这种亡国之音，这是国家糜乱到不可收拾的反映！

一首《早雁》，更是直指国家边关政策的失误——

金河秋半房弦开，

云外惊飞四散哀。

仙掌月明孤影过，

长门灯暗数声来。

须知胡骑纷纷在，

岂逐春风一一回？

莫厌潇湘少人处，

水多菰米岸莓苔。

这首诗很了不起，硬是把满满的凄苦写成了慷慨豪迈。雁是早雁，而且是孤雁，早早地急着回南方避冬，绕着仙掌、长门等汉皇宫殿不肯离去。这雁多像河湟陷于战乱，一心想回归故国的百姓啊！它分明是在向皇帝求救，而幽居深宫的皇上却不管这些百姓的死活。

> 江涵秋影雁初飞，
> 与客携壶上翠微。
> 尘世难逢开口笑，
> 菊花须插满头归。
> 但将酩酊酬佳节，
> 不用登临恨落晖。
> 古往今来只如此，
> 牛山何必独霑衣。

——《九日齐安登高》

写这首诗时，诗人满是心事，忧郁难言，却写得如此洒脱，一心要把干扰自己的不快扔得远远的。所以他说"尘世难逢开口笑"，"不用登临恨落晖"，"牛山何必独霑衣"，这不是消极，而是在无奈中转换腾挪自己的情绪。读懂这首诗，基本能把握杜牧诗歌的特点：辛酸时会欢笑，愁苦时能歌舞，郁结时说不定就凶猛地香艳一把！

最能呈现杜牧当时心迹的，是这首《题宣州开元寺水阁》——

> 六朝文物草连空，
> 天淡云闲今古同。
> 鸟去鸟来山色里，
> 人歌人哭水声中。
> 深秋帘幕千家雨，
> 落日楼台一笛风。
> 惆怅无日见范蠡，
> 参差烟树五湖东。

后人赞叹这首诗时，往往会说，写宣州的诗人中，晋代的谢朓和盛唐的李白写得那么出色，特别是李白在宣州写了一系列好诗，其中还有"弃我去者，昨日之日不可留；乱我心者，今日之日多烦忧"这样的千古绝句，杜牧却完全不受他们的影响，同样写出风格独特的千古绝唱。山色里有鸟来鸟去，水声中有人歌人哭，深秋中帘幕般的千家雨，陪伴落日残阳的是一缕凄婉的笛声，说的是诗人心中不尽的惆怅，实在是满怀的无奈和不甘。

在这样的惆怅无奈中，山水田园成为他心灵的依托。

> 远上寒山石径斜，
>
> 白云深处有人家。
>
> 停车坐爱枫林晚，
>
> 霜叶红于二月花。
>
> ——《山行》

"坐"在这里不是动词，是连词，作"因为"、"由于"解。此诗立体、生动，并且以小见大，把凄寒孤冷的深秋写出了明艳的温暖。大气不说，还明艳得不行，像一只温柔的小手贴着你的心窝窝。

> 千里莺啼绿映红，
>
> 水村山郭酒旗风。
>
> 南朝四百八十寺，
>
> 多少楼台烟雨中。
>
> ——《江南春》

一幅大写意的水墨画。千里莺啼，水村山郭，柔媚中有气势，一种无言的山河之美，应该也是大唐江山的映射。但这样的美掩在烟雨中，被不尽的惆怅覆盖着。

接下来要说杜牧的"香艳"了。

这方面，他自己有总结——

> 落魄江湖载酒行，
>
> 楚腰纤细掌中轻。

十年一觉扬州梦，

赢得青楼薄幸名。

——《遣怀》

他的苦衷是落魄！所以他会沉于酒中，流连于"楚腰"之间，消磨于漫长的时光里，还落了个"青楼薄幸"的名声。一个很严肃的人被戴上这么一顶香喷喷的帽子，长达千年，还让他无话可说，似乎能看到他无奈的苦笑。

杜牧的"艳情"诗即使没有他其他题材诗那种"雄姿英发"，却也毫不造作，出于性情，耽于真情。对声色场中的女性，充满同情爱惜，既有对青春美貌的赞叹，也有对情怀相慰的期待，更有对人生悲欢的反思和感叹。总之，脂粉堆中的杜牧，就是"宦游吾倦也，玉人留我醉"。

娉娉袅袅十三余，

豆蔻梢头二月初。

春风十里扬州路，

卷上珠帘总不如。

——《赠别》

这是对一个年轻女子的赞美，说的是不是张好好呢？我看很像。前几年有一个作家，直接把他诗句中的"春风十里"和"总不如"扣出来，凑成一句"春风十里不如你"，一时成为流行金句。

自是寻春去校迟，

不须惆怅怨芳时。

狂风落尽深红色，

绿叶成阴子满枝。

——《叹花》

这首诗背后的故事大家都知道，说的是杜牧自己的交错而过，同时也说了人生。

杜牧用尽笔墨费尽心智写的两首"艳情"长诗，是《杜秋娘诗》和《张好好诗》。杜秋娘有首《金缕曲》，被录入《唐诗三百首》最后一篇——

　　　　劝君莫惜金缕衣，

　　　　劝君惜取少年时。

　　　　花开堪折直须折，

　　　　莫待无花空折枝。

　　她以演唱这首诗名闻遐迩。在依附的金陵节度使李錡被灭后，被籍入宫，竟然受到唐宪宗的赏识，后又成为唐穆宗儿子李凑的保姆，一位歌伎得到如此恩宠，实属殊荣。谁知后来杜牧竟然在金陵的市井遇到她，此时的杜秋娘"老且穷"，衣食无继。这让杜牧大为惆怅，大发感叹，在这首长诗中，他说"地尽有何物？天外复何之？指何为而捉？足何为而驰？耳何为而听？目何为而窥？己身不自晓，此外何思惟？"但他又从杜秋娘的遭遇带出一大帮历史大人物，甚至说"无国要孟尸，有人毁仲尼"，未免话说得太过头了。

　　写好《杜秋娘诗》不过两年，杜牧竟然在洛阳遇到了豫章（今江西南昌）乐伎张好好，正在"当垆卖酒"，这给杜牧更为强烈的震撼刺激。六年前，杜牧在江西沈传席幕府与张好好相识，两人多有往来，以杜牧之多情，加上张好好情窦初开，两人应该是情根深种。张好好在宣州清韵初试，顿时名声震座，"主公再三叹，谓言天下殊。赠之天马锦，副以水犀梳。龙沙看秋浪，明月游东湖。自此每相见，三日已为疏。"就是这么好的一个妙人儿，突然被沈传席的弟弟纳为小妾，自此与杜牧分离，想不到六年后再见时，张好好已被无情的丈夫抛弃，沦落到在酒店卖酒的地步。心痛不已的杜牧写了《张好好诗》，送给张好好。

　　《张好好》真是一首好诗。端的是文词隽秀，饱含深情，一气呵成，气贯始终。特别是末尾"斜日挂衰柳，凉风生座隅。洒尽满襟泪，短歌聊一书。"这样的深情，岂止是"同情"、"怜悯"所能形容，这是电殛雷霹的大击发啊！一个至真至情的杜牧，就此与这首长诗一起，留在大唐浩瀚的诗卷中。

公元852年，四十九岁的杜牧病逝于长安。

在晚唐滞重悲怆的背景中，杜牧像一个街舞少年，不断地蹦跳着，跳出了生命中的雄厚、刚劲、超脱、清秀，绝没有晚唐的晦暗、没落和绝望。但多情自古多遗恨，杜牧的惆怅和遗恨，隐藏在他明丽而挺拔、沉雄又快乐的诗行中，留给后世有心人细加揣摩。

李商隐：望帝春心托杜鹃

大唐诗人中，谁的粉丝最多？

不是李白，不是杜甫，不是白居易，也不是刘禹锡。

是李商隐。

李白们的诗的确写得好，却架不住无数年轻人痴迷于李商隐。有的人后来干脆说，李商隐"祸害"了我的大半个青春！

不论是在晚唐，还是一千多年后的当下，李商隐都是谜一样的存在。

他是天才，也是痴顽；他的人生写着两个字：纠结。

李商隐的人生是由令狐楚决定的。他出身清贫，少年时靠帮人抄书赚点钱补贴家用，十六岁时，白居易爱其才，将他推荐给当时的天平节度使令狐楚。令楚狐是骈文大家，"奇其文"，十分赏识，让李商隐以白衣之身入了他的幕府，不仅解了李商隐衣食之忧，还亲手教他写骈文，甚至教他写奏章（奏章写得好，皇帝开心了，官才升得快），经常带着李商隐出入官场，长见识，结人缘，让他与自己的儿子令狐绹相交游。

为了让李商隐有出身，令狐楚又让他一心准备科考，但李商隐数考不中，后来还是由令狐绹出面打点推荐，李商隐才在二十六岁那年科场入第。

李商隐中了进士，给令狐楚写了两封信表达感激之情，接着回老家拜望母亲。三个月后，令狐楚身染重疾，自知不治，他久候李商隐不到，便给李商隐写信，一是说他快死了，写给皇上的遗表已经草就，想请他回来"修改"后正式成篇，二是请李商隐写他的墓志铭。当时李商隐没有官职，在文坛上也没啥名声，他把人生终年最重要的两件事让李商隐做，不过是想以自己天下文宗的身价，提升李商隐的名声和影响力！

这是什么感情？完全是父亲对儿子的舐犊之情！李商隐在令狐楚幕府十年，不仅由白衣而进士，更在才艺和修为上突飞猛进，在文坛和官场都卓有见识。令狐楚对李商隐之恩，恩同再造！李商隐念兹在兹，真是没齿不忘。

而这时的李商隐意气风发，颇有点自命不凡，这情形很像他后来写的一首诗——

> 十岁裁诗走马成，
>
> 冷灰残烛动离情。
>
> 桐花万里丹山路，
>
> 雏凤清于老凤声。

好吧，有了令狐楚打下的底子，他信心满满地认为自己一定能盖过"中唐三绝"之一的令狐楚。

可是，他次年参加吏部考试，直接被否！这一场通不过，只有进士身份，不能授以官职。要想进入官场，就得等下一场考试。但早已心急火燎的李商隐哪等得及？

恰恰就在这个时候，又一个大佬想收李商隐做儿子，他是泾原节度使王茂元。先是请李商隐入幕府，封李商隐为掌书记，处理一切公文奏章，后来干脆把女儿嫁给了李商隐！

这天上掉下的幸福直接砸晕了李商隐，他未及多想，几个纵跳就奔到王茂元身边。却恼了对他有深恩的令狐家。

原来，王茂元是晚唐"李党"人物，而令狐楚一直就是"牛党"骨干，牛李党争由来已久，后来势同水火，乃至不共戴天。李商隐让令狐楚费尽心血精心培养十余年，历来被认为是他们"牛党"的自己人，想不到竟然为了一个幕府职位就投向对方阵容，这让接管令狐家族的令狐绹认为是无耻的背叛！

李商隐与令狐家的关系，顿时陷入冰点，但令狐绹还没有与他翻脸，还不时想着把他再拉过来。后来李商隐通过吏部拔萃科考试，被授秘书省校书郎，这本来是李商隐脱离李党、至少是修复与令狐家族关系的最佳时机，但就在牛党得势，令狐绹官拜宰相，李商隐外放任弘农县尉时，他不是求助于令狐绹，而是不顾令狐绹劝阻，对被打压的"李党"公开表示同情，还同意加入被贬外放的李党骨干郑亚的幕府，这一举动，让令狐绹恼怒不已，从此视李商隐为忘恩负义的小人，彻底切割与李商隐的关系。

对令狐家族而言，李商隐是背义的，但他在"背"了一个"义"的同时，却艰难而勇敢地担起了另一个"义"，那就是报答泾阳节度使王茂元对他的知遇之恩。对王家而言，李商隐不仅有义，更有情——

> 君问归期未有期，
>
> 巴山夜雨涨秋池。
>
> 何当共剪西窗烛，
>
> 却话巴山夜雨时。
>
> ——《夜雨寄北》

这是李商隐写给王茂元女儿、自己妻子王氏的诗，写得清澈晓畅，情深款款。古人写情诗，一般都是写给妻子之外的小三一类，写给妻子的，绝大多数是悼亡诗，如元稹的《遣悲怀》。像李商隐这样情深如许给健在的妻子写诗，非常稀有。他与王氏虽然聚少离多，但一直相敬如宾，恩爱和谐。

这是李商隐有情有义的另一面。

同时，李商隐一直记着令狐家族对自己的深恩，尽管此后令狐绹利用自己和牛党的权势对李商隐进行无情的排斥打压，李商隐却从不说令狐家一句气话，发一声怨言，在李商隐被打压得腰都伸不直时，他甚至放下自尊多次登门求情，但令狐绹一直避而不见。有一次，等得实在太久的李商隐当场在令狐家客厅壁上题了首诗，称"十年泉下无消息，九日樽前有所思"，大表心中痛楚，希望能打动令狐绹的恻隐之心，令狐绹回来见到此诗后，竟然下令将这间客厅封闭起来，终生不入。

在此后近二十年的漫长光阴里，李商隐一直被令狐绹打压，而在李党首领李德裕当宰相的三四年间，李商隐又因母丧丁忧而不能出任官职。他一生虽然断断续续任过一些诸如弘农县尉等小官，但经常处于排挤打压中，郁郁不得志，但被人欺负成这个样子，他心里仍然有一千个一万个舍不得和不甘心，想着终有一天能在官场出人头地，展现平生才学。这让他一生都在官场和幕府中辗转奔波，又在一次又一次的打击挫折中沮丧不已。

他念着令狐家族对自己的深恩，又窝心于令狐绹对自己的无情打击，进退失据，压抑难言。

了解了李商隐这样的心路历程和难言之隐后，李商隐那些所谓晦涩难懂的无题诗，就很好理解了。

> 锦瑟无端五十弦，
> 一弦一柱思华年。
> 庄生晓梦迷蝴蝶，
> 望帝春心托杜鹃。
> 沧海月明珠有泪，
> 蓝田日暖玉生烟。
> 此情可待成追忆，
> 只是当时已惘然。
>
> ——《无题》

这首诗被无数次解读，莫衷一是。我却认为它是李商隐内心纠结的真实剖白。除了对过往美好的回忆，便是对当下情状的无奈，满是惆怅和失望，尽管说"蓝田日暖玉生烟"，希望能得到重用发挥才华，却没抱任何希望。酸涩，又难与人言。

相见时难别亦难，

东风无力百花残。

春蚕到死丝方尽，

蜡炬成灰泪始干。

晓镜但愁云鬓改，

夜吟应觉月光寒。

蓬山此去无多路，

青鸟殷勤为探看。

——《无题》

几乎所有的人都认为这是一首爱情诗，大谬！这首诗与爱情没有一毛钱关系。诗中的"丝"固然可以比附于情人间的相思之"思"，何尝又不能理解为对恩人的思念之"思"？他怀念令狐楚对自己的再造之恩，情伤难已，再想当今的不堪境况，所以才"夜吟应觉月光寒"。更有力的证明是，诗中的"蓬山"是仙山，神仙居所，只有像令狐楚这种不在人世，登列仙班的人才会居住在那里，李商隐不可能将所谓的隐秘不能相见的女人的居所称为"蓬山"。只要将这首诗理解为李商隐思念令狐楚之作，诗中所有的疑难都迎刃而解。

重帏深下莫愁堂，

卧后清宵细细长。

神女生涯原是梦，

小姑居处本无郎。

风波不信菱枝弱，

月露谁教桂叶香。

直道相思了无益，

未妨惆怅是清狂。

——《无题》

这首诗同样非常有名，同样被认为是一首爱情诗，又错了！这首

273　　　　走马唐诗说诗人

诗仍是在表达自己纠结心态。只不过用的是类似于屈原香草美人的技法。李商隐把自己跻身官场出人头地的强烈企望想象成一场爱恋，但这场爱恋就像单相思一样，充满了无奈和无聊，就算你是弱不禁风的"菱枝"，照样会被"风波"无情摧折，再怎么去跟令狐绹攀交情，也是没有用处的，剩下的只能是惆怅复惆怅，纠结再纠结。

除了无题系列，李商隐其它的诗明白晓畅，或质朴、或刚劲、或华丽，风格各异，但毫无晦涩滞重之感。如《嫦娥》——

云母屏风烛影深，

长河渐落晓星沉。

嫦娥应悔偷灵药，

碧海青天夜夜心。

虽然借嫦娥抒发的是自己的心境，对自己因一时贪慕荣华背离令狐家族心生悔意。全诗清澈如水，无一字难懂。

《登乐游原》更清晰——

向晚意不适，驱车登古原。

夕阳无限好，只是近黄昏。

当然，触动他的不仅是古原上夕阳西下的晚景，更有内心对晚唐日暮途穷现实的强烈感受。

李商隐写的爱情诗同样不隐讳。除了前述的《夜雨寄北》，他写给恋人宋华阳的诗，也是一个明证——

偷桃窃药事难兼，

十二城中锁彩蟾。

应共三英同夜赏，

玉楼仍是水精帘。

——《月夜重寄宋华阳姊妹》

宋华阳本是一貌美宫女，后随公主在玉阳山出家修道，并在这里与李商隐相遇。虽然诗中纠结于世俗恋情与出世修行的矛盾，但并不难懂。

李商隐虽与妻子琴瑟和谐，但由于他长期在外漂泊，又一直承受着心灵重压，郁闷中，也有过入山修道及与女道士宋华阳相恋这样的荒唐事，但在唐朝那样的时代背景下，没人将其视为李商隐德行上的污点。

白居易一直欣赏李商隐的过人才华，他在临死前对李商隐说："老李呀，我没几天好活了，我死之后，会再投胎就来做你的儿子，到时你可要好好教我写诗哦！"连白居易都如此评价，可见李商隐诗才之高，可惜的是，李商隐一生的努力与挣扎，却不是如何让自己在诗歌上大放光华，而是恋恋不舍于污浊官场上的五斗陈米，睁着眼睛让自己在官场的无情倾轧中遍身鳞伤。

明珠投暗，莫过如是。

李商隐只活了四十五岁，他生于忧患，死于纠结。千年以来，没有人在乎过李商隐当过弘农尉还是盩厔县尉，在乎的是他留下的一篇篇璨如珠华的诗歌，百读不厌。

温庭筠：八叉高才多累身

温庭筠名声不好。

第一个不好，是昂藏男子专写闺情，而且写的那个浓艳华丽精细！说起来他也是文学史上开宗立派的人物，被称鼻祖，却偏偏是"花间派"鼻祖，以致历代以来，经常有人搞错了他的性别！

第二个不好，是皇帝骂他，宰相骂他，官场上有点头面的人全骂他，连巡夜的兵丁都欺负他，把他揍了个鼻青脸肿，连门牙都打落了！作为晚唐时期数得着的大诗人，活成一个灰头土脸！

第三个不好，他本是长相奇丑的素男，偏偏不认命，一直怀着玉树临风的梦想，妄想在万千杨柳之婀娜多姿中占尽风光。

种种迹象表明，他的风流勾当很不成功！

当后人满是怜惜地说这一切是因为他"才高累身"时，分明能看见他眉头紧皱，像是有一肚子苦水要倒……

温庭筠不是天生就轻佻，更不是因为聪明才轻佻，再说，他人称"温钟馗"，丑到了姥姥不亲娘不爱的份上，晃荡在街上冷不丁能吓倒一大片，他怎么敢随随便便就轻佻呢？

他是唐初宰相温彦博裔孙，名门之后，虽然家道中落，但诗书传家，断不敢辱没先人。他打小文思敏捷，聪明过人，即使是在日薄西山的晚唐，也抱着一腔报国热情。但是，晚唐的科场压根就不是为他开的，不管他在文坛上声名有多高，文思有多敏捷，他都是考一次败一次，因为考得太多，把自己混成了考场大名人。

在考场上，他叉手八次，韵律严格的一首律诗就能完成，由此又得了个"温八叉"的绰号，但如此出众照样考不出功名，天长日久的，良家少年不知不觉变成了考场老油子，后来他进考场干脆玩起"救人"游戏，怎么"救人"？谁在考试中出故障、断链子，他就挺身而出去救他！以致救人的名气越来越大，有一次，主考官沈询给他单独设一个座位，不让他去"救人"，这让温庭筠觉得丢面子，跟沈询吵了一架。吵完后，他还是顺手牵羊"救"了八个人。嘿！这作弊手段真够高的。

考场虽然胡闹，终南捷径他还一直在找，而且攀上了宰相令狐绹。这令狐绹虽然死死摁着李商隐的出头天，但也在到处找文人为他进补，正好来了与李商隐齐名的温庭筠，就像要睡觉送来了枕头。他拿出礼贤下士的态度，厚待温庭筠，让温庭筠写了阌皇帝喜欢的"菩萨蛮"，叮嘱温庭筠保密后，把词献给唐宣宗，获唐宣宗大赞，赏赐多多。温庭筠看令狐绹志得意满领赏回来，却没自己啥事，心里直犯嘀咕。

后来唐宣宗出"金步摇"求对，令狐绹只好又问温庭筠，温庭筠对以"玉条脱"，令狐绹又问玉条脱的出处，温庭筠压不住心头火，就说："宰相府里可不能坐将军啊！宰相你也得多读读书，这'玉条脱'出自《南华经》，你不会连《南华经》都没看过吧？"这顿抢白让令狐绹怎么下得来台？再加上他听说温庭筠私底跟人说他捉刀为宰相填词，就把温庭筠晾在一边，并从此恨上了温庭筠。

考场没戏，又得罪了宰相，温庭筠以才干报效国家的热心，被这几盆冰水兜头浇灭，只好沿着阻力最小的方向，走起了人生的下坡路。但他的雄心壮志，还是能从他的作品中读到——

　　　曾于青史见遗文，

　　　今日飘蓬过此坟。

　　　词客有灵应识我，

　　　霸才无主独怜君。

277　　　　　　走马唐诗说诗人

石麟埋没藏春草，

铜雀荒凉对暮云。

莫怪临风倍惆怅，

欲将书剑学从军。

——《过陈琳墓》

这诗像温庭筠吗？不像！但的确是他写的！

陈琳是"建安七子"之一，为曹操重用，军国书檄，多出其手。温庭筠对他的羡慕几无遮掩，而他自觉"霸才"，却没人赏识重用，面对曾充分发挥才干的陈琳，温庭筠恨不得携书佩剑，像陈琳一样，在军旅中开创自己的事业。惆怅如此，说明温庭筠梦还在，心未死。

铁马云雕久绝尘，

柳营高压汉营春。

天清杀气屯关右，

夜半妖星照渭滨。

下国卧龙空寤主，

中原逐鹿不由人。

象床锦帐无言语，

从此谯周是老臣。

——《五丈原》

这一首更不像温庭筠了，下笔就大气，雄浑扑面，荡气回肠。后半首调子低了，在感叹造化弄人，满是无奈的伤感。这里面已经不仅仅是家国情怀，对应着有气无力日渐消沉的晚唐，曾经心雄万丈的温庭筠，从裹得紧紧的内心冒出来，扯着脖子猛地喊了一嗓子。

这足以说明，温庭筠也有一个大心脏。

除了大，还有磊落、豪迈在——

荒戍落黄叶，浩然离故关。

高风汉阳渡，初日郢门山。

江上几人在，天涯孤棹还。

何当重相见，樽酒慰离颜。

——《送人东游》

这时的温庭筠没有花前月下。刚劲辽阔之余，还有些许苍茫。

江海相逢客恨多，

秋风叶下洞庭波。

酒酣夜别淮阴市，

月照高楼一曲歌。

——《赠少年》

这也不是暮色苍茫中的窃窃私语，虽满怀惆怅，却自有三分豪气在！他在诗歌上与李商隐并称"温李"，真不是白叫的。

这样一个有胸怀、有格局又有气度，笔底又纵横自如的温庭筠，却处处不受人待见，很自然地，他也会眼高于顶，时时处处会瞧不起人，逮着一个不顺眼的便冷嘲热讽一般。很不幸的是，有一回他遇到微服私访的唐宣宗，估计看着唐宣宗不入眼，便阴阳怪气地问唐宣宗："你是司马、长史一类的大官吧？"见唐宣宗摇头，更进一步挖苦说："那就是主簿、县尉之类的小角色吧？"把唐宣宗给气的，回朝便斥温庭筠有才无德，不堪一用，贬到一个小地方当县尉。

这真是雪上加霜。

温庭筠怀抱难伸，情怀无寄。那就干脆做一个天涯浪子，无行文人吧！

可是，在花前月下，在脂粉鬓影之间，他的心柔了，化了，情多，情浓，这一变，不仅变了人生，更变了他的诗词文风。在初唐就开始被唾弃，在盛唐、中唐根本无人理会的齐梁诗风，竟然被他重新捡起来，让自己的文词更艳丽，让自己的柔情更缠绵，让空泛的内容可以装腔作势。

说白了，就是给苍白涂上了一层明亮。

井底点灯深烛伊，

共郎长行莫围棋。

玲珑骰子安红豆，

入骨相思知不知。

——《南歌子词》

这首满是谐音双关语，比喻用得也巧妙。后两句更是金句，用女人口吻道相思之情，说得这么精致，细腻，只是荷尔蒙含量为零，可惜了！

梳洗罢，

独倚望江楼。

过尽千帆皆不是，

斜晖脉脉水悠悠。

肠断白蘋洲。

——《望江南》

这阕词非常有名，其中有千古绝句。只是，本为男儿身，却时时换为女儿心态角度来抒发。词里说女人盼情郎，又何尝不是现实中的温庭筠盼一个能赏识、提拔自己的得力之人呢！

一个本想在官场有所作为的丑男人，就这样变成了直男癌，妇女之友，情感专家，烟花巷代言人。在这些闺情诗中，他完全忽略自己的男儿身份和男子本色，入骨三分地体会着女子的悲苦愁辛，活灵活现地放在自己的诗词中。

这就像后来的梅兰芳扮旦角，活色生香，出神入化，比女人更女人。

但在脂粉堆中，温庭筠也是有反省，有警惕的——

月缺花残莫怆然，

花须终发月终圆。

更能何事销芳念，

亦有浓华委逝川。

一曲艳歌留婉转，

九原春草妒婵娟。

王孙莫学多情客，

自古多情损少年。

——《和友人伤歌姬》

朋友的歌姬死了，他跟着也难过，顺带着还提醒朋友"王孙莫学多情客，自古多情损少年"。

但闺情诗词写得再好，也没给温庭筠带来好声名，反倒让他吃足了苦头。

五十一岁时，令狐绹出镇淮南，温庭筠因从前的过节没去拜望他，又在夜场因醉酒被巡夜的兵丁殴打，连门牙都打落，他诉于令狐绹，令狐绹却不处置犯事的兵丁，反指斥温庭筠狭邪丑行，还把温庭筠品行极坏的话到处传，甚至传到京师，温庭筠无奈，只好再赴长安，上书公卿间，为自己辩白申冤，但令狐绹何等影响，他根本无法为自己辩白！

六十五岁那年，温庭筠的生活突然出现转机，出任国子监助教，次年主持国子监考试。他一心求公正，完全按文章优劣定等级，并把定等的文章全部公开，让社会监督。但老了仍是天真的他根本没想到这些文章中有很多在指斥时政，揭露腐败，直戳官僚层痛处，文章一公开，立时哗然，宰相杨收非常恼怒，马上把温庭筠贬为方城尉，老迈的温庭筠又遭打击，在贬往方城的路上备受煎熬，没等走到方城，便死在路上。

温庭筠一生坎坷，仕途多舛，但他以惊人的才华，在晚唐写出了瑰丽的诗篇，特别是他的词创作，开辟了文人词的新境界，极大地影响了五代及宋朝的词创作，为后代词的繁荣作出了重大贡献。

回望温庭筠一生，又想起他的《商山早行》——

晨起动征铎，客行悲故乡。

鸡声茅店月，人迹板桥霜。

槲叶落山路，枳花明驿墙。

因思杜陵梦，凫雁满回塘。

好一个"鸡声茅店月，人迹板桥霜"，这多像温庭筠艰辛跋涉的人生啊！而"槲叶落山路，枳花明驿墙。因思杜陵梦，凫雁满回塘"，不正是他一路上为我们留下的一行行明艳炽烈的诗行么？

韦庄：两个模样，一副肝肠

同为"花间派"宗主，韦庄的粉丝比温庭筠少很多。

他这一辈子，先是忙着吃苦，老了又忙着做官，只是顺带着在电光火石的情感激荡中，蹿起了一小串接一小串的烟花，这是诗歌。

他是大诗人韦应物四世孙，京兆韦氏，名头大大，但落到韦庄头上时，只剩下破落的穷日子，有家世，无靠山，屡试不第，考到了四十二岁还是白衣之身，一气之下，把名字改为"韦庄"，但改名没改运，四十五岁时，他再次入长安赶考，名落孙山不说，还赶上黄巢攻陷长安，他陷入刀兵战乱，与家人失散，两年后才从死人堆里钻出来，逃奔洛阳。

从此他辗转天下，羁旅漂泊，基本没有消停过，更可悲的是，走一路惊吓一路，到处都是烽火狼烟，攻伐杀戮，尸山血海，犹如亲历修罗道场。

即使这样，一介书生的颠沛流离，也少不了诗书相伴，一路行吟。从趣味上说，他喜欢白居易那样的清词丽句，但历经无数苦难，让他更崇仰杜甫的"诗史"巨笔。

> 江雨霏霏江草齐，
>
> 六朝如梦鸟空啼。
>
> 无情最是台城柳，
>
> 依旧烟笼十里堤。
>
> ——《台城》

台城在南京鸡鸣山南，东晋到南朝都是皇宫所在地。这诗看着是一笔一画在写景，水墨画般的清丽，再一瞅却满是凭吊之意，沉重、郁闷。这就是韦庄诗的"沉郁"特色。

> 谁谓伤心画不成，
>
> 画人心逐世人情。
>
> 君看六幅南朝事，
>
> 老木寒云满故城。
>
> ——《金陵图》

这首诗写得巧妙又精细。它同样是写金陵，但从画扯上去，还说"伤心画不成"，是呀，一幅静态的画面，怎么能画出"伤心"这样的内心感触呢？作者却偏偏说能，可以画出来！这"伤心"画在哪儿呢？就在"老木寒云"之上，满满的全落在上面啊！也可以说是吊古，凭吊六朝旧事，但对应的是现实中的山河破碎，就像从画中窥破了晚唐无可逃避的结局。

还是这个特点：细致、清丽，然而沉郁。整首诗闷得透不出气来。

> 前年相送灞陵春，
>
> 今日天涯各避秦。
>
> 莫向尊前惜沈醉，
>
> 与君俱是异乡人。
>
> ——《江上别李秀才》

这诗一眼看到底，没啥不好懂的。这在说，偌大的国土，各自逃命的人，逃着、逃着，竟然又碰一块儿了！ 看来，流落异乡的，有你，有我，一定还有他！

后来，漂泊路上，韦庄又遇到另一个人，记在《与东吴生相遇》中——

> 十年身事各如萍，
>
> 白首相逢泪满缨。
>
> 老去不知花有态，

乱来唯觉酒多情。

贫疑陋巷春偏少，

贵想豪家月最明。

且对一樽开口笑，

未衰应见泰阶平。

这次一口气说了十年，头发都白了，老得都忘了花有多美，只与老酒结成了好伴。十年伤心事，八句话，五十六个字一下全拢齐了，文字洗炼精彩，内容却沉郁难言。

韦庄这个时期的心态，完整体现在《寓言》中——

为儒逢世乱，吾道欲何之。

学剑已应晚，归山今又迟。

故人三载别，明月两乡悲。

惆怅沧江上，星星鬓有丝。

——《寓言》

这首直接写韦庄身处乱世的愁苦无奈。韦庄一直有事业心，想凭功名报效国家，免乱世黎民于涂炭，但到头来但如江上之不系之舟，漂零无依，志向、抱负、愿景，都失了方向，而这时想再做拔剑而起的勇士已经来不及，做避世归隐的名人也太迟，任凭鬓角斑白，只有满怀的惆怅如江水般流淌。

这个时期，他最重要的创作是《秦妇吟》，此诗长达 1666 字，为现存唐诗中最长的一首。诗中，他借从长安逃难出来的"秦妇"之口，说"内库烧为锦绣灰，天街踏尽公卿骨"，战乱荼毒，毕现纸端。这诗让他声名大噪，被称"秦妇吟秀才"。后人将《秦妇吟》和《木兰辞》、《孔雀东南飞》并称为"乐府三绝"，但韦庄却将此诗编入《浣花集》，并禁止家人后代再读，以致《秦妇吟》散佚，后于清末在敦煌莫高窟古写经中发现，才重见天日。

走到如此田地，韦庄一定也认为他这一辈子差不多就这样了！谁知峰回路转，命运大喘气，他竟然在六十岁那年，考中了进士，被授"校书郎"，专为皇帝草诏。

没两年，西川节度使王建与东川节度使顾彦辉大打出手，皇帝命韦庄为判官，配合谏议大夫李询奉使入蜀，给两个节度使劝架讲和，王建把皇帝正儿八经送来的诏书一扔，继续猛揍顾彦辉，把东川西川的地盘全占了。同时，他对韦庄的才干非常赞识，非常希望韦庄来四川跟着自己干。

见多识广的韦庄当然不会贸然答应王建，他回到长安与兄弟韦蔼一起编《又玄集》，刚编好，宦官发动宫廷政变囚禁唐昭宗，立太子李裕为帝，这让韦庄对唐王朝彻底死了心，就真的跑到四川跟了王建。

王建马上任命韦庄为掌书记，韦庄开始展现他的政治才能，对内安抚人心，对外既避开藩镇战事，又化解朱温吞并西蜀的阴谋，后来朱温逼唐哀帝禅让皇位，唐朝灭亡，韦庄率将领劝王建自立为帝，韦庄也因此晋升左散骑侍，判中书门下事等官，"凡开国制度，号令，刑政，礼乐，皆由庄所定"。整个蜀国的典章制度，都出自韦庄之手。次年，韦庄升为蜀国宰相。

韦庄由逃难书生到开国宰相，完成大翻转，人生换了副崭新的模样，但依旧是诗人肝肠。作为宰相，他给黎民百姓生息教训，为一方土地带来安宁，政绩彪炳；作为诗人，他也迎来自己创作上的大丰收。

这个时期的蜀国，集中了大批从中原避难而来的文人，韦庄俨然为蜀国文坛宗主，在蜀国相对安宁的环境中，创造了蜀国诗词创作的繁荣局面，而韦庄也进入自己诗歌创作的新时期。

在晚唐不断的社会动荡中，韦庄长期在江南游历，江南成为他的第二故乡。让韦庄刻骨难忘的，不仅是江南美好的自然风光，更是江南百姓闲适安宁的生活。这样的生活成为陷身战乱的韦庄最大的向往——

　　人人尽说江南好，

　　游人只合江南老。

春水碧于天，

画船听雨眠。

垆边人似月，

皓腕凝霜雪。

未老莫还乡，

还乡须断肠。

这阕《菩萨蛮》虽然受白居易《忆江南》的影响，但并未局限于对江南美好的单纯回忆，尾句"未老莫还乡，还乡须断肠"，直接将对江南的珍念与现实的感遇相呼应，面对如此美好的江南，诗人不能回乡，更不敢回乡，一回乡便注定"断肠"，由此可以想见，现实是如何不堪！这样的结尾，真是神来之笔，也使这阕词的境界高于白居易的《忆江南》。

同样因为这阕词，使韦庄与同为花间派大词人的温庭筠在创作上有了明显区别，韦庄词中的家国情怀，一反温庭筠缠绵于闺情的儿女情态，境界大开，清新入怀！

春日游，

杏花吹满头。

陌上谁家年少，

足风流？

妾拟将身嫁与，

一生休。

纵被无情弃，

不能羞。

——《思帝乡》

这一阕就很"花间"了，但清丽、晓畅、深情、果决，都是韦庄的。而下面这阕词，却让韦庄缠上一桩说不清的公案。

一闭昭阳春又春。

夜寒宫漏永，

梦君恩。

卧思陈事暗销魂。

罗衣湿，

红袂有啼痕。

歌吹隔重阍。

绕亭芳草绿，

倚长门。

万般惆怅向谁论？

凝情立，

宫殿欲黄昏。

　　　　　——《小重山》

　　一看就是在写宫中闺情，似有欲说还休的惆怅、痛苦和无奈。宋代杨湜在《古今词话》中说："（韦）庄有宠人，资质艳丽，兼善词翰，（王）建闻之，托以教内人为辞，强夺之。庄追念恺怏，作《荷叶杯》《小重山》词"。

　　如果这不是谣传，那就是一个极其伤心的故事了，皇帝王建蛮横地抢走了韦庄从江南带出的宠姬，害得韦庄每天伸着脖子怅然遥望皇宫，思念佳人。

　　后世有人怀疑这个故事的真实性，包括一代词宗夏承焘先生，也认为此事不靠谱。因为韦庄入蜀时已经六十五岁，拜相时年过七旬，他不太可能从江南到长安再到四川一直随身带一个年轻的宠姬。另外，韦庄身为蜀国重臣，在蜀国开建和治理上发挥不可替代的重要作用，堪称王建股肱，王建于情于理，都不会从韦庄手里抢走一个女人。

　　那么，年逾古稀的韦庄怎么会写如此深情婉约的闺情呢？

　　著名作家林语堂晚年因年迈生活无法自理，有一次，他坐在轮椅上被人推送到一家大型百货公司，看着眼前纸醉金迷的花花世界，让他非常珍恋，却无法染指，突然悲从中来，在百货公司的大庭上放声大哭。

这个故事也许能解释韦庄在古稀之年醉心于闺情写作的动因。他热爱人生，热爱青春和激情，但美好年华都遗失在逃亡路上，步入人生晚境后，他对这些遗失于苦难的美好，有着更为强烈的羡慕和向往，于是，他用自己杰出诗人的才华，将这些羡慕和向往托身于形形色色的女子，借她们的故事，说自己的心事。

武成三年（公元 910 年）八月，七十五岁的韦庄逝于成都花林坊，谥号"文靖"。

鱼玄机：由惧生怖的道观魅影

很多人知道鱼玄机并不是因为她的诗，更没读过她的诗。

她的诗写得真好。唐代四大才女，就算再加上后蜀的花蕊夫人，她往中间一站，立时静伏，没有人敢说高她一头。

说她的诗离不开她的人，这个苦命的孩子，不仅苦在幼失怙恃，很早就没了父爱，更苦在小小年纪就与诗歌撞了个满怀。

鱼玄机本名鱼幼薇，大诗人温庭筠听说她小小年纪就诗才卓绝，便慕名探访，以"临江柳"出题试之，鱼幼薇提笔便是一串惊艳——

> 翠色连荒岸，烟姿入远楼。
>
> 影铺秋水面，花落钓人头。
>
> 根老藏鱼窟，枝底系客舟。
>
> 萧萧风雨夜，惊梦复添愁。
>
> ——《赋得江边柳》

这诗一出来就把大才子温庭筠"温八叉"给愣了，看着眼前豆蔻般的少女，他不知该喊她"天才"还是"奇才"。

至少仍有不少文人写文章发博客，认为十三岁的少女鱼幼薇不可能写出这样的诗来，是呀，刚刚十三岁，怎么能抓住"根老藏鱼窟，枝底系客舟"这样的亮点，在春梦旖旎的年纪，又怎么会有"萧萧风雨夜，惊梦复添愁"呢？

必须指出的是，这些文人看错了！这样的事，对别人不可能，但对鱼幼薇，一定能！这个时候的鱼幼薇，虽然未涉人事，但品尝到的人生，却不是甘甜，而是苦涩和艰难。这不是天资让她早慧，而是苦难让她早熟。

触动温庭筠的，是这个正在蒙受苦难的女孩，虽然心中已有苦涩，但更多的还是情怀，以及聪慧。

他决定为唐诗发掘这个奇才，他要打开这个孩子的心门，为她注入更多更好的情怀和诗意，让她学会感受、捕捉和表达，让她的性灵在诗的浸渍下，比珍珠还要玲珑和剔透。她既高雅又明艳，才色双绝，只用生命歌唱，犹如大唐诗国的一只凤凰。

温庭筠成功了。他亲手调教出来的鱼幼薇，一手好诗惊艳长安，冠盖钗裙，而及笄之年的鱼幼薇，早已亭亭玉立，明艳不可方物。

但温庭筠没想到的是，鱼幼薇除了诗歌和性灵，她还得活着；呼吸吞纳，还得是人间烟火。

更要命的是，豆蔻年华的鱼幼薇，竟然爱上了开启自己情怀和性命的老师。而温庭筠比她整整大了三十四岁，又老又丑，人称"温钟馗"。

温庭筠这个人，除了诗写得好，其实没什么本事，不仅官场上玩不转，还经常被人欺负。没本事的男人没担待，他连自己的命运都不能把握，又怎么能担起才色双绝的鱼幼薇的一生。

鱼幼薇一心想着一枝红花映碧水，温庭筠却脚底上偷偷抹油，用上了三十六计中的最上计——逃！

温庭筠人逃走了，鱼幼薇的心也追了过来，她不断地为温庭筠写诗，寄诗——

> 苦思搜诗灯下吟，
>
> 不眠长夜怕寒衾。
>
> 满庭木叶愁风起，
>
> 透幌纱窗惜月沈。
>
> 疏散未闲终遂愿，

盛衰空见本来心。

幽栖莫定梧桐处，

暮雀啾啾空绕林。

——《冬夜寄温飞卿》

真是相思入骨啊！温庭筠一边感动，一边在心里暗暗叫苦。这个老混蛋偏偏没想，他靠卖诗文赚了很多钱，还不断地写传奇小说赚了更多的钱，他是有能力养活鱼幼薇的。但自私的老男人只想到自己赚的钱很辛苦，根本不想鱼幼薇的感情很珍稀。

这时，状元李亿出场了。他先是在朝廷发黄榜的地方看到了鱼幼薇题的诗——

云峰满目放春晴，

历历银钩指下生。

自恨罗衣掩诗句，

举头空羡榜中名。

——《游崇真观南楼睹新及第题名处》

这首诗鱼幼薇写惆怅，恨自己不是男儿身，不能与这些榜上有名的文人在考场上一校高下。

后来，又在温庭筠家看了这样一首诗——

红桃处处春色，碧柳家家月明。

楼上新妆待夜，　闺中独坐含情。

芙蓉月下鱼戏，蟑蛛天边雀声。

人世悲欢一梦，如何得作双成。

——《寓言》

"蟑蛛"是彩虹的另一种说法。诗中的惆怅正脉脉含情，犹如艳帜高张，才华逼人。李亿问到作者仍然是鱼幼薇后，不禁两眼发光，再三恳求温庭筠带路。温庭筠想，这李亿是新科状元，又出身江陵望族，官宦之后，将鱼幼薇托负给李亿，不仅鱼幼薇终身有托，自己也少了很多麻烦。

不知温庭筠如何苦口婆心忽悠鱼幼薇，反正鱼幼薇因此接纳了李亿，虽是小妾，却处得很不错。李亿回江陵接家眷，鱼幼薇的诗跟着也到了——

> 枫叶千枝复万枝，
>
> 江桥掩映暮帆迟。
>
> 忆君心似西江水，
>
> 日夜东流无歇时。

——《江陵愁望寄子安》

好一个"忆君心似西江水，日夜东流无歇时"！此时的鱼幼薇，在心中非常郑重地为李亿留好了位置，对李亿满满的不只是期望，更是把人生寄托于他了。

但是，准备伏低做小的鱼幼薇迎来的既是李亿的正室，也是一头怒张血盆大口的母老虎，母老虎二话不说，喝令身边侍女，把鱼幼薇按在地上用藤条痛打一顿。

原来，这母老虎娘家有人，靠山硬实，李亿不仅惹不起，还得小心侍候着不敢丝毫怠慢。在母老虎威逼之下，李亿只好把鱼幼薇送到曲江一带的咸宜观出家，观主一清师太为鱼幼薇取道号"玄机"，从此她被人称作鱼玄机。

李亿许诺三年为期，到时风风光光地把她迎进李家，鱼玄机很是相信，一颗芳心全系在李亿身上，就像前不久她偷偷跑到江陵，隔着汉江遥思李亿——

> 江南江北愁望，相思相忆空吟。
>
> 鸳鸯暖卧沙浦，鸂鶒闲飞橘林。
>
> 烟里歌声隐隐，渡头月色沉沉。
>
> 含情咫尺千里，况听家家远砧。

——《隔汉江寄子安》

诗里用的是鸳鸯和鸂鶒，一门心思要和李亿双宿双飞，幻想着像妻子一样为李亿洗衣服，居家过日子。缠绵绯恻之余，揉入了满满的凄婉。

这痴心终于吃到了苦果。两年不到，李亿招呼都不打，撇下鱼玄机，带着母老虎去扬州当官去了。鱼玄机得知这个情况，半片天顿时塌陷下来——

> 羞日遮罗袖，愁春懒起妆。
>
> 易求无价宝，难得有情郎。
>
> 枕上潜垂泪，花间暗断肠。
>
> 自能窥宋玉，何必恨王昌？
>
> ——《赠邻女》

又是一个痴心女子负心汉。鱼玄机不仅不恨这个"王昌"，其实还心存侥幸，盼着他逃脱母老虎牢笼，再回自己身边。

但苦盼之下，只有一次比一次更甚的失望和绝望。

晚唐时期，道教盛行，道观四布，很多道观成为游览胜地，甚至是社交场所，一些颇有姿色的女道士俨然成为交际花，有些上层社会的女子为摆脱孤独，也会以出身为名厕身道观，藉此获得自由身。但咸宜观由于一清师太持身方正，一直清静。后来一清师太去世，咸宜观只剩鱼玄机孤身一人，除了孤独，更可怕的是生无所依的恐惧，更何况她还是二十不到的大好年华。当她不能依托任何男人，唯有放开自己。

"鱼玄机诗文候教"的招牌挂出后，长安为之轰动，从达官贵人到文人雅士，趋之若鹜，鱼玄机并非来者不拒，能入她青眼的，也得是男人中的精英，即使这些男人都是过客，但也是她一时的依托，这片刻的依托，她也要用心、用情、甚至用生命来感知和呼应。所以，这些生命中的匆匆过客，在她的诗中，个个都有情有义。

> 八座镇雄军，歌谣满路新。
>
> 汾川三月雨，晋水百花春。
>
> 囹圄长空锁，干戈久覆尘。

儒僧观子夜，羁客醉红茵。

笔砚行随手，诗书坐绕身。

小材多顾盼，得作食鱼人。

——《寄刘尚书》

不知这刘尚书是何方神圣，竟得鱼玄机如许赞美，还一个劲盼他多顾盼，多做"食鱼人"。如果只是一个贪欢流连的恩客，鱼玄机又何必彬彬如此。

今日喜时闻喜鹊，

昨宵灯下拜灯花。

焚香出户迎潘岳，

不羡牵牛织女家。

——《迎李近仁员外》

这首诗就像戏中的唱词，又像是一首情诗，看得出鱼玄同如此郑重，没有丝毫的马虎粗率。只是末句"牵牛织女"言，显露了不能长相厮守的苦涩。

而在笑语嫣然的背后，鱼玄天内心的愁，却一天天积累着，一天天在放大——

自叹多情是足愁，

况当风月满庭秋。

洞房偏与更声近，

夜夜灯前欲白头。

——《秋怨》

原来她的内心深处，一直都有着强烈的期待：与眼前的男人相约白头。

可悲的是，没有一个男人可以与她相约白头，所以面对更深夜长时的每一个男人，她都希望能与他相约白头。

越是有这样的期望，越是换来绝望的结果。她内心的恐惧，越来越强烈，像张开獠牙的巨兽，不断地撕扯着她的内心。

所以，当她满怀期待的乐师陈韪竟然与自己的侍女绿翘私通，鱼玄机积满恐惧的心突然暴裂，变成无可约束的狰狞，这个狰狞背后，还有深深的仇恨，因为她的幸福，是被其他女人野蛮地夺去的，她痛恨再有人抢夺她的幸福，更不能容忍地位卑下的侍女这样做，在仇恨和恐惧的裹胁下，她无法控制自己，发疯似地殴打绿翘，活活打死。

按照唐朝律法，主人打死仆人，罪不至死，最多一年徒刑或流放，但主审案件的官员裴澄是有名的酷吏，此前数次前往咸宜观，都被鱼玄机拒之门外，逮住这个机会，他小题大做，添油加醋，硬是将鱼玄机定成死罪，并由唐懿宗钦定斩首。

如此杰出的女诗人，竟落如此下场，死时才二十六岁！

作为昂藏男子，温庭筠写诗，极尽婉约柔媚，多少有些惺惺作态，而他的弟子鱼玄机，写的每一首诗，都是用生命在吟唱。发自肺腑，自抒情怀，真挚、热切，入人心脾。

两百多年后，南宋名妓严蕊，在面对死刑威逼时，以一阕《卜算子》自况——

> 不是爱风尘，
> 似被前缘误。
> 花落花开自有时，
> 总赖东君主。
> 去也终须去，
> 住也如何住！
> 若得山花插满头，
> 莫问奴归处。

这阕词用在鱼玄机身上，竟是分外贴切。对她而言，照样"不是爱风尘，似被前缘误"，而结局于她而言，正是"若得山花插满头，莫问奴归处"。

罗隐：毒舌诗人讲痛快话

据说，罗隐本是真龙天子命，但玉皇大帝见他行事张狂，怕他当上皇帝没法管束，于是派天神抽走他一身仙骨，罗隐死死咬紧牙关，才给自己留下一张神仙嘴，从此他半人半仙，凭这张灵验无比的毒舌铁嘴，治服一大溜的狠人。

罗隐的嘴活在老百姓口耳相传的历史里，他的诗却活在唐朝煌煌壮观的典籍中，和他的嘴一样有名。位居晚唐第一的毒舌铁嘴，能通天，可下地，说得死鸟，也救得活人。

罗隐是为唐诗压卷的诗人，是晚唐诗坛最后一个奇迹。他的诗跟他的人一样，都是大脾气，我行我素，一条路直通通地往前走，身前身后摇头晃脑自称斯文的那些家伙，不论骑马还是坐轿，他一概不予理会。所以他的诗拿出来，一看就是他的诗，特点鲜明，名气大，影响大，到了宋代，跟着他的调调写诗的人越来越多，形成宋诗的主体特征。

这叫开一代诗风，同时为宋诗开出了道路。

他的诗既是写出来的，也是在污浊不堪的晚唐熬出来的。

他年少才高，很早在老家新登（现杭州市富阳区新登镇）就非常有名，想着靠功名进身，为凋敝不堪的国家尽一份心力，谁知连考十场都不中。谁让他出身寒微没有靠山呢？无奈之下，他揣着一肚子的不服气，不断地服软就低，在各处官府干谒，希望得到有权势人物的赏识，但这些人物既瞧不起他的寒微出身，又鄙视他骨子里瞧不起人的怪脾气，更受不了他一口浓重的浙江乡音，没有人给过他好脸色。

罗隐受不了这种窝囊，对官场生态的排斥越发严重，就写了本《谗书》，一篇接一篇犀利的小品文，把官场和世态入木三分地挖苦个透。这本书影响大，罗隐骂人的名声跟着也大起来，官场大人们因此对他恨之入骨，不声不响地直接闷杀，可怜罗隐还不辞辛劳一次接一次地赶考场，想着终有拨云见月的那一天。

还好罗隐及时在失败中清醒过来，把晚唐的国情和世态看了个透，也考出了不从众、不入流、我行我素的大脾气。他看世界的目光中，既无失落，也不抱怨，还带着三分嘲笑。

> 钟陵醉别十余春，
> 重见云英掌上身。
> 我未成名卿未嫁，
> 可能俱是不如人。
>
> ——《赠妓云英》

这首诗说的是罗隐与妓女云英的故事，十年前，他赴京赶考在钟陵与云英相识，十年后，刚刚落第的罗隐又在钟陵与云英重逢，云英仍是"掌上身"（可见姿色不凡），她笑罗隐十年都未"脱白"，触了罗隐痛处，所以他说"我未成名卿未嫁，可能俱是不如人"，云英有着赵飞燕一样可在掌上跳舞的好身材，怎么可能"不如人"呢？但罗隐就是要把她和自己绑在一起说"不如人"，够毒舌！当然，说别人笑的是自己，自嘲的背后，满满的不服气。

> 尽道丰年瑞，丰年事若何。
> 长安有贫者，为瑞不宜多。
>
> ——《雪》

此诗有悲悯情怀，流传甚广，言外之意，挖苦尽说"瑞雪兆丰年"的官僚，只会一团和气地讨皇帝欢心，却置无力御寒的贫民于不顾。

罗隐这样说别人，他自己当官后，还真为百姓说了话——

吕望当年展庙谟，

直钩钓国更谁如。

若教生在西湖上，

也是须供使宅鱼。

——《题磻溪垂钓图》

这首诗写给吴越国王钱镠，那天罗隐在钱镠宫中侍坐，钱镠命他为壁上的《磻溪垂钓图》题诗，罗隐想起了西湖渔夫每天要交好几斤"使宅鱼"，如果自己捕的不够数，还得到市面上购买，渔夫不堪其苦。便借说姜子牙（吕望）说了"使宅鱼"弊政，钱镠算是个明白人，从此撤了"使宅鱼"。

罗隐毒舌起来真是没完，不为名人讳，亦不为尊者讳，连当朝天子的亲爹唐僖宗，也要拉出来挖苦一番——

马嵬山色翠依依，

又见銮舆幸蜀归。

泉下阿蛮应有语，

这回休更怨杨妃。

——《帝幸蜀》

这张毒舌挖的是皇帝的老底。虽然用的还是大白话，却借唐玄宗之口，笑问因黄巢造反逃到四川的唐僖宗：这回，怨不得杨贵妃了吧？都说红颜祸水，女人祸国，其实真正祸国的，是连女人连带着祸害的人，不关女人事！

毒完了别人，他也会毒自己——

得即高歌失即休，

多愁多恨亦悠悠。

今朝有酒今朝醉，

明日愁来明日愁。

——《自遣》

　　　　　走马唐诗说诗人

自遣就是自嘲。后人批评这首诗情绪很消极，其实，罗隐这是在使劲地批评自己，对自己的状况，很是不满。他说自己得意时像个傻子就会呵呵直乐，一旦失落马上闭口不言，"今朝有酒今朝醉，明日愁来明日愁"，一千多年来，成为得过且过的老百姓们自嘲的金句。末句中，前面的"愁"是名词，后面是动词。

毒舌招人恨，但招人恨的人，总是有让人可怜的另一面。谁说罗隐不是呢？

> 抛掷南阳为主忧，
>
> 北征东讨尽良筹。
>
> 时来天地皆同力，
>
> 运去英雄不自由。
>
> 千里山河轻孺子，
>
> 两朝冠剑恨谯周。
>
> 唯余岩下多情水，
>
> 犹解年年傍驿流。
>
> ——《筹笔驿》

好一个"时来天地皆同力，运去英雄不自由"！这样一个感叹，足有千斤之重。不是有志中年，不足以发出如此深重的叹息！当然，罗隐赞的是诸葛亮，叹的是自己壮怀激烈一去不返的青年时代，他也想跟诸葛孔明一样，北征东讨好好运筹一番！

罗隐的咏史怀古诗是一绝。他看历史，既看兴衰规律，又带个人情怀，往往见识超卓。

> 千载遗踪一窖尘，
>
> 路傍耕者亦伤神。
>
> 祖龙算事浑乖角，
>
> 将谓诗书活得人。
>
> ——《焚书坑》

与他人恨不得掘地三丈鞭尸秦始皇不同，罗隐对秦始皇焚书坑儒有自己的看法，感叹的是秦始皇当年轰轰烈烈的焚书坑儒，只不过是在历史上留下一只满是灰尘的大坑。这样冷静地看历史，比咋咋呼呼乱骂穷叫更有力，也更有厚度。

有意思的是，罗隐的好朋友章碣，也写了一首《焚书坑》，影响更大——

　　竹帛烟销帝业虚，

　　关河空锁祖龙居。

　　坑灰未冷山东乱，

　　刘项原来不读书。

这首诗力度饱满，对秦始皇焚书坑儒的无效行为发出深沉的感叹。

罗隐二十七岁离开家乡求取功名，十举不第，无奈之下，离开长安，希望通过幕府僚属，寻机晋身官场。他先后入湖南府、淮南府、宣武府，但在日暮途穷的晚唐，他想干一番事业的抱负和济世情怀根本不受待见，再加上他愤世嫉俗的风骨，所以每到一处，皆不如意，可说处处碰壁，每次都是鼻青脸肿地离开，在大江南北各处辗转，常与穷饿结伴，苦不堪言。虽说很是狼狈，却眼明心亮，越活越明白。

　　莫把阿胶向此倾，

　　此中天意固难明。

　　解通银汉应须曲，

　　才出昆仑便不清。

　　高祖誓功衣带小，

　　仙人占斗客槎轻。

　　三千年后知谁在？

　　何必劳君报太平！

——《黄河》

阿胶是能使水澄清的药物。黄河水自古浑黄，又说"圣人出，黄河清"。晚唐天下到处是没落和肃杀，天意晦暗，大道不行，到处是宵小之徒从中渔利。而山河沧海，自有其运行规律，不为人意志所行，所以，"三千年后知谁在？何必劳君报太平"！

这就叫明白人说了痛快话！

虽然备尝艰苦，但朋友之情，不论是惺惺相惜还是肝胆相照，在罗隐的世界里，都是明净锃亮的风景——

> 一年两度锦城游，
>
> 前值东风后值秋。
>
> 芳草有情皆碍马，
>
> 好云无处不遮楼。
>
> 山将别恨和心断，
>
> 水带离声入梦流。
>
> 今日因君试回首，
>
> 淡烟乔木隔绵州。
>
> ——《绵谷回寄蔡氏昆仲》

这首诗分外动情，看得人心旌摇动。"芳草有情皆碍马／好云无处不遮楼／山将别恨和心断／水带离声入梦流"，他眼前的事物，一个个拟人化，全是活的，都情怀满满地为他们的深情厚谊在活动。

这首有点不那么大白话，但仍称得上清晰晓畅，并且回味无穷。

离乡宦游二十八年，唐朝覆灭后，篡唐的朱温以高官厚禄相召，罗隐鄙视他的为人，拒不应召，却将目光转向江南老家，割据两浙的武肃王钱镠，这时钱镠虽然也在招募人才，但召的是能征善战的将士，他把罗隐晾了很久，直到罗隐给他写了两句诗：一个祢衡容不得，思量黄祖漫英雄。钱镠这才觉得罗隐是个人才，马上厚待罗隐，先是委罗隐为钱塘县令，后分别任罗隐为镇海军节度掌书记、镇海军节度判官、给事中、盐铁发运使等，罗隐在接下来二十二年吴越国的官场生涯中，充分发挥了才干。而钱镠对罗隐非常赏识和倚重，各种文告诏令，都出自罗隐之手。在吴越国初期建设中，不论是方略大计还是贯彻执行上，罗隐都发挥了重要作用，也因此得偿匡国济世的夙愿。

公元909年，七十七岁的罗隐病逝于杭州。临终前，吴越国王钱镠亲赴罗家探望，并在壁上题写"黄河信有澄清日，后代应难继此才"诗句，表达对罗隐的赞赏。

回望罗隐一生，引用他的诗《蜂》来评价，倒是十分贴切——

不论平地与山尖，

无限风光尽被占。

采得百花成蜜后，

为谁辛苦为谁甜。

图书在版编目（CIP）数据

走马唐诗说诗人 / 萧树著. -- 上海：上海文化出
版社, 2019.5
ISBN 978-7-5535-1563-2

Ⅰ. ①走… Ⅱ. ①萧… Ⅲ. ①诗人－生平事迹－中国
－唐代②唐诗－诗歌欣赏 Ⅳ. ①K825.6②I207.227.42

中国版本图书馆CIP数据核字(2019)第083433号

出　版　人：姜逸青
责任编辑：吴志刚
装帧设计：王　伟

书　　　名：走马唐诗说诗人
作　　　者：萧　树
出　　　版：上海世纪出版集团　上海文化出版社
地　　　址：上海市绍兴路7号　200020
发　　　行：上海文艺出版社发行中心
　　　　　　上海绍兴路50号　200020　www.ewen.co
印　　　刷：苏州市越洋印刷有限公司
开　　　本：890×1240　1/32
印　　　张：9.5
印　　　次：2019年6月第一版　2019年6月第一次印刷
书　　　号：ISBN978-7-5535-1563-2/I.588
定　　　价：40.00元
告　读　者：如发现本书有质量问题请与印刷厂质量科联系 T：0512-68180628